SOPHIA'S RACHE

ROMAN

von

Akif Turan

VORWORT

Aus einem ganz bestimmten Grund, habe ich mich dazu entschlossen, diesen Roman hier zu schreiben. Der Grund ist der, dass die Gewalt an Frauen mit jedem Tag zunimmt und die Verbrechen an ihnen immer grausamer werden. Die meisten Frauen fallen leider immer wieder zum Opfer von Gestalten, die als Männer herumstolzieren. Selbstverständlich werde ich hier auf keine Details eingehen. Ich möchte mit diesem Roman lediglich eine Botschaft an die sogenannten Männer ausrichten, die denken, sie würden über das weibliche Geschlecht stehen. Das Ganze natürlich mit einer rein fiktiven Geschichte, die vollkommen meiner Fantasie als Autor von Horrorgeschichten und Psychothrillern entsprungen ist und klarerweise auch so geschrieben wurde. Mit diesem Roman appelliere ich an alle Männer, sich gegenüber den Frauen nicht mehr zu vergreifen und ihnen mit Respekt, Verständnis und Liebe gegenüber zu treten. Es darf nicht vergessen werden, dass wir Männer von Frauen abstammen. Eine Frau trägt uns, in der Regel für neun Monate, in ihrem Bauch und bringt uns mit, für uns unvorstellbaren und auch unerträglichen Schmerzen, auf die Welt, um hinterher, ihr ganzes Leben uns zu widmen und für uns zu sorgen. Sie füttert uns, sie wechselt unsere Windeln, sie wäscht uns, sie pflegt uns, sie zieht uns groß, sie beschützt uns. Sie kümmert sich um uns. Für manch einer von uns wird sie zu einer guten Freundin, die uns zuhört und und uns bei Allem unterstützt. Für jeden von uns wird sie zu einer Lehrerin, die uns so manches beibringt und uns auf alles mögliche auf der Welt vorbereitet. Eine Mutter kann zu Allem werden, was für ihre Kinder notwendig sind. Eine Mutter ist eine wachechte Superheldin. Es gibt nichts, was sie für ihre Kinder nicht tun würde. Eine Mutter würde, ohne zu zögern, für ihre Kinder sterben, wenn es drauf ankäme. Eine Mutter würde ganze Berge versetzen um ihren Kindern das zu ermöglichen, was sie gerade brauchen. Eine Mutter verzichtet auf so vieles nur damit ihre Kinder nicht vernachlässigt werden und immer das bekommen was sie möchten. Eine Mutter ist so vieles. Eine Mutter ist zugleich ein Schutzengel. Und alle Männer hatten oder haben noch eine Mutter. Und alle Männer dürfen all das nicht vergessen. Sie dürfen nicht vergessen, dass auch ihre Mutter eine Frau ist. Sie dürfen nicht vergessen, dass ihre Mutter genau so eine Frau ist, wie die Frauen, denen sie schreckliches antun und sie weder gerecht noch angemessen und auch respektlos behandeln. Vergesst bitte nicht Männer, dass ihr alle von einer Frau abstammt und, dass ihr ihnen den gebührenden Respekt erweisen solltet, den sie verdienen. Zudem haben ja auch einige von diesen Männer Schwestern, die ebenso Frauen sind. Für einen Mann ist eine Schwester sehr wichtig. Sie kann für ihn zu einer sehr wichtigen Person werden. Ich weiß das, weil ich gleich mit zwei Schwestern gesegnet wurde. Auf Schwestern kann man sich immer verlassen. Die ältere Schwester ist immer wie eine Mutter, die sich um ihre jüngeren Geschwister kümmert. Eine jüngere Schwester ist wie eine Tochter, die stets von ihren älteren Geschwistern beschützt wird und der man gute Vorbilder sein sollte. Man spielt mit ihr, man pflegt sie, man hilft ihr bei den Hausaufgaben. Als älterer Bruder, zeigt man ihr zudem noch, dass sie keine Angst vor anderen haben müsste. Man bringt ihr etwas über Sport bei, etwas über Autos, etwas über Reparaturen, etwas über Selbstverteidigung. Man wird zu einem guten Freund für sie, auf den sie sich jederzeit verlassen kann, wenn sie in Schwierigkeiten ist. Von dem sie weiß, dass sie bei ihm Schutz, Hilfe und Geborgenheit finden würde. Und so sollte es auch sein. Die Frauen sollten sich nicht vor

Männern fürchten müssen. Sie sollten sich nicht davor fürchten müssen, spätabends oder nachts alleine auf die Straße zu gehen. Sie sollten sich dabei keine Gedanken darüber machen müssen, dass sie irgendeiner überfallen könnte. Die Frauen sollten genau so ihre Freiheiten genießen können, wie die Männer. Die Frauen sollten genauso am Arbeitsplatz gleichberechtigt bezahlt werden wie die Männer. Die Frauen sollten genauso wie Männer beachtet und angesehen werden, ohne jegliche Arten von Diskriminierungen und Ausgrenzungen. Die Frauen sind ein sehr wichtiger Teil in unserem Leben und das sollten wir ihnen auch so vermitteln und es ihnen zeigen. Eigentlich das bereits Selbstverständliche sollten wir ihnen zeigen. Das, was eigentlich schon von Anfang an sein müsste. Doch diese Männer dachten und denken immer noch, dass sie über die Frauen bestimmen können. So ist es aber nicht. Wer gibt ihnen das Recht darüber, über den Frauen zu herrschen und über sie bestimmen zu können? Es sind genau diese einzelnen Gestalten, die sich Männer nennen. So einer ist in meinen Augen kein Mann. Nur biologisch, aber nicht vom Wesen her. Und überhaupt ist ein Mann dann erst ein richtiger Mann, wenn er nicht nur die Frauen mit Respekt behandelt, sondern auch im Haushalt mit hilft. Ein Mann sollte nämlich sehr wohl auch zu Hause kochen, putzen, aufräumen, Geschirrspülen und sich um die Wäsche kümmern. Ein Mann sollte nicht immer alles von der Frau erwarten und sich von ihr bedienen lassen. Ein Glas Wasser könnt ihr euch auch selber holen. Euer Essen könnt ihr euch auch selbst an den Tisch bringen. Eure Getränke und Snacks könnt ihr euch auch selber auf die Couch mitnehmen. Hört damit auf eure Frauen wie eure privaten Kellnerinnen bzw. wie eure Bediensteten zu benützen. Ihr habt euch entschieden eine Frau zu ehelichen und euch nicht etwa eine Hausdame angeschafft. Hört auf damit sie nur an jedem vierzehnten Februar des Jahres zu beachten und zu beschenken. Eure Frauen verdienen das nicht nur einmal im Jahr, sondern täglich. Ihr solltet sie täglich beachten und sie auch hin und wieder mit Geschenken überraschen. Auch wenn dieses Geschenk nur eine Schachtel Pralinen oder ein Strauß voller Blumen sind. Es kommt einfach auf die Geste an. Es kommt darauf an, dass ihr an sie denkt. Es zeigt euren Frauen, dass sie euch wichtig sind und, dass ihr sie liebt. Und auch als Vater sollten Männer ihren Pflichten nachgehen und sich um die gemeinsamen Kinder kümmern und nicht immer alles von der Frau erwarten. Man ist ja schließlich Partner und Partner halten zusammen und unterstützen sich gegenseitig. Eltern sein und ein Haushalt führen sind immer eine Sache von Teamwork. Wenn man es so nimmt, ist die Frau das Leben an sich. Denn, wie bereits erwähnt, bringt die Frau, als das weibliche Geschlecht, genauso auch im Tierreich, die Kinder zur Welt.

Die Natur, ist ebenso weiblich und auch sie bringt alles Leben, das wir auf der Natur bewundern, zur Welt. Wir sagen ja nicht umsonst Mutternatur dazu. Der Planet in dem wir Leben ist mit der Bezeichnung, die Erde, ebenso weiblich. Und auch hier finden sowohl die Natur als auch die Tiere und wir Menschen Leben darin. Kurz gesagt,

ohne die Frauen bzw. das weibliche Geschlecht, gibt es auch kein Leben. Zumindest nicht auf natürliche Art und Weise. So würde es auch keine Männer geben. Also, ihr, die sich Männer nennen und als solche auf diesem Planeten wandeln. Hört bitte mit dem Verbrechen gegenüber den Frauen auf! Hört bitte auf sie ohne Respekt zu behandeln! Hört bitte auf sie zu diskriminieren! Hört bitte auf ihnen die Liebe zu verwehren! Fangt an sie zu lieben, zu respektieren und fangt bitte an ihnen gegenüber loyale und würdige Partner zu sein! Erst wenn die

Männer erkannt haben, welch ein Segen die Frauen für sie sind, erst dann wird ihnen klar werden, dass sie ohne sie vollkommen verloren sind. Wir leben alle auf dem selben Planeten und wir alle, Mensch, Tier und Natur, haben es verdient, gleichberechtigt und in Frieden zu leben. Das Leben ist ohnehin schon viel zu kurz, also macht es nicht noch kürzer oder unerträglicher!
Geht auf die Wünsche und Bedürfnisse von euren Frauen und Partnerinnen ein und erwartet nicht immer alles von ihnen!

Hört auf sie anzustarren und sie von oben bis unten auszumustern, als hättet ihr nie eine Frau in eurem Leben gesehen oder als wären sie nicht von dieser Welt. Hört auf sie auf der Straße, im Park, am Arbeitsplatz, in Clubs, in Cafés, in öffentlichen Verkehrsmitteln oder sonst wo auch immer zu belästigen und sie unangemessen anzusprechen.
Denn denkt immer daran! Diese Frauen sind irgendjemandes Ehefrauen, Mütter, Schwestern, Töchter. Ihr zerstört nicht nur deren Leben, sondern auch die von ihrer Familie.
Ihr würdet es ebenso nicht wollen, dass man die Frauen in euren Familien- und Bekanntenkreisen derart belästigt oder gar schlimmes antut.
Also werdet nicht selbst zu diesen Männern, die ihr selbst nicht tolerieren könnt!

In diesem Sinne wünsche ich jeder Leserin und jedem Leser meines Romans viel Spaß beim Lesen und bedanke mich bei jeder und jedem Einzelnen, sich für mein Buch entschieden zu haben.

Mit blutigen Grüßen
AKIF TURAN

Frauen sind starke, talentierte und intelligente Exemplare der menschlichen Rasse, die von den Männern verehrt und respektiert werden sollten.

Akif Turan

WIE ALLES BEGANN

Sophia wuchs als Einzelkind im neunzehnten Jahrhundert in Wien auf. Ihre Mutter starb bei ihrer Geburt, weswegen sie seither mit ihrem Vater zusammen lebte. Sie war im zarten Alter von siebzehn Jahren und ein beliebtes Mädchen in der Nachbarschaft gewesen. Zumindest bemühte sie sich stets so auszusehen. Denn ihr Vater Ludwig war ein grausamer Mann gewesen. Seit dem Tod seiner geliebten Ehefrau war er einfach nicht mehr derselbe Mann gewesen. Vom Beruf her war er Schuster gewesen. Eigentlich ein sehr beliebter. Denn Ludwig beherrschte sein Handwerk sehr gut und war ein Meister darin. Er war so beliebt und bekannt gewesen, dass sogar adelige und angesehene Persönlichkeiten ihre Schuhe bei ihm anfertigen ließen. Er war dadurch zu einem wohlhabenden Bürger der Stadt geworden und hatte keinerlei mit finanziellen Problemen zu kämpfen. Dafür allerdings hatte er ein umso größeres Problem mit dem Verlust seiner Frau Gertrude zu kämpfen. Er verkraftete es einfach nicht und wollte es Anfangs auch gar nicht wahrhaben, dass sie vom Leben davon geschieden war. Doch mit der Zeit musste er es lernen mit diesem großen Verlust umzugehen und damit zu leben. Er musste es tun. Für seine liebevolle Tochter Sophia. Sie war das einzige, das ihm von seiner Frau geblieben ist. Und Sophia sah ihrer Mutter zum verwechseln ähnlich. Ludwig sagte ihr immer wieder, dass Gott zwar seine Frau genommen hätte, aber zugleich ihm eine, genauso bildhübsche, Tochter geschenkt hätte. Sophia erinnerte ihren Vater nicht nur optisch an ihre Mutter, sondern auch vom Verhalten her. Sophia hatte genauso eine liebliche Stimme, wenn sie sang, sie konnte genauso gut kochen, sie war genauso talentiert und sie war genauso schlau wie ihre Mutter, die sie nie kennenlernen durfte. All das erinnerte Ludwig sehr stark an seine Frau Gertrude. Für ihn war es schon so, dass nicht seine Tochter Sophia vor ihm stand und mit ihm zusammenlebte, sondern es war so, als ob es seine Frau gewesen wäre. Nach seinem schrecklichen Verlust, tat er sich von Zeit zu Zeit schwer, die beiden auseinander zu halten. Und genau so begann er auch eines Tages, als Sophia gerade erst sechzehn geworden war, etwas mehr für sie zu empfinden. Er konnte und wollte nichts gegen seine Gefühle unternehmen. Er ließ sich von ihnen überwältigen und auch leiten. Also kam er eines Nachts, einen Tag nach Sophia's sechzehntem Geburtstag, auf die fatale Idee, sich in ihr Schlafzimmer zu schleichen. Gewiss hatte er nichts Gutes im Sinn. Er ließ sich einfach von seiner Lust treiben und konnte an nichts anderes mehr denken. Es war dreiundzwanzig Uhr gewesen und Sophia schlief bereits tief und fest in ihrem Bett, eingekuschelt in ihre samtweiche Decke auf dem verschiedene Blumen abgebildet waren. Genauso auch ihr Kopfkissen. Neben ihrem Bett stand eine kleine Kommode auf dem sich ein hölzerner Rahmen in Herzform befand und in diesem Rahmen war ein Foto von ihrer Mutter drinnen gewesen. Mehr hatte sie von ihrer Mutter nicht. So wusste sie zumindest, wie ihre Mutter mal ausgesehen hatte. Sophia fand, dass ihre Mutter eine schöne Frau gewesen war und sie hätte sie nur zu gerne kennengelernt. Sie war sich sicher, dass sie sich sehr gut verstehen und genauso miteinander sehr gut auskommen würden. Dies wünschte sie sich auch bezüglich ihrem Vater. Jedoch würde das niemals so sein. Nicht mehr seit jener Nacht. Diese Nacht war für sie eine verfluchte Nacht. Diese Nacht war die Nacht, die ihr alles genommen und alles zerstört hatte. Seit dieser Nacht sollte weder sie noch alles andere in ihrem Leben so sein, wie es mal gewesen war. Denn in dieser Nacht war der Teufel in ihren Vater geraten. In dieser Nacht wurde ihr Vater zum Teufel.

10

Ludwig machte die Tür zu dem Zimmer seiner Tochter Sophia einen Spalt breit auf und blickte lüstern und vorsichtig, wie ein wildes Tier, das seiner Beute lauert, in das dunkle Zimmer direkt auf Sophia's Bett. Er blieb gute zwei Minuten so stehen und beobachtete seine Tochter, mit fast schon Wasser überlaufenem Mund, wie sie sich so in ihrem Bett, eingekleidet in ihrem Seidenpyjama, hin und her wälzte und weiß Gott wovon träumte. Ludwig biss sich bei dem Anblick mehrmals auf die Lippen, ballte seine Hände nervös zu Fäusten zusammen und rieb dabei mit seinen Daumen, seine in die Handflächen gedrückten, Finger.

Nun machte er die Tür langsam weiter auf und das Licht, das vom Flur kam, erleuchtete in Trapezform, das Zimmer von Sophia und fiel direkt auf ihr Bett. Ludwig bewegte sich mit langsamen Schritten zu Sophia zu. Immer noch nichts ahnend, schlief Sophia, vollkommen der bösen Absicht ihres Vaters ausgeliefert, weiter. Ludwig näherte sich wie ein Raubtier das sich seinem Opfer nähert. Vorsichtig machte er einen langsamen Schritt nach dem anderen und achtete dabei auch auf seine Atmung. Jetzt war er seiner Beute nahe genug gekommen. Jetzt stand er direkt vor Sophia's Bett und blickte mit weit aufgerissenen Augen von oben auf sie herab. Sein Herzschlag erhöhte sich. Es schlug schneller als je zuvor. Er begann zu schwitzen. In nur wenigen Sekunden war er vom Schweiß durchnässt worden. Ihm war plötzlich so heiß am ganzen Körper geworden. Ein Schweißtropfen fiel von seiner Stirn auf die Wange von Sophia drauf, der sie wach werden ließ. Als Sophia ihre Augen öffnete, sah sie ihren Vater direkt über sich vor ihrem Bett stehen. Vollkommen schweißgebadet und mit Blicken in seinen Augen, die sie nie wieder vergessen würde. Er war wie erstarrt gewesen. Er stand einfach regungslos da und beobachtete sie. Sophia wusste nicht, was ihr Vater so spät in der Nacht von ihr wollen würde. Sie wollte von ihm wissen, was er von ihr wollen würde, doch er antwortete nicht. Dieser Zustand ihres Vaters war ihr vollkommen neu gewesen. Das hatte sie noch nie zuvor bei ihm erlebt. Er war wie hypnotisiert. Er war zwar direkt vor ihr, aber war es auch irgendwie doch nicht. Der Zustand war einfach viel zu verwirrend für Sophia. Für einen Augenblick dachte sie sogar, dass sie vielleicht noch träumen würde. Doch schon bald würde sie feststellen müssen, dass sie nicht träumen würde. Sie würde schon kurz darauf realisieren müssen, dass alles was geschehen war, sich in Wirklichkeit zutragen hätten. Ihr war definitiv bewusst geworden, dass sie zwar nicht träumte, aber dafür einen richtigen Albtraum erlebt hatte, als ihr Vater sich plötzlich auf sie stürzte. Weder er noch sein Verhalten waren nicht wieder zu erkennen. Er war zu einer wildgewordenen Bestie geworden, der sich hungrig auf seine Beute gestürzt hatte. Sophia wusste nicht wie es ihr geschehen war. Sie schrie ihren Vater an, dass er das sofort unterlassen solle, aber er machte immer noch weiter. Er riss Sophia das Seidenpyjama herunter, woraufhin sie sich umso mehr wehrte und dabei gleichzeitig weinte und ihren Vater weiter anschrie. Sophia's Pech war zudem auch, dass sie etwas außerhalb von der Stadt wohnten, weswegen sie auch kaum Nachbarn in der näheren Umgebung hatten. Somit konnte niemand ihre Hilferufe hören. Keiner konnte herbei eilen und sie von den Fängen ihres Vaters befreien. Sie war ganz auf sich alleine gestellt und wehrte sich mit all ihrer Kraft gegen ihren Vater, der einfach nicht aufhören wollte sich an seine Tochter zu vergreifen. Nachdem Sophia mit Bedauern einsehen musste, dass niemand zur Hilfe kommen würde und sie nicht stark genug gewesen war ihrem Vater Widerstand zu leisten, hörte sie auf sich weiter zu wehren und befand sich plötzlich in

Trance. Sie lag einfach nur regungslos da, während ihr Vater weitermachte und starrte mit leeren Blicken auf die Decke. Wenn man dabei gewesen wäre, hätte man deutlich sehen können, wie all ihre Lebensenergie und Lebensfreude aus ihren Augen heraus gesogen worden sind. In dieser Nacht flogen sie einfach davon und sollten nie wieder zurück kehren. In dieser Nacht sollte sie sich nur in einer leere Hülle verwandeln. Doch damit niemand außerhalb etwas merken sollte, setzte sie jedes Mal ein falsches Lächeln auf und tat so, als würde bei ihr zu Hause alles gut laufen. Sophia wurde in dieser Nacht ihre Jugend gestohlen. Sophia wurde in dieser Nacht ihr Leben gestohlen. Und das von ihrem eigenen Vater. Doch das war eben nur der Anfang. Denn es sollten weitere dieser grauenhaften und schlaflosen Nächte folgen. Ludwig dachte nämlich nicht einmal Ansatzweise daran damit aufzuhören. Ganz im Gegenteil, er fühlte sich dabei sehr wohl.

Das ging ein ganzes Jahr so. Bis Sophia siebzehn Jahre alt wurde. Mittlerweile gehörte diese schreckliche Tat ihres Vaters zu ihrem Alltag und schien sich damit abgefunden zu haben. Sie kam in der Vergangenheit schon des Öfteren auf die Idee, ihren Vater bei der Polizei anzuzeigen oder bei anderen Bürgerinnen und Bürger Hilfe zu suchen, jedoch war sie gezwungen dies zu unterlassen, da ihr Vater mit dem Tod gedroht hatte. Auch von zu Hause weglaufen kam für sie nicht in Frage, da sie nicht wüsste, wie sie alleine zurecht kommen würde. Und überhaupt hätte sie es als ein siebzehnjähriges Mädchen nur schwer gehabt. Denn die Polizei würde sie, sobald sie sie entdecken würden, aufgrund ihrer Minderjährigkeit, wieder zurück in ihr, für sie zur Hölle gewordenem, zu Hause bringen in dem der Teufel höchst persönlich wohnt. Er war einfach zu einem kranken und psychopathischen Monster mutiert, der sich das nicht anmerken ließ. Für Sophia war er einfach nicht wiederzuerkennen. Wohin war der einst so liebevolle Vater verschwunden, fragte sie sich immer wieder. Sie konnte sich einfach nicht erklären, wie sich ein Mensch so dermaßen ändern könnte. Er war wie ausgewechselt gewesen. Sie war einfach nicht in der Lage zu begreifen, wie ein Vater in der Lage sein könnte, seiner eigenen Tochter so etwas schreckliches anzutun. Sie konnte es einfach nicht verstehen.

Ludwig machte jedem etwas vor und tat weiterhin so als wäre er der sympathische und beliebte Schuster von früher gewesen. Niemand wusste von seinem inneren Dämon. Niemand wusste was jede Nacht bei ihm zu Hause, hinter verschlossenen Türen, passierte. Niemand wusste, wie grausam und abscheulich er tatsächlich gewesen war. Niemand wusste von all dem. Niemand, außer Sophia.

Sophia war auf sich alleine gestellt gewesen. Sie konnte niemanden zur Hilfe holen. Sie konnte sich aber auch nicht selbst helfen. Es schien so, als würde das für den Rest ihres Lebens so ablaufen. Es schien so, als gäbe es keinerlei Hoffnung für sie.

Sie dachte sich, dass es nur eine einzige Möglichkeit geben würde um diesem Elend ein für allemal ein Ende zu bereiten. Sie wusste, dass es eine sehr gewagte Idee gewesen war, aber sie wusste auch, dass es die einzige Möglichkeit war zu entkommen. Entweder würde sie das tun oder sie würde sich das Elend weiter über sich ergehen lassen müssen.

Mehr Optionen schien sie einfach nicht zu haben.

Selbstverständlich war sie nicht begeistert von dieser Idee, aber sie war nun mal so geworden. Sie wurde zu dem gemacht. Sie hasste sich dafür selbst. Vielleicht sogar mehr als sie ihren eigenen Vater hasste. Denn der war ja eigentlich Schuld an dieser ganzen Sache. Er war Schuld daran, dass sie nur noch an das Eine denken konnte. Er verwandelte sich zu einem Monster und verwandelte Sophia gleich mit. Wie ein Vampir, der ein junges Mädchen beißt, ihr das Blut aussaugt und sie anschließend genau so zu einem Vampir macht, wie er selbst einer ist. Wie ein Werwolf, der einem jungen Mädchen ein Stück Fleisch abbeißt und sie ebenso zu einer wilden Bestie verwandelt. Wie ein Zombie, der einem jungen Mädchen in die Hand beißt und sie ebenso zu einer dieser ewig umherschleichenden Kreaturen macht. Wie ein Virus, der ein junges Mädchen ansteckt, sie infiziert und sie einfach so, wie aus dem Nichts, krank macht. Sophia hatte viele solcher Vergleiche darüber, was ihr Vater ihr angetan hatte. Sophia könnte und würde niemals ihrem Vater verzeihen. Sophia könnte und würde das niemals akzeptieren.

Welch ein schreckliches Unheil war nur über sie gekommen? Sie fand einfach keine Antwort.

Sophia konnte sich zwar nicht erklären, wie ihr Vater zu solch einem Monster werden konnte, aber sie wusste wie sie dem Ganzen ein Ende bereiten könnte.

Also bereitete sie sich auf eine weitere Nacht vor. Doch diesmal konnte sie diese Nacht, im Gegensatz zu den vergangenen Nächten, kaum erwarten. Für diese Nacht, hatte sie sich für ihren Vater etwas ganz besonderes einfallen lassen. In dieser Nacht sollte all das ein Ende finden.

In dieser Nacht, wollte sich Sophia rächen.

Ludwig war gerade in der Arbeit und würde erst am Abend nach Hause kommen. Sophia nutzte diese Zeit aus um sich auf die Nacht vorzubereiten. Sie ging in das Schlafzimmer ihres Vaters und kniete sich vor einer Truhe nieder, die sie zuvor

15

unter dem Bett ihres Vater heraus geholt hatte. In dieser Truhe hatte Ludwig die letzten Sachen von seiner Ehefrau aufbewahrt, die sie zuletzt noch bei sich hatte, bevor sie verstarb. Er brachte es damals nicht über's Herz sie zu entsorgen. Somit beschloss er all die Kleinigkeiten, wie ein Kamm, eine Halskette, die er ihr zu ihrem achten Hochzeitstag geschenkt hatte, eine Armbanduhr, die zu der Zeit bevorzugt von den Damen getragen wurden. Die Männer hatten alle eine edle Taschenuhr bei sich getragen. Zudem befanden sich noch viele weitere Fotos von Sophia's Mutter darin. Auf einigen war sie zusammen mit ihrem Vater zu sehen. Sie schienen ein sehr glückliches Ehepaar gewesen zu sein. Als Sophia ihren Vater auf diesen Bilder so herzhaft lachen sah und dabei deutlich, aus seinen vor Freude leuchtenden Augen, erkennen konnte, wie glücklich er einst gewesen sein muss, konnte sie es sich umso schwerer vorstellen, zu welch einem Monster er nun geworden war. Doch schnell riss sie sich aus ihren Gedanken ab und konzentrierte sich wieder auf ihren Plan. In der Truhe befand sich nämlich auch das Kleid, das ihre Mutter an ihrem Todestag angehabt hatte. In diesem Kleid brachte sie Sophia zur Welt. Das Kleid hatte einen beigen Ton und bestand aus Baumwolle. Sie war mit einem etwas weitem Rock und einem Unterrock versehen. Das Oberteil bestand aus einer Bluse mit Rüschenärmel. Zudem befanden sich auf dem Kleid kleine Schmetterlingsmuster, deren Außenränder in Hellblau gestickt gewesen waren. An der Taille war ein zu den Schmetterlingsmustern passendes Band in Marineblau. Der Saum vom Rock war ebenso mit Bändern in Marineblau verziert gewesen. Es war ein traumhaft schönes Kleid fand Sophia. Und genau deswegen hatte sie sich entschieden in jener Nacht dieses Kleid, das Kleid, das ihre Mutter an ihrem Todestag, der zugleich Sophia's Geburtstag gewesen ist, getragen hat, zu tragen. Mit diesem besonderen Kleid wollte sie ihren Vater in dieser besonderen Nacht überraschen. Also holte sie das Kleid aus der Truhe heraus und schob die Truhe wieder zurück unter das Bett ihres Vaters. Sie verschwand damit in ihrem Zimmer und begann sich auf die Ankunft ihres Vaters Ludwig vorzubereiten. Sie zog das Kleid an, schminkte sich, lackierte ihre Fingernägel und kämmte sich ihre blonden Haare zurecht, die sich seidenweich angefühlt und unter der Sonne geglänzt hatten.

Sie richtete sich ganz fein her und konnte es kaum erwarten den Gesichtsausdruck ihres Vaters zu sehen, sobald er nach Hause kommen und sie so vorfinden würde. Sophia wusste, dass es sich lohnen würde. Sie wusste, dass es nicht umsonst sein würde. Sie war fest davon überzeugt, dass es ihrem Vater ganz besonders gut gefallen würde.

Es war bereits Abend geworden und Sophia wartete vollkommen bereit und sehnsüchtig im Wohnzimmer auf die Ankunft ihres Vaters. Sie hatte sich ein Lächeln aufgesetzt, damit sie ihrem Vater umso besser gefallen konnte.
Diesmal hatte sie darauf verzichtet für ihn zu kochen. Denn für's Essen war keine Zeit vorhanden. Sobald ihr Vater durch die Tür das Haus und anschließend das Wohnzimmer betreten sollte, wollte sie mit ihrem Plan loslegen. Sie wollte es nicht noch länger hinauszögern. Sophia hatte es sich in den Kopf gesetzt, in jener Nacht, dem Elend ein für allemal ein Ende zu setzen. Ohne Zögerungen. Ohne Ablenkungen. Es musste einfach wie geplant ablaufen. Denn einen zweiten Plan hatte sie nicht. Dieser hier musste funktionieren. Dieser Plan durfte nicht daneben gehen. So wartete sie ganz fest entschlossen im Wohnzimmer auf der Couch sitzend auf ihren Vater Ludwig. Schon konnte Sophia ein Rascheln direkt vor der Haustür

hören. Es war das Rascheln vom Schlüsselbund ihres Vaters. Endlich war er zu Haue angekommen. Endlich war sie ihrem Plan ein Stück weiter gekommen.

Sie konnte genau hören, wie ihr Vater den Hausschlüssel in das Schlüsselloch an der Tür hinein gesteckt, daran gedreht und die Tür aufgemacht hatte. Ludwig hatte das Haus betreten und hatte sich den Mantel und die Schuhe ausgezogen. Sofort danach hatte er sich auf den Weg in das Wohnzimmer gemacht um sich, so wie jeden Abend auch, vor dem Essen ein wenig auszuruhen. Doch dieses Mal sollte es ein wenig anders ab-laufen als gewöhnlich. Dieses Mal wartete eine besondere Überraschung seiner Tochter Sophia auf ihn. Sobald er das Wohnzimmer betrat und Sophia in diesem Kleid und so heraus-geputzt vor sich auf der Couch sitzen sah, stockte ihm der Atem. Er war wie fest gefroren. Es war als hätte er ein Geist gesehen. Das hätte er nun wirklich nicht erwartet. Er war für einen Moment regungslos da gestanden und versuchte dabei wieder klar denken zu können. Mit weit aufgerissenen Augen und weit geöffnetem Mund stand er vor seiner Tochter, die ihn die ganze Zeit über nur angelächelt hatte.

Sophia hatte regelrecht den Anblick ihres Vaters genossen. Das war genau das Bild gewesen, dass sie sich ausgemalt hatte. Nichts anderes hatte sie sich erwartet. Ihr Plan war auf-gegangen. Sie hatte es geschafft ihren Vater zu überraschen. Doch die eigentliche Überraschung, die Krönung des Ganzen, sollte erst noch kommen. So hatte sie, triumphierend, das Wort ergriffen und sagte >>*Na, Vater! Was sagst du dazu? Wie gefalle ich dir jetzt?*<< Ludwig war immer noch hin und her gerissen gewesen. Er hatte versucht stotternd, ja fast ängstlich, zu antworten >>*W...wa...was hass...hasst du da a...an Sophia?*<< Sophia stand lächelnd auf und beantwortete seine Frage >>*Ich habe das Kleid von Mutter angezogen, damit ich*

dir besser gefalle. Tu ich das? Gefalle ich dir so mehr?<< Und
wieder hatte Ludwig stotternd zu reden angefangen
>>*Ja...ja...d...das...das tust du meine liebe Sophia. In der Tat,
d...das tust du. Du...mein Gott!...Du siehst genau so aus wie
sie. Du siehst genau so aus...wie deine...wie deine Mutter.*<<
Das war genau die Antwort, die sich Sophia erwartet hatte.
Jetzt hatte sie ihren Vater ganz unter ihren Bann gezogen und
konnte nun ihren Plan zu Ende bringen. Also hatte sie weiter
gemacht. >>*Na dann? Worauf wartest du denn noch? Komm
und hol dir deine Frau!*<< Sie grinste ihn verführerisch an.
Ludwig konnte nicht widerstehen und hatte sich ein weiteres
Mal von seiner Lust überwältigen lassen. Er war mit schnellen
Schritten direkt zu Sophia gelaufen und hatte sie sofort mit
beiden Händen an der Hüfte gepackt und sie zu sich gezogen.
Doch noch bevor er weitermachen konnte, hatte Sophia die
nächste Überraschung heraus geholt. Sie hatte ein Messer, das
sie die ganze Zeit über hinter ihrem Rücken versteckt gehalten
hatte, heraus geholt und hatte vor damit ihren Vater umzubringen. Doch zu ihrem Bedauern hatte Ludwig schnell
reagiert und konnte dem hinterhältigen Angriff seiner Tochter
entkommen. Sophia war verängstigt gewesen, weil sie ihren
Vater verfehlt hatte und war in Tränen ausgebrochen. Sie hatte
plötzlich angefangen laut zu schreien und hatte mit dem
Messer hin und her gefuchtelt. Ludwig war ganz außer sich.
Durch diese Aktion seiner Tochter Sophia war er wütend geworden. Er hatte vor sich auf sie zu stürzen um ihr das Messer
aus der Hand schlagen zu können. Sophia hatte weiter geschrien und hatte weiterhin mit dem Messer Löcher in die Luft
gestochen. Irgendwie hatte es Ludwig geschafft, in seinem
Adrenalinrausch, ihr das Messer aus der Hand zu nehmen. So
wie er das Messer an sich gerissen hatte, so begann er damit
mehrfach auf seine Tochter Sophia einzustechen bis sie letzt-

endlich sterbend zu Boden gefallen war. Sophia war in dem selben Kleid gestorben wie ihre Mutter zuvor. Erst nachdem er seine Tochter am blutigen Boden liegen gesehen hatte, wurde ihm klar, welch ein Fehler er gemacht hatte. Er hatte sofort das Messer aus seiner Hand weg geworfen und hatte sich trauernd zu dem leblosen Körper seiner Tochter Sophia hingekniet. Er hatte mit seinen zittrigen Händen den Kopf von Sophia aufgehoben und auf sein Schoß gelegt. Ludwig hatte sie eine Weile schweigend und mit Tränen in den Augen angestarrt. Aus Sophias Nase und Mund war ihr Blut ausgelaufen, das die Hände von Ludwig verschmiert hatten. Ludwig konnte sich nicht erklären wie das alles passieren konnte. Er wusste nicht wie es dazu gekommen war. Er wusste nur, dass er seine Tochter umgebracht hatte. Und er wusste auch, dass das niemand jemals erfahren durfte. Also hatte er beschlossen sich zu sammeln und wieder zu Verstand zu kommen. Er musste diese missliche Tat vor jedem Geheim halten. Weder seine Kunden noch die Polizei durften davon erfahren. Er war sich bewusst darüber, dass er die ganze Sache vertuschen musste. Doch er wusste nicht wie er das tun sollte. Dazu müsste er sich etwas gerissenes ausdenken. Er beschloss, damit es keinem auffallen sollte, weiterhin zur Arbeit zu fahren um seinem Beruf nachgehen zu können. Falls jemand nach seiner herzhaften Tochter fragen sollte, würde er ihnen schon sagen, dass es ihr gut gehen und sie sich eine Zeit lang zu Hause aufhalten würde, um sich auf ihre schulische Weiterbildung vorzubereiten. Ludwig war sich sicher gewesen, dass er das schon irgendwie schaffen würde, doch er wusste nicht, wie lange er das hätte durchziehen können. Doch zunächst müsste er mal die Leiche seiner Tochter los werden.

Begraben konnte er sie nicht. Verbrennen ebenso wenig. Also war er auf die Idee gekommen, seine Tochter Sophia in ihre

Einzelteile zu zerstückeln und in der selben Truhe, in der er die letzten Sachen seiner verstorbenen Ehefrau Gertrude aufbewahrt hatte, zu verstauen. Da ihm bereits klar gewesen war, dass das tote Fleisch darin vergammeln und zu stinken anfangen würde, hatte er beschlossen, die Truhe vorerst im Zimmer von Sophia aufzubewahren bis ihm eine bessere Lösung eingefallen war.

So hatte das Ludwig also getan. Er hatte eine Säge von seiner Abstellkammer geholt, mit der er die Leiche seiner Tochter Sophia in Einzelteile zersägt hatte. Während er jedes einzelne Glied der armen Sophia zersägt und jeden Knochen durchtrennt hatte, hatte er nicht ein einziges Mal dabei mit seinen Augen gezuckt. Er hatte einfach sein Atem angehalten und hatte zugesehen, dass er seine Arbeit so schnell wie möglich erledigte. Nachdem er fertig gewesen war, hatte er die Reste, die einmal seine Tochter gewesen waren, in die Truhe verstaut, die Truhe in Sophia's Zimmer eingebunkert und die Tür für immer abgesperrt. Niemand sollte je dieses Zimmer betreten. Niemand sollte sie je wieder besuchen kommen. Das Ganze war ihm einfach viel zu riskant gewesen.
Er ging die ersten drei Tage danach weiter arbeiten, konnte sich jedoch nicht mehr auf seinen Beruf konzentrieren, weswegen auch seine Arbeit darunter gelitten hatte. Das war seinen Kunden aufgefallen gewesen, wodurch er sich viele Beschwerden anhören musste. Ludwig beschloss danach für eine Zeit lang, er wusste selber nicht wie lange er dafür brauchen würde, den Laden zuzusperren und sich zurückzuziehen. Er musste sich entspannen und von all dem was in den letzten Tagen zuvor passiert gewesen war erholen. Er hatte etwas Urlaub nötig. So hatte er sich in sein Haus eingesperrt und wollte, so gut es geht, den Kontakt nach Draußen, ab-

brechen. Er wollte einfach nur alleine sein und in Ruhe gelassen werden.

Er hatte sämtlichen Wein und jede Einzelne Flasche Whiskey aus seinem Keller geholt und hatte begonnen Tag und Nacht zu trinken. Er hatte zum Frühstück, zu Mittag und zu Abend getrunken. Er hatte auch spät in der Nacht getrunken. Er hatte jedes Mal so viel getrunken, bis er hinterher immer irgendwo hingefallen oder eingeschlafen war. Der Tod von Sophia hatte ihn schlussendlich doch noch sehr mitgenommen und war damit ganz und gar nicht klar gekommen. Schon der Tod seiner Frau war ihm damals zu viel gewesen, doch er war nur wegen Sophia stark geblieben. Am Ende musste er jedoch eingestehen, dass ausgerechnet er es gewesen war, der seine Tochter, das letzte Geschenk seiner geliebten Ehefrau Gertrude, umgebracht hatte. Er konnte sich seine tat nicht verzeihen und versuchte seine Schuldgefühle und all das was er seiner Tochter angetan hatte, in Alkohol zu ertränken. Doch ganz egal wieviel er auch getrunken hatte, konnte er nichts von all dem vergessen. Die Schmerzen waren viel zu groß gewesen. Er hatte aufgehört sich zu baden, sich zu rasieren, anständig zu essen. Das gesamte Haus hatte nur noch nach seiner vernachlässigten Körperhygiene und nach Alkohol gestunken. Sämtliche Zimmer waren von Ungeziefer befallen gewesen. Überall flogen Stubenfliegen herum und überall krabbelten Ameisen und Kakerlaken umher. Ja sogar Ratten hatten sich bereits eingenistet und hatten es sich auf dem Müllberg, der sich mitten in der Küche befand gemütlich gemacht. Hin und wieder hatte sich eine Fliege in eines seiner Flaschen geirrt, die unmittelbar danach im genüsslichen Alkohol, nach mehrmaligem Zappeln und hoffnungslosen Versuchen dem zu entkommen, ihrem Schicksal erlegen und anschließend im Magen von Ludwig gelandet gewesen war. Sein ganzes Leben war auf den Kopf gestellt gewesen. Und daran war einzig und allein er Schuld.

Mittlerweile waren knapp zwei Wochen seit dem Tod von Sophia vergangen und bei Ludwig hatte es immer noch keine Verbesserungen gegeben. So hatte er sich eines Nachts eine weitere Flasche von seinem guten Wein geschnappt und war in sein Schlafzimmer getaumelt. Er hatte einen kräftigen Schluck vom bereits klebrigem Flaschenhals genommen und hatte sich hinterher in sein Bett fallen gelassen, dessen Bezüge seit Tagen nicht mehr ausgewechselt gewesen waren. Die halbvolle Flasche war auf den Boden gefallen und ein wenig Wein war dabei auf den ehemals schönen Teppich ausgeschüttet gewesen. Kaum hatte er sich die Augen zugemacht, hatte er sie wieder, wenn auch nur zusammen gekniffen, aufgemacht. Denn direkt am Fußende seines Bettes hatte sich etwas unerklärliches geeignet. Es kam ihm vor als wäre dort jemand gestanden. Er hatte versucht sich etwas mehr aufzurichten um genauer erkennen zu können, wer oder was diese Silhouette, die sich vor seinen verschwommenen Augen befand, sein könnte. Als die Gestalt nun ein wenig klarer geworden war, dachte er zunächst, dass er vor lauter Alkohol nur halluzinieren würde. Denn die Person, die vor ihm gestanden war, durfte eigentlich gar nicht dort stehen. Ludwig war ein kalter Schauer über den Rücken gelaufen und seine Haare am ganzen Körper hatten sich aufgerichtet. Es hatte ihm die Sprache verschlagen. Kalter Schweiß war seine Stirn herab geronnen. Es war unmöglich. Es hätte einfach nicht sein dürfen. Vor ihm war tatsächlich seine Tochter Sophia gestanden, die eigentlich seit knapp zwei Wochen zerstückelt und versperrt in einer Truhe hätte sein sollen. Doch sie stand vor ihm. Vollkommen als eine ganze Person und so schön, wie sie schon immer gewesen war. Und sie trug erneut das Kleid ihrer Mutter am Körper und hatte, ohne sich bewegt oder etwas gesagt zu haben, ihren Vater, ihren Mörder angestarrt.

Ludwig hatte einen ausgetrockneten Mund als er seine Tochter vollkommen lebendig vor sich stehen gesehen hatte. Langsam hatte er sich aufgerichtet und sich ihr genähert. Er hatte seinen rechten Arm nach ihr ausgestreckt, damit er fühlen konnte, ob sie auch tatsächlich echt gewesen war. Als er sie auch wirklich berühren hatte können, war er vollkommen außer sich geraten. Mit großen Augen war er sofort ein weites Stück nach hinten gehüpft und wusste nicht, was er hätte sagen sollen.

Er hatte vor lauter Angst zu stottern angefangen. Doch ehe er auch nur ein Wort gesagt hatte, konnte er genau beobachten, wie sich die Gestalt, die unmöglich seine Tochter hätte sein können, in etwas abscheuliches, hässliches und verrottetes verwandelt hatte. Plötzlich war eine dürre Kreatur vor ihm gestanden, dessen Haut vollkommen bleich und faltig, die Augen vollkommen weiß und ohne sichtbare Pupillen, das Kleid und die Haare voller Dreck und Blut gewesen waren und einen enormen Gestank absonderte bei dem selbst die Tapeten im Schlafzimmer anfingen zu verfaulen. Nun hatte Ludwig erst recht Angst bekommen und hatte sich verzweifelt mit beiden Händen sein Gesicht gerieben in der Hoffnung, dass er das alles vielleicht doch nur träumen würde. Doch das war nicht so. Er hatte nicht geträumt. Alles was sich zu dieser Zeit in seinem Haus, in seinem Schlafzimmer abgespielt hatte, war wirklich passiert. Noch bevor er kaum hatte begreifen können, welch ein furchtbares Schauspiel sich vor ihm ereignet hatte, hatte es im Zimmer angefangen zu blitzen und zu donnern. Plötzlich waren sämtliche Fenster aufgegangen, die Scheiben in viele kleine Teile zersplittert und das Zimmer wurde vom starken Wind gefüllt, bei dem die Vorhänge gedroht hatten abzureißen. Die Tapeten lösten sich von den Wänden herunter, die Schlafzimmertür wurde wie von Geisterhand abgesperrt, sodass Ludwig ja nicht entkommen konnte und sein Bett fing zu wackeln an.

Ludwig konnte nichts anderes tun als sprachlos und verängstigt das ganze Spektakel mitanzusehen. Während er sich so verwirrt im Zimmer umgesehen hatte, hatte er nicht bemerkt, dass die Kreatur, die seine tote Tochter Sophia darstellen sollte, direkt vor seiner Nase gestanden war. Kaum war sie vor ihm aufgetaucht gewesen, hatte sie ihn, mit ihren faltigen, vertrockneten Händen an denen sich lange und spitze Fingernägel befanden, am Hals gepackt und in die Höhe gehoben. Ludwig hatte dabei keine Luft bekommen, weil sie ihn sehr stark gewürgt hatte. Er hatte zappelnd um sein Leben gerungen und hatte versucht sich mit all seiner Kraft aus den Fängen dieses Dämons zu befreien. Doch Ludwig war nicht stark genug gewesen. Der Dämon hatte ihn näher an sein Gesicht geholt und hatte mit seinen milchweißen Augen direkt in die verängstigten Augen von Ludwig hinein gestarrt. Nach wenigen Sekunden hatte der Dämon mit weit geöffnetem Mund zu kreischen angefangen und hatte dabei Ludwig's Gesicht vom Unterkiefer aus aufgerissen, woraufhin er sofort tot und ohne Unterkiefer auf den Boden gefallen war. Sein Blut verteilte sich auf dem Teppich, auf den zuvor sein Wein ausgeschüttet gewesen war und hatte sich damit vermischt. Der Dämon, der einmal seine Tochter Sophia gewesen war, hatte den abgerissenen Unterkiefer von Ludwig noch in seiner Hand, den er anschließend aufgegessen hatte. Nachdem er fertig gewesen war, war er genauso wieder verschwunden, wie er aufgetaucht war. Die entstellte Leiche von Ludwig war noch ein paar Tage so da gelegen bis sie schließlich von besorgten Kunden vorgefunden worden war. Kurze Zeit später fand man auch die Leichenteile seiner Tochter, die mittlerweile bereits vollkommen verwest worden waren.

Da niemand Ludwig eine solche schreckliche Tat zuschreiben konnte wie seine eigene geliebte Tochter zu ermorden und auch sich selbst nicht so derart grausam verstümmeln und dadurch Selbstmord begehen würde, weil er bei allen als ein lieber und netter Mann bekannt gewesen war, war man sich sicher, dass ein brutaler und grauenhafter Mörder sich in der Stadt herumtreiben würde.

Doch die Polizei konnte den angeblichen Mörder nie fassen, obwohl sich von Zeit zu Zeit ähnliche Vorfälle ereignet hatten. Sie tappten jedes Mal im Dunklen und waren nicht in der Lage, die seltsamen Mordfälle zu lösen.

Doch das sollte sich in der heutigen Zeit ändern.

KAPITEL 1

EIN SELTSAMER FALL

Gegenwart

Erst zwei Tage waren vom letzten Fall vergangen, den die Chefinspektorin und Mordermittlerin Asena Hilal nach mühsamen drei Monaten endlich aufgeklärt hatte. Die Wienerin mit türkischen Wurzeln sowie die gesamte Stadt Wien waren erleichtert gewesen und konnten endlich wieder aufatmen. Denn die Stadt war einen weiteren Serienmörder los geworden, der monatelang sein Unheil getrieben und somit alle Bewohnerinnen und Bewohner in Angst und Schrecken versetzt hatte. Monatelang traute sich kaum einer aus seinem zu Hause heraus, damit sie der grausame Serienmörder, dem man den Spitznamen „Der Schlächter" gegeben hatte, der jedoch mit dem bürgerlichen Namen Frederick Bonnet hieß. Er stammte ursprünglich aus der französischen Stadt Marseille und war achtunddreißig Jahre alt. Seit fünfzehn Jahren lebte er in Wien und war als Lagerarbeiter in einem Möbelhaus beschäftigt. Seine Deutschkenntnisse waren zwar recht gut, doch man konnte immer noch sehr deutlich seinen französischen Akzent heraus hören. Frederick Bonnet war mit einer jungen Frau aus Linz liiert, die er eines Tages kennenlernte, als sie ein Kleiderschrank abholen gekommen war. Die beiden verstanden sich auf Anhieb und beschlossen nach wenigen Wochen ihre Bekanntschaft zur Verwandtschaft zu machen und gingen in den Bund der Ehe ein. Ihr Name ist Bianca und sie ist fünfunddreißig Jahre alt. Aus ihrer Ehe ging eine zehn Jährige Tochter hervor, die seit dem Tod ihres Vaters mit ihrer Mutter alleine in Wien lebt. Vom Doppelleben ihres Mannes wusste

Bianca nicht. Sie hätte sich das auch nie von ihm erträumen können. Nie im Leben hätte sich daran denken können, dass ausgerechnet ihr Mann der seit Monaten gesuchte Serienmörder war, den die ganze Stadt fürchtete. Als sie davon erfahren hatte, setzte bei ihr sofort die Schockstarre ein bevor sie in Tränen zerbrach und zu Boden fiel. Diese Nachricht hatte sowohl ihre als auch die Welt ihrer Tochter Chantal zerstört. Wie sollte sie das nur ihrer Tochter jetzt beibringen? Wie sollte sie das jetzt ihrer Familie in Linz und auch all ihren Freunden erklären? Wie würden sie alle nur darauf reagieren, wenn sie davon erfahren würden? Was würden die Nachbarn dazu sagen? Würde man ihr ihre Unschuld und ihre Unwissenheit darüber glauben? Die Polizei glaubte ihren Aussagen. Zudem glaubte auch Asena Hilal, dass Bianca von den schrecklichen Taten nichts wusste bzw. nicht wusste, dass er der Verantwortliche gewesen war. Daher glaubten zumindest einige ihrer Freunde, genauso auch ihre Familie und unterstützen sie und ihre Tochter noch heute. Einige haben da immer noch ihre Bedenken und bevorzugen es lieber Abstand zu halten. Doch das kümmert Bianca nicht. Seit dem Vorfall mit ihrem Mann Frederick konzentriert sie sich auf ihre neue Zukunft und um die Zukunft ihrer Tochter Chantal.

Frederick Bonnet hatte nämlich zu morden angefangen, als eines Tages die Kunden ihn so sehr genervt hatten, sodass er beschloss einen von ihnen umzubringen. Aufgrund der Lieferscheine wusste er ganz genaue, wo dieser Kunde lebte und lauerte ihm auf. Bei der bestmöglichen Gelegenheit, schnappte sich Frederick sein Opfer und erwürgte ihn solange bis dieser zuerst vollkommen rot und dann blau angelaufen war und wegen Sauerstoffmangels starb. Bei seiner Tat zeigte Frederick keinerlei Reue oder schlechtes Gewissen. Es schien ihm Spaß zu machen. Weswegen er auch dadurch in den Geschmack ge-

kommen war. Zudem verlief sein erster Mord sehr sauber, sodass er sich umso mehr dazu verleitet gefühlt hatte und beschloss weiterzumachen. So folgte ein Mord dem anderen und
schon wurde aus Frederick Bonnet ein Serienmörder. Es
dauerte nicht lange und sämtliche Medien berichteten über die
Morde, die zum Teil auch immer grausamer geworden waren,
weswegen man ihn auch den Schlächter nannte. Denn seine
Morde, die zu Anfang aus Würgeangriffen bestanden hatten,
entwickelten sich zu Mordfällen bei denen den Opfern Körperteile abgeschnitten oder ihnen ihre Gedärme herausgenommen
und überall am Tatort verteilt worden waren. Seinem letzten
Opfer, ein dreiundvierzig Jähriger Österreicher, hatte er sogar
den Kopf abgetrennt und ihn in den Kühlschrank des Opfers
hineingesteckt. Auf seiner Stirn war eine Notiz dran befestigt,
auf der folgendes in Handschrift stand, „Ich muss einen kühlen
Kopf bewahren." Niemand wusste, wer hinter all diesen
Morden steckte. Es schien so als würde man den Serienmörder
nie zu fassen bekommen. Solange er auf freiem Fuß herumlief
und sein Unwesen trieb, war niemand vor ihm sicher gewesen.
Doch die Mordkommission der Stadt Wien unter der Leitung
von der Chefinspektorin Asena Hilal, konnte dem Spuk ein für
allemal ein Ende setzen. Nach einer sorgfältigen Arbeit und
dem großartigen Einsatz ihres Teams, konnten sie Frederick
Bonnet, auch bekannt als „Der Schlächter", fassen. Als man
Frederick Bonnet auf seinem Arbeitsplatz observiert und später
auch überführt hatte, hatte ihm das ganz und gar nicht gefallen,
weswegen er ein Taschenmesser aus seiner Hose herausholte
und sein Hals damit aufschlitzte. Auch nach mehreren Versuchen ihn zu überreden, konnte Asena Hilal ihn nicht davon
abhalten. Es ging einfach alles viel zu schnell. Weder sie noch
ihr Team hatten damit gerechnet. Doch Asena Hilal war
Momenten wie diesen gewohnt. Denn die meisten Verbrecher

brachten sich am Ende selber um, weil sie viel zu Feige gewesen waren sich den Händen des Justizsystems zu überlassen. Nach diesem Fall konnte sie endlich wieder mal gut schlafen und viel Schlaf nachholen. Mit ihr auch die gesamte Stadt. Doch Frederick Bonnet war nicht der einzige Mörder in der Stadt. Es gab genug andere, die ihrem Drang, Verbrechen auszuüben, erlegen waren. Diese Geisteskranken, diese Psychopathen konnten einfach nicht anders als Gewalt und Verbrechen auszuüben. Für die Meisten von ihnen war das wie eine Droge. Sie konnten gar nicht anders. Sie konnten einfach nicht damit aufhören. Selbst diese ganzen Wiederholungstäter, die erst vor Kurzem vom Gefängnis entlassen wurden und erneut irgendwelche Verbrechen begingen um anschließend wieder im Gefängnis zu landen. Diese Gestalten lernten einfach nicht dazu. Oder sie wollten nicht lernen. Asena Hilal wusste nicht was in den Köpfen dieser Verbrecher vorging, obwohl sie schon sehr lange als Polizistin tätig ist. Sie wusste nur eines, sie muss sie jagen und sie muss sie so schnell wie möglich außer Kraft setzen und ihnen die Handschellen anlegen. Sie hatte bereits viel gesehen und viel erlebt. Die verschiedensten und verrücktesten Verbrechen. Sie hatte bereits viele Täter hinter Gitter gebracht. Doch nun sollte sie einem Täter gegenüberstehen, der nicht wie die Täter ist, denen sie sonst hinterher jagt. Dieser Täter sollte sie an ihre Grenzen bringen. Dieser Täter schien seinen eigenen Rachefeldzug gestartet zu haben. Und dieser Täter sollte der schlimmste und grausamste sein, der ihr je in ihrer gesamten Karrierelaufbahn begegnen sollte.

Noch wusste sie nicht, wer oder was sie erwarten würde, doch das sollte sich schon bald ändern.

Und zwar mit einem Anruf ihres Kollegen, Matthias Kogler. Dieser Anruf sollte sie in eine Reihe diverser und rätselhafter

Morde hineinkatapultieren.

Doch der Anruf sollte erst später kommen. Noch war Asena in ihrer Wohnung im achtzehnten Wiener Gemeindebezirk und wollte ihren Tag mit einem genüsslichen Kaffee starten. Nach langer Zeit wieder war sie vollkommen ausgeschlafen. Sie wusste, dass der Kaffee so am Besten schmeckte. Sie war sechsunddreißig und lebte alleine. Asena war zuvor nie verheiratet gewesen, obwohl ihre Eltern, die ebenfalls in Wien lebten, sie ständig dazu drängten. Ihre zwei jüngeren Geschwister waren bereits verheiratet und nun sollte sie endlich an der Reihe sein. Doch Asena dachte nicht über eine Ehe nach. Ihr Beruf war einfach zu anstrengend. Sie war Tag und Nacht in ihrem Büro und jagte irgendwelchen Mördern nach. Gegebenenfalls übernachtete sie sogar am Arbeitsplatz. Somit war sie gewissermaßen mit ihrem Beruf verheiratet gewesen. Doch ihre Eltern wollten unbedingt, dass sie einen Mann findet und noch mehr wollten sie weitere Enkelkinder haben. Sie ließen einfach nicht locker damit, aber Asena war das bereits gewohnt gewesen und versuchte ihre Eltern bezüglich diesem Thema zu ignorieren. Sie hatte zwar einen festen Freund, einen gebürtigen Wiener mit dem sie vier Monate zusammen gewesen war und der als Filialleiter in einer Bank arbeitete, aber sie kam mit ihm nicht wirklich gut aus, da er ihr ständig das Gefühl gegeben hatte, sich nicht wirklich für sie zu interessieren. Sie hatte ständig Fragezeichen im Kopf und kein gutes Gefühl bei ihm, weswegen sie sich von ihm trennte. Die Tatsache, dass er das einfach so, ohne Widersprüche, hinnahm, bestätigte ihre Gefühle gegenüber ihn umso mehr. Andererseits dachte sie auch, dass er sich vielleicht deswegen so distanziert hält, weil sie eben mit ihrem Beruf verheiratet war und sehr viel Zeit dort verbringen und ihn somit vernachlässigen musste. Den wahren Grund wusste sie selbst nicht, aber so gefiel es ihr viel besser. So hatte sie ihre Ruhe. Und so könnte es auch ruhig bleiben.

Ihr Kaffee war also noch am kochen. Währenddessen bereitete sie sich ihr Frühstück vor. Es war ein typisch türkisches Frühstück bei dem Eier mit Sucuk, Knoblauchwurst, nicht fehlen durften. Sie liebte den Geruch, den diese Mahlzeit von sich absonderte. Ohne das war das Frühstück kein richtiges Frühstück. Zu dem gab es schwarze Oliven, etwas Schafskäse, Honig, Butter, Erdbeermarmelade, gekochte und in Scheiben geschnittene Rinderwürstchen und dazu warmes Fladenbrot und einen knackigen Sesamring, den sie sich ebenfalls in dicke Scheiben geschnitten hatte. Das Einzige was noch fehlte war der türkische Schwarztee, aber den hatte sie sich für später aufgehoben. Nachdem Frühstück und dem Kaffee, wollte sie sich eine ganze Kanne türkischen Tee kochen und entspannt, über den Tag hinweg, genießen.

So setzte sie sich, wie fast jeden Morgen, alleine zu Tisch und fing an zu frühstücken. Sie liebte es, wie die Butter auf dem warmen Fladenbrot zerging und wenn noch der Honig dazu kam, wurde es unwiderstehlich gut. Den Kaffee trank sie gern schwarz und ungesüßt. Sie war der Meinung, dass sich der Kaffee einfach so gehört. Ohne Milch und ohne Zucker. Wenn sie Milch und Zucker zu sich nehmen wollen würde, würde sie eine heiße Schokolade trinken, meinte sie immer, wenn man sie darauf angesprochen hatte. Nein, der Kaffee musste frei von Milch und Zucker sein. Genau so wie der türkische Kaffee, den sie abgöttisch liebte. Egal wie ihr Tag gerade gewesen war, der türkische Kaffee, in Kombination mit einem Stück Lokum, Turkish Delight, musste sein. Ganz egal zu welcher Uhrzeit auch immer, täglich eine Tasse türkischer Kaffee gehörte zu ihrem Alltag dazu. Kaffeesud lesen und all dieser Wahrsager Mist interessierten sie nicht. Sie glaubte nicht an all diesen

Schwindel. Sie war der festen Überzeugung, dass Gott allein die Zukunft kennen würde. Ihre Mutter hingegen glaubte sehr wohl daran. Sie ließ sich keine Gelegenheit entgehen, bei dem sie die Chance dazu bekam, ihren Kaffeesud interpretiert zu bekommen. Nur allein deswegen, besuchte sie von Zeit zu Zeit ihre Nachbarin, die ebenfalls aus der Türkei stammt, und unterhielt sich Stundenlang über diese Themen, bei denen es um Hellseherei und dergleichen ging. Sie tranken türkischen Kaffe um aus dem Kaffeesud die Zukunft vorher sehen zu können, sie spielten mit Tarotkarten und auch aus den Händen ließ sie sich die Zukunft ablesen. Sie war verrückt danach. Für Asena war dieses Verhalten ihrer Mutter zwar geläufig, aber sie mochte es nicht, dass ihre Mutter ständig herausfinden wollte, ob und wann sie ungefähr heiraten würde und vor allem wie ihr zukünftiger Schwiegersohn aussehen würde. Schon des Öfteren hatte sie ihre Mutter diesbezüglich ermahnt, jedoch hörte sie nie darauf und machte weiter.

Asena war also fertig mit dem Frühstück und goss sich die letzten Tropfen Kaffee aus der Kanne in ihre Tasse hinein. Anschließend setzte sie sofort den türkischen Tee auf und drehte den Herd an. Sie nahm ihre Tasse, in Form einer Katze, in die Hand und ging damit ins Wohnzimmer um es sich dort bequem zu machen. Sie hatte noch ihren Schlafanzug an und dachte noch lange nicht ihn sich auszuziehen. Der war sehr bequem und fühlte sich ganz gut an. Es war schließlich ihr freier Tag und den wollte sie mit all seiner Bequemlichkeit genießen. Sie dachte nicht einmal daran ihr Handy nach eingegangenen Anrufen oder Nachrichten anzusehen, doch als Polizistin und vor allem als Chefinspektorin, musste sie es tun. Zu ihrem Glück wollte niemand etwas von ihr wissen. Entspannt lag sie das Handy auf den Kaffeetisch im Wohnzimmer, legte sich auf ihr Sofa drauf und streckte ihre Beine aus. So ließe es sich leben, dachte sie sich. Gutes Frühstück gehabt, Kaffee in der Hand und Tee auf dem Herd. Besser konnte ein Tag für sie nicht starten.

Das dachte sich am Vortag auch der wegen mehrfachen sexuellen Übergriffen verurteilter einundvierzig Jähriger Straftäter namens Patryk Wozniak. Der Mann mit polnischer Abstammung war der Polizei der Stadt Wien bereits bekannt. Er wurde bereits zwei Mal festgenommen und bekam mehrfache Anzeigen, weil er mehrere Frauen sowohl sexuell belästigt als auch öffentlich onaniert hatte. Er hielt sich selbst vor minderjährigen Mädchen nicht zurück, weswegen er dafür ins Gefängnis wandern musste. Er war dadurch ein Langzeit Arbeitsloser und er wollte in Wahrheit auch gar nicht arbeiten gehen. All die Anzeigen und Gefängnisaufenthalte schreckten ihn nicht von seinen abscheulichen Taten ab. Patryk Wozniak ist ein sexbesessener Psychopath, der nicht damit aufhören kann, Frauen sexuell zu belästigen und sie zu stalken. Er nutzte jede Gelegenheit aus und sprach die Frauen obszön an und verhielt sich ihnen gegenüber sehr vulgär. Und diesmal wollte er sogar einen Schritt mehr machen und seinen unsittlichen Taten einen mehr drauf setzen. Vor wenigen Tagen nämlich war ihm eine junge Studentin einfach so auf der Straße aufgefallen. Seitdem hatte er beschlossen sie auf Schritt und Tritt zu verfolgen. Er wusste wo sie studierte, wusste wo sie wohnte, wusste wo sie sich in ihrer Freizeit aufhielt, wusste mit wem sie sich traf, er wusste auch wo sie als Teilzeitbeschäftigte tätig war. Patryk Wozniak wusste einfach alles über die junge Studentin, die auf den Namen Miriam hörte. Er hatte sie bereits lange genug verfolgt, sodass er ganz genau wusste, wann er zuschlagen würde. Auch an diesem Morgen hatte er Miriam in seinem Visier. Er beobachtete sie gründlich und verfolgte sie auf Schritt und Tritt. Miriam arbeitete, neben ihrem Studium als Politikwissenschaftlerin, in einem kleinen Restaurant mit vorwiegend italienischer Küche an der Bar. Das Restaurant hieß Vapiano und befand sich im ersten Wiener Gemeindebezirk, direkt Oberhalb der U3 Station Herrengasse. Patryk Wozniak wollte zum ersten Mal seinem Opfer gegenüber stehen, bevor er sich an ihr vergehen wollte. Das gab ihm einen besonderen Reiz. Zu wissen, dass er sie überfallen würde, aber sie davon nichts wusste. Das erregte ihn umso mehr. Doch da das Restaurant erst ab zehn Uhr am Vormittag öffnen würde, war er gezwungen zu warten. Das wiederum gefiel ihm nicht besonders, da er es kaum erwarten konnte, Miriam endlich mal anzusprechen, aber er hatte nun mal keine andere Wahl. Es war noch eine gute Stunde bis das Restaurant seine Türen aufsperren würde. Also wollte sich Patryk die Zeit tot schlagen in dem er ein wenig herum spazierte. Er ging den Graben entlang bis zum Stephansplatz und hielt jetzt schon Ausschau nach neuen Opfern. Denn die Sache mit Miriam sollte erst der Anfang werden. So etwas hatte er noch nie zuvor gemacht, da er sich nicht so sehr getraut hatte, aber nun war soweit. Er musste es zumindest einmal probiert haben. Diverse Körperteile von fremden Frauen zu begrapschen und in der Öffentlichkeit zu onanieren waren zwar erregend, aber noch lange nicht befriedigend. Da musste etwas Neues her. Und Patryk Wozniak wusste ganz genau was das sein sollte.

Ganz optimistisch also beobachtete er am Stephansplatz die Passanten, die auf und ab gingen. Einige Touristen waren auch schon da. Ein paar von ihnen machten Fotos vom Stephansdom. Er beobachtete, wie die einzelnen Läden und Kaffeehäuser aufsperrten. Bislang war ihm noch keine aufgefallen, die seiner Meinung nach, interessant für ihn sein würde. Er sah auf die große Uhr am Stephansplatz, die direkt vor dem Aida Café-Konditorei stand, hinauf und sah, dass es bereits zehn vor zehn gewesen war. Lüstern rieb er sich die Hände aneinander und machte sich wieder ganz gelassen zurück auf den Weg zum Vapiano auf der Herrengasse.

Er ging hinein und bekam eine Karte von der netten Empfangsdame am Eingang, auf den er all seine Getränke und Speisen drauf buchen lassen und am Ende die Gesamtsumme bezahlen kann. Er warf der Empfangsdame, beim entgegennehmen der Karte, ein Lächeln zu und ging weiter an die Bar.

Und da stand sie bereits. Patryk Wozniak war schon ohnehin von Miriam hin und her gerissen, aber als er sie in ihrer Arbeitsbekleidung gesehen hatte, schmolz er dahin. Sie sah umwerfend aus in ihrem weißen Hemd und dem roten Schal um ihren Hals. Und das rote Tuch, das sie sich um die Hüften gebunden hatte, erinnerte ihn an einen sehr reizvollen Rock. Er konnte kaum seine Augen von ihr nehmen. Miriam bemerkte Patryk noch gar nicht, da sie noch mit dem Einrichten der Vitrine für Nachspeisen beschäftig war. Patryk stand nun direkt vor der Bartheke und setzte sich ein falsches Lächeln auf. Mit einem einfachen „Guten Morgen!" gewann er ihre Aufmerksamkeit. Sie grüßte zurück und fragte ihn, was er gerne hätte. Nur zu gern würde Patryk jetzt sagen, dass er sie gerne hätte, aber er musste sich zusammenreißen und konzentrieren. Sein Plan durfte nicht zunichte gehen. Es musste alles genauso ablaufen, wie er sich das vorgestellt hatte. Also bestellte er einen Cappuccino und wollte sich hinsetzen. Da rief Miriam, mit ihrer lieblichen Stimme, ihm hinterher und erinnerte ihn daran, dass er die Karte, die am Empfang bekommen hatte, vorlegen müsste. Er reichte Miriam die Karte entgegen und sie legte sie an den dafür vorgesehenen Scanner und gab ihm die Karte, mit den Worten >>*Ihr Cappuccino ist gleich fertig. Ich bringe ihn dann zu ihrem Tisch!*<< zurück. Patryk nahm die Karte wieder entgegen und setzte sich auf sein Platz, und zwar so, dass er einen guten Blick zu Miriam hatte. Nach nur wenigen Sekunden brachte sie ihm auch den Cappuccino und ging wieder zurück an die Bar. Patryk nahm ein Schluck davon und ließ sein Blick im Restaurant schweifen. Es waren gerade eine Handvoll Gäste drinnen, die alle an der Pasta-Abteilung standen. So viele Nudelverliebte, dachte sich Patryk und wandte seine Blicke erneut Miriam zu, die immer noch mit der Auslage beschäftigt gewesen war.

Er trank sein Kaffe aus und blieb noch etwa fünf Minuten sitzen, bevor er aufstand und ging. Er wollte noch den Anblick von Miriam genießen und malte sich währenddessen auch einige Phantasien mit ihr im Kopf aus. Doch so langsam wurde er schon davon erregt gewesen, weswegen er nun aufstand und sich verabschiedete. Miriam verabschiedete sich zurück und sagte >>*Hoffentlich hat ihnen der Cappuccino geschmeckt.*<< Patryk antwortete mit einem Lächeln >>*O ja, der Cappuccino hat mir sehr gut geschmeckt. Sie können das sehr gut.*<< Miriam fing zu lachen an und antwortete mit >>*Na ja, eigentlich hat ihn die Kaffeemaschine gemacht, aber danke!*<< Lächelnd und ohne etwas drauf zu sagen ging Patryk davon. Er bezahlte seine Endrechnung und verließ das Restaurant wieder. Nun war er noch reizvoller und erregter als zuvor gewesen. Denn zum ersten Mal hatte er sich mit Miriam unterhalten und nicht nur das, er hatte sich auch von ihr bedienen lassen. Jetzt wollte er umso mehr in den nächsten Schritt übergehen und sein Plan durchziehen. Da er wusste, dass sie um achtzehn Uhr Dienstschluss haben würde, ging er zunächst nach Hause und ruhte sich ein wenig aus. Er wollte für Miriam bei Kräften sein. Da es das erste Mal war, dass er so etwas vor hatte, wollte er nichts falsch machen. Es musste alles Reibungslos ablaufen. Er durfte es nicht vermasseln. An diesem Abend wollte er Miriam einen Besuch zu Hause abstatten und sie damit überraschen.

Asena Hilal trank bereits ihr drittes Glas türkischen Tee und war weiterhin dabei es sich zu Hause gemütlich zu machen. Irgendwann im Laufe des Tages hatte sie vor ihre Eltern anzurufen um nach zu fragen, ob es ihnen gut geht und ob sie etwas brauchen würden. Bevor sie sich bei ihren Eltern meldete, beschloss sie für sich eine Kleinigkeit zu kochen. So wie immer, wusste sie auch diesmal nicht, was sie sich zubereiten sollte. Sie sah in sämtliche Küchenschränke hinein um nach zu sehen, was sie an Optionen wohl so alles haben würde. Es gab Mehl, Reis, Bulgur, verschiedene Nudeln und Fertigsuppen. Viel war das ja zwar nicht, aber sie würde sich schon etwas zusammenstellen können. Da sie auch noch wissen wollte, was sie so alles im Kühlschrank aufbewahrt hatte, wollte sie auch mal da hinein sehen. So wie sie den Kühlschrank öffnete, schlug sie ihn ruckartig wieder zu und sprang mit einem Schreck einen weiten Schritt nach hinten. Sie hielt sich die Hände vor ihr Gesicht und atme tief ein und aus. Danach fuhr sie mit ihren Händen in ihre Haare und hielt eine Weile Inne. Denn sie hatte sich an den Vorfall erinnert, bei dem der abgetrennte Kopf eines Opfers von Frederick Bonnet im Kühlschrank lag. Es war so, als würde der Kopf, in diesem Moment, in ihrem Kühlschrank liegen. Es war so real. Sie hatte zwar schon viel gesehen, aber das war mit Abstand das schlimmste Erlebnis für sie gewesen. Doch Asena war eine sehr taffe Frau und sie wusste, dass sie auch über diesen jüngsten Fall drüber hinweg kommen würde, so wie sie es auch schon bei früheren Fällen geschafft hatte, diese zu verarbeiten. Es war nur eben etwas neues für sie. Doch diese Dinge gehörten zum Alltag. Sie gehörten zu ihrem Beruf dazu. Das alles war ein Teil ihres Lebens. All die Mordfälle, die Leichen, die Überstunden, der viele Kaffee und die schlaflosen Nächte. Das alles gehörte nun mal dazu. Da fiel ihr wieder ein, dass ihre Eltern nicht verstehen wollten, wieso sie nicht heiraten wollte. Bei dem Gedanken musste sie schmunzeln und dachte sich auch dabei, dass kein Mensch, geschweige den eine eigene Familie in dem auch noch Kinder sein würden, das alles mit ihr aushalten würden. Das würde sie keinem Menschen antun wollen. So wie ihr Leben im Moment war, so könnte es auch ruhig bleiben. Mit etwas weniger Leichen, aber sonst könnte alles so bleiben.

Sie hatte beschlossen doch nichts zu kochen, sondern viel lieber bei ihren Eltern zu essen. Etwas familiäre Gesellschaft würde ihr jetzt gut tun. Sie schenkte sich noch ein Glas türkischen Tee ein und ließ den Rest in der Kanne auf dem Herd, den sie abgedreht hatte, stehen. Den ganzen Tag lang zu Hause gemütlich Tee trinken, sollte wohl doch nicht sein. Sie nahm ein Schluck von ihrem Tee, der wie eine Lokomotive dampfte und rief gleich danach ihre Mutter an um zu verkünden, dass sie sie heute besuchen würde.

Ihre Mutter freute sich jedes Mal wahnsinnig über den Besuch ihrer ältesten Tochter. Wie bei jedem Mal versprach sie ihr auch dieses Mal ihr Lieblingsessen zu kochen. Und das war nichts anderes als die sogenannte Yüksük Corbasi, also eine türkische Tortellini Suppe mit Kichererbsen und Fleischstückchen. Asena war verrückt nach dieser Speise. Das war eine typische und bekannte Speise aus Adana. Die Stadt aus der sie ursprünglich stammt. Asena war zwar in Wien geboren und aufgewachsen, doch ihre Eltern stammten beide von dort. Adana ist die fünftgrößte Stadt in der Türkei und dort konnte es im Sommer weit über fünfzig Grad heiß sein. Eine der bekanntesten Speisen war auch der Adana Kebap. Auch das aß

Asena sehr gerne. Am liebsten mit viel Scharf. Denn in Adana isst man sehr gerne und sehr oft scharfe Speisen und auch ihre Eltern essen sehr gerne scharfes Essen, weswegen das auch auf Asena und ihre zwei Geschwister übergegangen ist.

Als sie hörte, dass ihre Mutter ihr Lieblingsessen zubereiten würde, freute sie sich ganz besonders darauf, tauschte sofort ihren bequemen Schlafanzug gegen ihre nicht ganz so bequeme Freizeitbekleidung und machte sich ganz schnell auf den Weg zur Wohnung ihrer Eltern.

Asena fuhr einen weißen Audi A1 und sie liebte ihr Auto über alles. Dieses Fahrzeug hatte sie bereits seit einigen Jahren und dachte auch nicht daran es gegen ein neues auszutauschen. Und wenn, dann musste es erneut ein Audi sein. Denn alle anderen Automarken kamen für sie nicht in Frage. Ein Audi, vor allem ihr Audi A1, war das Beste Fahrzeug für sie.

So stieg sie also in ihren geliebten Audi A1 und machte sich durch die Straßen Wiens auf den Weg zum sechsten Wiener Gemeindebezirk. Im Radio spielte es gerade „THE WAY YOU MAKE ME FEEL" von Michael Jackson.

Patryk Wozniak lauerte bereits erneut der jungen Miriam auf und wartete darauf bis sie sich auf den Weg nach Hause machen würde um ihr ganz unauffällig folgen zu können. Auch dieses Mal bekam die Studentin der Politikwissenschaften nicht mit, dass sie von einem Mann mit bösen Absichten ver- folgt wurde. Vollkommen gelassen und ohne schlimmes zu erahnen stieg sie in die U-Bahn und fuhr damit Richtung nach Hause. Patryk Wozniak stieg ebenfalls, von Miriam un- entdeckt, ein und fuhr mit.

Ein paar Stationen später stiegen sie aus und Patryk Wozniak nahm die Verfolgung weiter auf.

Miriam sperrte das Haustor auf und betrat das Stiegenhaus.

Patryk bewegte sich im Laufschritt auf das Haustor zu um es aufhalten zu können. Miriam merkte davon nichts und ging seelenruhig die Stiegen hinauf bis zu ihrer Wohnung. Sie wohnte im ersten Stock einer Privatwohnung mit nur einem Zimmer, eine kleine Küche, ein kleiner Duschraum mit einer Kloschüssel darin, wodurch das Badezimmer ziemlich eingeengt gewesen war. Doch für Miriam reichte es voll-kommen. Anfangs wollte sie ja in eine WG ziehen, entschied sich jedoch dagegen, weil sie einfach keine passenden Mitbewohner finden konnte. Entweder waren sie viel zu verantwortungslos oder machten viel zu lärm. Wenn es sich um Mädels handelte, neigten sie eher dazu wild fremde Männer mit in die Wohnung zu nehmen. Mit Jungs wollte sie nicht in eine WG ziehen und viele weitere Punkte sprachen somit gegen eine WG. Also blieb es bei der kleinen aber feinen Wohnung, die nur ihr allein gehörte. Das wiederum kam Patryk Wozniak sehr gelegen, der sich auch schon mittlerweile im Stiegenhaus befand und mit langsamen Schritten die Treppen hinauf stieg. Sobald Miriam ihre Wohnungstür aufgesperrt hatte, überfiel sie Patryk von hinten, hielt ihr dabei den Mund fest zu und drückte sie mit Gewalt in die Wohnung hinein. Miriam war geschockt und wusste nicht, was gerade passierte. Sie versuchte sich loszureißen und ihrem Angreifer zu entfliehen, aber Patryk war viel zu stark und hielt sie fester, je mehr sie sich bewegte. Er drehte sie zu sich um und als Miriam dieses Gesicht vor sich gesehen hatte, wurde ich schlagartig klar, dass es das Gesicht des Mannes gewesen war, der am Vormittag einen Cappuccino bei ihr bestellt hatte. Sie schaffte es sich von ihm abzustoßen und fing unmittelbar danach an ihn anzuschreien. Sie wollte wissen, was das sein sollte und was er in ihrer Wohnung machen würde. Woraufhin Patryk mit offenem Mund lächelte. Miriam ermahnte ihn aus ihrer Wohnung zu verschwinden und drohte damit um Hilfe zu schreien und die Polizei zu verständigen. Doch das verschreckte Patryk Wozniak nicht. Er ging auf Miriam zu und schlug sie mit einem Schlag nieder, woraufhin sie schreiend zu Boden fiel. Miriam war von dem Schlag ganz benommen und die ersten Tränen verließen bereits ihre grünen Augen. Partyk Wozniak zog ganz schnell seine Hose aus und stürzte sich anschließend auf die am Boden weinende Studentin. Er war im Adrenalinrausch. Das war genau der Kick, den er gebraucht hatte. Es fühlte sich für ihn ganz gut an. Seine Organe in seinem Körper fühlten sich an als würden sie schweben. Er war überwältigt gewesen. Das war noch besser als in der Öffentlichkeit zu onanieren, dachte er sich.

Doch mit diesen Gefühlen sollte es auch gleich wieder vorbei sein. Denn sobald sich Patryk auf Miriam gestürzt, sie mit beiden Händen fest gehalten und versucht hatte sie zu küssen, überkamen ihn fürchterliche Schmerzen und seine Hände und Arme verrenkten sich auf eine sehr seltsame Art und Weise. Miriam konnte alles ganz genau beobachten, aber sie konnte es nicht fassen. Patryk Wozniak schwebte in der Luft und Miriam konnte deutlich erkennen, dass sein Gesichtsausdruck voller Schmerzen gefüllt gewesen war. Er fing zu schreien an und schwebte dabei weiter in der Luft. Miriam hatte sich bereits ein wenig aufgerichtet, bevorzugte es jedoch vor Angst weiter auf dem Boden zu bleiben. Nach nur wenigen Minuten und qualvollem Geschrei ihres Gewalttäters, wurde sie Zeugin davon, wie der dicke Bauch von Patryk Wozniak explodierte und zuerst seine Gedärme und danach er tot auf den Boden fielen. Miriam schrie lauthals und sie zitterte bei diesem grässlichen Anblick am ganzen Körper. Sie begriff die Welt nicht mehr und konnte nicht glauben, welch ein schreckliches Ereignis sich da soeben vor ihren Augen abgespielt hatte. Sie konnte ihre Augen einfach nicht von der Leiche, die Minuten zuvor noch ein lebendiger Mann namens Patryk Wozniak gewesen war, trennen bis sie, direkt gegenüber, ein Schatten sah, der sich langsam zu einer Person formte. Sie sah genauer hin und konnte nun deutlich erkennen, dass die Person bzw. das Wesen, sie wusste nicht, wie sie es bezeichnen sollte, ausgesehen hatte, wie ein junges Mädchen mit blonden Haaren das ein Kleid in Beige trug, auf dem blaue Schmetterlings-muster gestrickt gewesen waren. Das seltsame Mädchen, das zur richtigen Zeit am richtigen Ort aufgetaucht war und Miriam vor einer schrecklichen Tat gerettet hatte, sah ihr tief in die Augen und löste sich wieder in Luft auf. So mysteriös wie sie erschienen war, so verschwand sie auch wieder. Für einen Zeit lang, hatte es Miriam die Sprache verschlagen. Zuerst der Schock mit Patryk Wozniak und dann sein Tod direkt vor ihren Augen und dann noch das unbekannte Geistermädchen. Das alles war ihr eindeutig zu viel für diesen Abend gewesen. Sie versuchte sich zu erholen und verständigte anschließend sofort die Polizei. Matthias Kogler und einige Polizisten kamen zum Tatort und sahen sich in der Wohnung um. Miriam war immer noch außer sich und erklärte Matthias Kogler alles was sie erlebt hatte. Er hatte klarerweise Bedenken mit der Geschichte von Miriam und tat sich sehr schwer ihr zu glauben. Ihm war klar, dass eine junge Studentin nicht unbedingt für so ein Mord verantwortlich hätte sein können, aber er dachte, dass sie vielleicht Komplizen hätte, die ihr geholfen und anschließend geflohen seien. Und die Geistergeschichte glaubte er ihr schon gar nicht. Er dachte sich nur, dass sie vielleicht unter Drogeneinfluss stehen könnte und nahm sie für weitere Fragen und Untersuchungen mit auf das Polizeirevier. Er zog es vor seiner Chefinspektorin Asena Hilal vorerst nicht davon zu berichten, da sie ohnehin schon wegen dem Schlächter viel durchgemacht und sich die Auszeit verdient hatte. Nach einigen Stunden des Verhörs bestand Miriam weiterhin auf ihre Geschichte und verlangte einen Anwalt. Da Matthias Kogler sie weiterhin des Mordes bzw. als Mittäterin eines Mordes verdächtigte, entschied er sie über Nacht im Revier zu behalten und am nächsten Tag mit den Befragungen weiter zu machen.

Jedoch, als Miriam von ihrer ursprünglichen Geschichte immer noch nicht abgewichen war und auch am nächsten Tag immer wieder dasselbe wiederholte, entschied er sich anders und wollte jetzt doch die Chefinspektorin Asena Hilal hinzuziehen und ihr von dem Vorfall berichten.
Er zückte sein Handy aus seiner inneren Jackentasche hervor und suchte in der Anruferliste nach dem Namen von Asena Hilal und drückte mit der Spitze seines Zeigefingers drauf.
Schon wählte das Handy die Nummer von der Chefinspektorin.

Asena Hilal war mittlerweile bei ihren Eltern angekommen und war fleißig am Essen. Ihre Eltern waren bereits in der Pension, wodurch Asena sie zu jederzeit Problemlos besuchen konnte. Diesmal hatte sich ihre Mutter selbst übertroffen und die Suppe schmeckte hervorragender als sonst. Sie war drauf und dran den ganzen Topf leer zu schöpfen. So gut schmeckte ihr die Suppe. Ihre Mutter freute sich jedes Mal, wenn ihre Kinder ihr Essen so appetitlich und genüsslich aßen. Da ging ihr Herz jedes Mal dabei auf. Während Asena die Suppe aus ihrer Schüssel löffelte als gebe es keinen Tag danach, bereitete ihre Mutter schon die nächste Mahlzeit vor. Eine Süßspeise, die auch in Adana sehr bekannt ist und den Namen Tas Kadayif trägt. Asena freute sich schon irrsinnig auf diese köstliche Nachspeise. Sie war einfach und schnell zu machen und eignete sich auch hervorragend als Snack für zwischendurch.

Leider sollte sie das heute nicht mehr essen können. Denn ihr Handy fing zu läuten an und auf dem Display erschien der Name „Matthias". Sie bekam sofort ein mulmiges Gefühl in der Magengrube und schluckte die Tortellini ganz schnell hinunter um anschließend abheben zu können.

Nachdem sie sich angehört hatte was ihr Kollege so alles erzählt hatte, traute sie ihren Ohren nicht. Sofort unterbrach sie das Essen, stand auf und machte sich schon auf den Weg in das Polizeirevier. Ihre Eltern, vor allem ihre Mutter, waren ganz erstaunt über die Eile ihrer Tochter, woraufhin die Mutter sofort die Frage stellen musste, ob was schlimmes passiert gewesen sei. Asena wollte ihren Eltern die Einzelheiten ersparen und sagte einfach nur, dass es sich um alltägliche Polizeiarbeit handeln und man sie auf dem Revier brauchen würde. Sie drückte ihren Eltern einen dicken Schmatzer auf ihre Wangen und verabschiedete sich ganz schnell bei ihnen. Ihr Vater rief ihr hinter her, dass sie auf sich aufpassen solle.

Asena stieg in ihr geliebtes Audi A1 ein und fuhr fast mit Vollgas direkt zum Polizeirevier. Dabei dachte sie immer wieder über das nach, was Matthias Kogler ihr am Telefon gesagt hatte. Das konnte doch unmöglich wahr sein, aber sie würde es schon früh genug herausfinden. Jetzt wollte sie sich auf die Fahrt konzentrieren.

KAPITEL 2

DAS VERHÖR

Asena Hilal kam im Polizeirevier an und wurde direkt von ihrem Kollegen und Partner Matthias Kogler empfangen. Noch bevor er etwas sagen konnte, stellte sie ihn sofort zur Rede und klang dabei sowohl aufgeregt als auch wütend >>*Matthias! Wieso erfahre ich erst heute davon? Wieso wurde ich nicht schon gestern darüber informiert?*<< Matthias Kogler atmete einmal stark ein und aus ehe er ihr antwortete >>*Hör zu bitte Asena! Ich weiß, dass ich dir hätte früher Bescheid geben müssen, aber du hast erst neulich einen schweren Fall hinter dich gebracht und hattest eine Auszeit verdient und ich wollte dich damit einfach nicht belasten. Kannst du das bitte verstehen?*<< Asena sah ihren Kollegen für knapp drei Sekunden an und sagte sarkastisch >>*Danke lieber Kollege, dass Sie so sehr an mich denken,...*<< und dann redete sie ganz normal weiter >>*aber ich bin die Chefinspektorin verdammt noch einmal. Darüber würde ich gerne schon viel früher erfahren haben. Auch wenn ich mal frei habe, bin ich immer noch im Dienst. Wir sind Polizisten Herr Gott, wir sind ständig im Dienst.*<< Matthias Kogler wusste nicht wie er darauf antworten sollte und sagte nach kurzem Überlegen >>*Du hast ja recht Asena. Es tut mir Leid! Ich meinte es nur gut mit dir. Ich wollte dich einfach nicht überfordern. Das kommt nicht mehr vor, versprochen!*<< Asena nahm die Entschuldigung ihres Kollegen nickend an und sagte >>*Ist ja nett von dir gemeint Matthias und ich kann das verstehen, aber ich bitte dich dies in Zukunft zu unterlassen.*<< Matthias nickte mit seinem Kopf und antwortete >>*Verstanden.*<<
>>*Gut,...*<< sagte Asena weiter und fügte hinzu >>*...wo ist das*

Mädchen?<< Ohne ihr zu antworten machte Matthias eine
Geste mit seinem Kopf, der Asena zu verstehen geben sollte,
ihm zu folgen.
Sie hob ihre Augenbrauen hoch und folgte ihm.

Im Verhörzimmer befanden sich nur Miriam und Asena Hilal.
Asena war der Meinung, das junge Mädchen alleine zu ver-
hören, da sie dachte, dass Miriam dadurch vielleicht viel
offener, viel ehrlicher, viel vertrauter mit ihr reden würde, als
wie es mit Matthias oder generell mit einem Mann tun würde.
Das Verhörzimmer war mit einem nicht allzu hellem Licht be-
leuchtet gewesen. Asena saß direkt gegenüber von Miriam am
anderen Ende des mittelgroßen Tisches auf dem jeweils ein
dünner Aktenordner, ein Becher Kaffee für Asena und ein Glas
Wasser für Miriam drauf standen. Der Tisch sorgte auch für
einen bestimmten Sicherheitsabstand, damit die, die verhört
wurden, sich nicht plötzlich auf die Beamtinnen und Beamten
stürzen konnten, die sie befragten. Selbst Handschellen hielten
die Verdächtigen dabei nicht auf. Doch Miriam hatte noch
keine Handschellen bekommen. Denn sie war noch nicht
offiziell festgenommen worden. Man hielt sie lediglich über
Nacht für achtundvierzig Stunden zur polizeilichen Über-
wachung auf. Abgesehen davon hatte sie selbst drum gebeten
und blieb auch rein aus freiem Willen im Polizeirevier. Sie
hatte einfach viel zu große Angst um ihre Wohnung betreten zu
können. Sie hatte zu Matthias Kogler gesagt, dass sie nie
wieder ein Fuß in diese Wohnung setzten könnte. Es war für
sie schon schlimm genug, dass sie Patryk Wozniak so erlebt
hatte, nicht nur der Überfall auf sie, sondern die Art und Weise
wie er vor ihren Augen gestorben ist. Sein Bauch war einfach
aufgeplatzt und seine Innereien waren direkt vor ihren Füßen
gelandet. Das war für sie der Schock ihres Lebens. Und

natürlich auch wegen der unheimlichen Gestalt, die dafür verantwortlich gewesen war, dass sie möglicherweise für den Rest ihres Lebens eine Therapie nötig haben könnte. Das würde sie niemals in ihrem Leben vergessen können.

Miriam hatte eine Decke von der Polizei bekommen um sich damit ihren immer noch zitternden Körper warm zu halten. Während sie schluchzend und mit nach vorne hin geneigtem Kopf auf den Tisch vor sich starrte, spielte sie mit dem zerknüllten Taschentuch in ihrer Hand, den sie zuvor ordentlich mit ihren Tränen und ihrem Nasensekret befeuchtet hatte.

Sonst hatte sie immer noch die gelbe Bluse mit einer Brusttasche auf der linken Seite und ihre dunkelblaue Jeans dazu vom Vortag an. Ihre Haare waren leicht zerzaust und ihre dezente Schminke hatte sich mit ihren Tränen vermischt.

Asena Hilal saß eine Weile stillschweigend und nach hinten an ihren Stuhl gelehnt da und sah sie an. Sie wirkte eher gelassen. Danach beugte sie sich langsam vor, nahm ein Schluck von ihrem schwarzen Kaffee und stellte den Becher wieder zurück auf den Tisch ehe sie mit ihrer Befragung loslegte.

Sie spülte den Schluck brühend heißen Kaffe ihren Rachen hinunter und stellte mit ruhiger und vertrauenswürdiger Stimme ihre erste Frage >>*Erzählen Sie mir doch bitte erneut, was sie meinem Kollegen, dem Herrn Kogler, erzählt haben!*<<

Nach dieser Bitte von der Chefinspektorin füllten sich die Augen von Miriam erneut mit Tränen. Asena konnte genau beobachten, wie sie mit ihren Tränen kämpfte. Schluchzend und mit zittriger Stimme bemühte sich Miriam um eine Antwort >>*Na ja, wie ich es ihrem Kollegen bereits auch gesagt hatte. Es ging alles so schnell. Am Anfang hatte ich noch gar nicht begriffen, was geschehen ist. Das kam alles so plötzlich.*<< Sie spielte währenddessen weiter mit dem Taschentuch, woraufhin Asena ihr ein frisches hinüber reichte, den sie kopfnickend, als Dankesgeste, annahm. Sofort wischte sie sich damit über ihre beiden Augen und erzählte weiter *>>Ich hatte um achtzehn Uhr Dienstschluss und ging direkt danach nach Hause. Er muss mir gefolgt sein.<<* Obwohl sie wusste, wer damit gemeint war, fragte Asena dennoch *>>Wer folgte Ihnen?<<* Miriam hob ihren Kopf leicht an und sah zu Asena, die mit ihren beiden Händen den Kaffeebecher umklammerte und beantwortete ihre Frage *>>Dieser Mann, der mich zu Hause überfallen hatte...<<* sie hielt etwas Inne, richtete ihre Blicke wieder auf den Tisch und beendete ihren Satz *>>Ihr Kollege, der Herr Kogler, meinte, sein Name wäre Patryk..., Patryk Wozniak.<<* Asena lehnte sich etwas auf, nahm einen weiteren Schluck von ihrem Kaffee, ohne ihre scharfen Blicke von Miriam zu nehmen, und stellte den Kaffeebecher wieder auf dem Tisch, neben dem Aktenordner, ab *>>Erzählen sie bitte weiter!<<* Miriam tat was von ihr verlangt wurde *>>Dieser Patryk Wozniak...den hatte ich schon vorher gesehen. Er war bereits um zehn Uhr am Vormittag, gleich nach dem das Restaurant, in dem ich arbeite, aufgesperrt hatte bei mir und hatte sich einen Cappuccino bestellt.<<* Asena griff nach dem Aktenordner, der vor ihr lag, öffnete ihn, holte ein zusammen geheftetes dünnes Block von Papieren im A4 Format und unterbrach Miriam *>>Das Restaurant, in dem Sie arbeiten, heißt Vapiano?<<* Miriam nickte mit ihrem Kopf und sagte *>>Ja, ich arbeite dort an der Bar und das bereits seit sieben Monaten um mir neben meinem Studium ein wenig Taschengeld dazu verdienen zu können.<<* Asena blickte erneut auf den dünnen Stapel mit A4 Papieren in ihren Händen und stellte anschließen eine weitere Frage an Miriam *>>Hier steht, dass Sie Patryk Wozniak zuvor in Ihrem Leben gesehen hätten und, dass Sie ihn nicht kennen würden. Stimmt das?<<*

>>*Ja, das stimmt...*<< antwortete Miriam und fügte noch hinzu >>*Ich hatte ihn noch nie zuvor in meinem Leben gesehen*<< Sie fing erneut zu schluchzen an. Asena legte die Papiere zurück in den Aktenordner und klärte Miriam über den Mann, der sie in ihrer Wohnung überfallen hatte auf. >>*Patryk Wozniak war ein kranker Mann, der immer Frauen sexuell belästigt hatte. Er hatte sie bei jeder Gelegenheit unsittlich berührt und einige von ihnen sogar über eine Zeit lang gestalkt.*<< Miriam blickte verwundert zu Asena auf. >>*Er hatte sogar des Öfteren in der Öffentlichkeit vor fremden Frauen onaniert und wurde auch deswegen zwei Mal festgenommen. Doch seine Handlung von gestern war uns neu. Eine Frau zu überfallen um sie anschließend sexuell zu missbrauchen, gehörte bis heute nicht zu seinem Repertoire. Sie sind die einzige Frau bei der er das versucht und zum Glück nicht geschafft hatte, was mich zu meiner nächsten Frage bringt.*<< Miriam sah Asena immer noch verwundert an und hörte ihr aufmerksam zu. Asena sagte >>*Ich habe zwar ihren Aussagen...*<< sie tippte dabei sanft mit der Spitze ihres Zeigefingers auf den Aktenordner >>*...entnehmen können, dass Sie behauptet haben, dass eine Art Gespenst, eine unheimliche Gestalt ihn davon abgehalten hatte, sich sexuell an Ihnen zu vergehen. Jedoch, Frau Reichinger, müssen Sie wissen, dass dieser Teil Ihrer Aussage, nicht glaubhaft hinüber kommt. Ich weiß nicht, wie Sie auf so etwas gekommen sind, aber ich denke, dass Sie uns die Wahrheit verschweigen. Denn an Ihre kreative Geistergeschichte, können wir nicht glauben.*<< Miriam's Augen füllten sich wieder mit Tränen und um ihre Augen herum bildeten sich rötliche Ringe. Sie fing an am ganzen Körper zu zittern. Asena konnte sehen, dass sie langsam wütend wurde. Miriam ballte ihre beiden Hände zu Fäusten zusammen und versuchte die Chefinspektorin von der

Wahrheit ihrer Aussage zu überzeugen, während ihr eine Träne über ihre rötlichen Wangen hinunter kullerte.

>>*Hören Sie, ich weiß wie das klingt, aber genau so war es. Genau so hatte es sich abgespielt. Patryk Wozniak schlug mich mit einem Schlag auf den Boden und zog sich seine Hose aus. Kurz nachdem er sich auf mich drauf gelegt hatte, erschien dieses geisterhafte Wesen, der ihn direkt vor meinen Augen, wie von Zauberhand, in der Luft schweben ließ und dann sein Bauch aufplatzte. Ich weiß, dass das alles sehr verrückt klingt und, dass Sie mich wegen des Mordes verdächtigen, aber genau so war es. Sie müssen mir glauben bitte! Da war dieses Wesen. Es hat mich gerettet und ist dann wieder ver-schwunden.*<< Asena holte einmal tief Luft und machte einen weiteren Schluck von ihrem Kaffee. Sie sah Miriam schweigend an ehe sie ihre nächste Frage stellte >>*Wie hat denn dieses Wesen ausgesehen Frau Reichinger? Beschreiben Sie sie mir doch bitte!*<< Miriam beruhigte sich wieder ein wenig und ihre Fäuste lockerten sich auf, sodass ihre Finger-knöchel langsam ihre gewöhnliche weiße Farbe annahmen.

>>*Anfangs konnte ich nur einen dunklen Schatten sehen, der langsam Form annahm. Ich konnte erkennen, dass es ein Mädchen gewesen war. Ein junges Mädchen mit blonden Haaren. Sie hatte ein Kleid an, dass ausgesehen hatte, als würde es aus einer sehr alten Zeit stammen. Hatte so etwas mittelalterliches oder so was an sich, keine Ahnung, auf jeden Fall nicht von dieser Zeit.*<< Asena hörte ihr aufmerksam zu. >>*Das Kleid war weißlich mit blauen Bändern dran und es waren blaue Schmetterlinge drauf.*<< Sie hielt etwas inne und erzählte weiter >>*Viel konnte ich nicht erkennen, das ging alles so schnell. Sie war wieder gleich verschwunden. Bevor sie sich wieder in Luft auflöste, hatte sie direkt in meine Augen gestarrt. Es war so unheimlich. Ich kann nie wieder in diese*

Wohnung zurück kehren.<< Sie wischte sich mit dem frischen Taschentuch die Tränen von ihren Augen ab. Asena lehnte sich zurück und sah Miriam nachdenklich an. Sie wusste nicht, ob sie ihr glauben sollte oder nicht. Das war für sie einfach total unglaubwürdig. Wie konnte so etwas nur der Wahrheit entsprechen, dachte sie sich. Dabei klang das Mädchen sehr authentisch und machte ganz und gar nicht den Eindruck, als würde sie ihr etwas vormachen und irgendeine Lügengeschichte über Geister erzählen. Sie klang sehr fest davon überzeugt, aber das konnte es einfach nicht sein. Ein Geist? Das konnte unmöglich stimmen. Es musste etwas anderes dahinter stecken. Asena beschloss etwas tiefer hineinzubohren und stellte eine weiter Frage an die vollkommen überforderte junge Studentin >>*Also Frau Reichinger, leider kann ich ihre Geschichte so nicht abkaufen. Da müssen schon mit etwas glaubhaftem daher kommen als mit erfundenen Gruselgeschichten. Ich denke, dass Sie uns nicht die Wahrheit erzählen und, da man keinerlei Tatwaffen in ihrer Wohnung vorgefunden hatte, mit dem Sie den Mord an Patryk Wozniak verüben hätten können, den wir Ihnen zuschreiben können, sind wir dem Entschluss gekommen, dass eine weitere Person bei Ihnen zu Hause gewesen war, der den Mord an Herrn Wozniak verübte. Habe ich da recht und erzählen Sie mir jetzt bitte die Wahrheit! War eine dritte Person bei Ihnen in der Wohnung, der Patryk Wozniak ermordet und anschließend, samt der Tatwaffe, verschwunden ist und den sie versuchen hier zu decken? Erzählen Sie mir die Wahrheit!*<< Ihre Stimme wurde dabei etwas lauter und klang strenger. Miriam schüttelte langsam ihren Kopf und war kurz davor durchzudrehen. Wie sollte sie nur die Polizei davon überzeugen, dass sie die Wahrheit gesagt hatte? Wie sollte sie nur davon überzeugen, dass sie tatsächlich von einem Geist gerettet wurde? Sie war ratlos und wusste einfach nicht weiter. Abwechselnd starrte sie einmal auf die Decke hinauf, dann auf die Wand recht neben ihr und dann auf den Tisch vor ihr. Sie atmete tief ein und aus bevor sie mit einer ruhigeren Stimme eine Antwort gab >>*Ich weiß nicht, was ich noch sagen soll. Das ist die Wahrheit und mehr habe ich einfach nicht zu sagen. Es war keine weitere Person anwesend. Nur Patryk Wozniak, ich und dieses Geistermädchen. Sonst absolut niemand und da bin ich mir auch ganz sicher.*<< Asena dachte, dass es für heute reichen würde und beschloss, die Befragung später wieder fortzusetzen. Bevor sie aufstand und das Verhörzimmer verließ, sagte sie zu Miriam folgendes >>*Gut Frau Reichinger, ich denke, wir belassen es für's Erste dabei und machen später weiter. Ich muss mich mit meinem Kollegen, dem Herrn Kogler, beraten. Mir wurde auch mitgeteilt, dass Sie nach einem Anwalt gebeten haben. Den haben sie jedoch nicht nötig!*<< Miriam's Herz klopfte wie verrückt und sie fragte ganz aufgeregt >>*Und was passiert jetzt mit mir?*<< Asena Hilal klärte sie auf >>*Da wir keinerlei beweise haben, dass Sie die Mörderin von Patryk Wozniak sein könnten und sonst keinen aussagekräftigen Bericht vorlegen können, müssen wir Sie gehen lassen. Jedoch werden wir Sie streng im Auge be-halten. Und da Sie ja schon mehrfach betont hatten, dass Sie nicht wieder zurück in ihre Wohnung gehen möchten, kann ich Ihnen vorschlagen, bei Nachbarn, Verwandten oder Freunden zu übernachten oder wir bringen Sie für eine Weile in einem Frauenheim unter. Ganz wie Sie möchten.*<< Asena wartete darauf, was Miriam dazu sagen würde, doch sie schien in ihre Gedanken vertieft zu sein. Nachdem sie nicht reagierte, redete Asena einfach weiter >>*Meine Kollegen werden sich um Sie kümmern.*<< Von Miriam kam wieder nichts. Asena nahm den Aktenordner und verließ das Verhörzimmer.

Draußen wartete bereits ihr Kollege Matthias Kogler auf sie,

der sofort seine ganze Aufmerksamkeit ihr widmete
>>*Und? Wie lief es?*<< Asena seufzte ein wenig, verdrehte ihre
Augen, rieb sich die Stirn mit ihrer Hand und gab ihrem
Kollegen und Partner eine Antwort
>>*Sie denkt tatsächlich, dass ein Geistermädchen für den
Mord an Patryk Wozniak verantwortlich ist. Und sie klingt
ganz fest davon überzeugt. Sie ist entweder eine sehr gute
Schauspielerin oder wir jagen bald wirklich einem Geist
hinterher.*<< Sie stemmte ihre Hände an ihre Hüften und redete
so weiter, als würde sie Selbstgespräche führen anstatt sich mit
ihrem Partner zu unterhalten >>*Das ist echt zum Verrückt
werden. Das hatte ich bisher noch nie erlebt.*<<
>>*Wie geht's jetzt weiter?*<< wollte Matthias Kogler wissen.
>>*Wir haben nichts gegen sie in der Hand. Wir werden sie
daher jetzt mal laufen lassen, unter strenger Beobachtung,
natürlich. Währenddessen werden wir diesen Fall genauer
untersuchen. Mal sehen, was die Kollegen von der Autopsie zu
sagen haben. Danach wissen wir hoffentlich mehr.*<< Sie
drückte ihm den Aktenordner entgegen.
Matthias Kogler nahm den Ordner nickend an sich und war damit einverstanden. Asena Hilal verabschiedete sich von ihm
und wollte erst mal an die frische Luft. Matthias Kogler rief ihr
hinterher und machte einen Vorschlag
>>*Wollen wir vielleicht noch auf ein Bier gehen?*<< Ohne
stehen zu bleiben und nach hinten zu blicken gab Asena ihm
eine Antwort >>*Vielleicht ein anderen Mal*<< und winkte mit
ihrer Hand ab. Matthias nahm das zur Kenntnis, presste dabei
seine Lippen zusammen und machte sich, mit dem Aktenordner in seiner Hand, auf den Weg in sein Büro.

Asena Hilal befand sich vor dem Polizeirevier und überlegte
sich die ganze Sache. Sie dachte sich, dass die Geschichte von

Miriam ihre Mutter mehr als nur beeindrucken würde, da sie an Geister, Dämonen und derartige Phänomene glaubt. Dieser Gedanke sorgte für ein leichtes Schmunzeln in ihrem Gesicht. Asena glaubte zwar auch an Geister, aber sie glaubte noch lange nicht daran, dass sie irgendwelche Morde begehen könnten. Das wäre zu weit hergeholt gewesen. Sie hielt es nicht länger aus und machte sich auf den Weg um nachzufragen, ob die Kollegen von der Autopsie schon etwas für sie hätten. Also machte sie sich auf dem direkten Weg dahin.

Endlich am Ziel angekommen war sie ganz gespannt darauf, was der Gerichtsmediziner ihr wohl schon so alles zu berichten haben könnte. Irgendwie konnte sie es kaum erwarten, da sie unbedingt, wenn auch nur Ansatzweise, wissen musste, was tatsächlich vorgefallen gewesen war, sodass sie endlich mal irgendwo anfangen konnte.

Sie betrat das Büro des Gerichtsmediziners, der sofort erkennen konnte, dass Asena neugierig auf die ersten Ergebnisse gewesen war >>*Ah, diese Blicke kenne ich nur zu gut. Du möchtest von mir wissen, was ich bezüglich dem Leichnam von Wozniak zu sagen habe.*<< Er lächelte dabei. Asena und er, Dr. Gerald Springer, kannten sich schon seit vielen Jahren, weswegen sie sich per „Du" ansprachen.

>>*Das hast du richtig erkannt Gerald.*<< Sie setzte sich auf den Stuhl hin, der auf der anderen Seite des Schreibtisches von Dr. Springer stand. Er nahm seine Brille von der Nase ab und lehnte sich zurück, woraufhin der Stuhl auf dem er saß ein leises Knirschen von sich gab. >>*Allzu viel kann ich dir noch nicht sagen liebe Asena, aber was ich dir sagen kann ist, dass ich so etwas nie zuvor gesehen hatte.*<< Asena hörte dem Dr. Springer aufmerksam zu und sah ihn mit fragenden Blicken an. Dr. Springer stand auf und sagte >>*Komm mit! Besser ich zeige es dir im Autopsieraum.*<< Nachdenklich mit halb ge-

öffnetem Mund und weiterhin fragenden Blicken starrte sie den Gerichtsmediziner an. Dr. Springer ging vor bis zur Tür und ihre Blicke folgten ihm >>*Na komm! Oder willst du lieber hier sitzen bleiben?*<< Schweigend stand sie auf und tat was von ihr verlangt wurde.

Der Leichnam von Patryk Wozniak lag unter einem weißen Tuch verborgen und befand sich Mitten im Autopsieraum, in dem sich eine weitere Ablage für eine zweite Leiche befand, auf dem jedoch noch kein Leichnam drauf gelegen hatte. In dem Raum befanden sich zudem auch eine Tafel, ähnlich wie in einer Schulklasse, eine Flipchart, ein Whiteboard, viele medizinische Werkzeuge und Utensilien, die sich in jedem OP-Saal befinden. In der Wand, direkt hinter den beiden Ablagen, befanden sich vier Leichenschränke, die alle verschlossen waren. Asena wusste nicht, ob sich darin weitere Leichen befinden würden oder nicht, doch darüber wollte sie nicht länger nachdenken. Durch das grelle Licht, wirkte alles im Raum sehr blass und all die Gegenstände aus Metall glänzten und funkelten. Obwohl sie es nie zugeben würde, bekam sie jedes Mal Gänsehaut, sobald sie diesen Raum betrat. Sie konnte sich einfach nicht daran gewöhnen. All die Leichen, die sie je gesehen hatte, waren nichts dagegen. In so einem Umfeld würde sie, könnte sie gar nicht arbeiten. Es war ihr sehr unangenehm gewesen. Doch sie blieb professionell wie immer und versuchte ganz lässig zu wirken. Dr. Springer hatte jedoch längst, schon vor langer Zeit, durchschaut, dass Asena sich darin nicht wohl fühlen würde, hatte jedoch nie etwas gesagt, um sie nicht in Verlegenheit zu bringen. Er warf ihr nur einen vertrauten Blick zu und lächelte dabei, so als würde er damit sagen wollen „Alles Gut, keine Angst!"
Er ging auf die Ablage zu, auf dem der tote und entstellte

Patryk Wozniak lag. Asena folgte ihm mit langsamen Schritten.

Dr. Springer griff nach dem weißen Tuch und zog es bis zur Hüfte des Leichnams hinunter, sodass nur sein Unterkörper dabei bedeckt blieb. Asena sah die Leiche zum ersten Mal. Den toten Patryk Wozniak jedoch, sah sie schon öfters. Bei dem Anblick verzog sie ihr Gesicht und drehte dabei ihren Kopf, ohne ihre Blicke von der Leiche abzuwenden, leicht zur Seite. Patryk Wozniak lag vor ihr. Sein Bauch wie aufgeplatzt als wäre es von innen heraus explodiert. Seine Eingeweide waren nicht mehr vorhanden. Der Bauch war nur noch ein großes, leeres und hohles Loch gewesen. Sie verschränkte ihre Arme vor der Brust und richtete ihre Worte an den Gerichtsmediziner >>*Gut Gerald, ich höre.*<< Dr. Springer fing mit seiner ersten Analyse an. >>*Also gut, pass auf! Du erkennst es zwar nicht, aber es ist eindeutig zu sehen, dass sein Bauch definitiv nicht aufgeschlitzt wurde.*<< Er machte eine kleine Pause und fuhr mit seiner Diagnose fort >>*Hier, die gesamte Umrandung...*<< er zeigte dabei mit seinem Finger drauf und machte eine kreisförmige Bewegung dabei >>*daran lässt es sich ausschließen, dass sein Bauch tatsächlich aufgeplatzt sein muss.*<< Asena drehte ihren Kopf nun ganz zu ihm und fragte >>*Was möchtest du damit sagen?*<< Er fuhr sich mit einer Hand über die grauen Haare und seufzte dabei >>*Nun ja, viel kann ich dir jetzt noch nicht sagen. Ich müsste weitere Untersuchungen machen, aber Fakt ist, zumindest sieht es momentan so aus, dass unser ehemaliger Straftäter hier, nicht auf herkömmliche Art und Weise gestorben ist. Sein Bauch ist zwar explodiert, aber explosive Rückstände oder dergleichen waren in seinem Körper nicht zu finden. Und auch seine Arme und Finger sind an mehreren Stellen gebrochen. Das sieht nicht aus, wie das Werk eines Menschen und wenn doch, müsste er sich dafür viel Zeit*

nehmen um all diese Knochen an den verschiedensten Stellen mehrfach zu brechen. Das klingt im Moment noch alles sehr seltsam, ich weiß, aber wie gesagt, viel kann ich dazu noch nicht sagen. Ich war die ganze Nacht wach und habe versucht herauszufinden, wie so etwas nur möglich sein könnte, aber bin leider noch zu keinem Entschluss gekommen.<< Asena sagte nichts drauf. Dr. Springer holte eine medizinische Kühltruhe, die unter der Ablage auf dem der tote Patryk Wozniak lag, hervor und machte sie auf. Asena warf einen Blick hinein und sie verzog ihr Gesicht umso mehr. *>>Das sind seine Ein-geweide, die vom Tatort aufgesammelt wurden.<<* machte Dr. Springer weiter *>>Auch hier fand ich keinerlei Spuren von explosionsartigen Fremdkörpern. Alles sauber...<<* Er fing an zu lachen *>>Na ja, so sauber natürlich nicht, aber du weißt ja was ich meine.<<* Er machte den Deckel der Kühlbox zu und schob ihn wieder zurück unter die Ablage. Asena versuchte all das, was ihr der Gerichtsmediziner erklärt hatte, zu verarbeiten. Sie löste ihre Arme und ließ sie locker hinunter baumeln *>>Soll das heißen, du schließt ein Fremd-verschulden aus?<<* Dr. Springer verzog seine beiden Augen-brauen nach oben und zuckte dabei mit den Schultern *>>Wie gesagt, so sieht es im Moment aus, aber es war ja erst nur eine Nacht. Ich benötige etwas mehr Zeit um daraus schlau werden zu können. Da gibt es bestimmt noch etwas, was ich übersehen haben könnte bzw. worauf ich noch nicht gestoßen bin.<<*
>>Und wie lange, meinst du, würdest du dafür noch be-nötigen?<< wollte Asena wissen.
>>So lange es eben nötig ist.<< antwortete Dr. Springer und warf ihr ein Lächeln zu. Asena nickte langsam und nach-denklich mit dem Kopf und sprach weiter *>>Bitte lass es mich sofort wissen, sobald du etwas Neues für mich haben solltest!<<*

>>*Selbstverständlich...*<< antwortete der Gerichtsmediziner und fügte hinzu >>*...das werde ich machen. Genau so wie sonst auch.*<< Er zwinkerte ihr lächelnd zu. Asena verließ den Autopsieraum dankend und verabschiedete sich von ihrem Freund und Kollegen Dr. Gerald Springer.

Matthias Kogler befand sich immer noch in seinem Büro und versuchte ebenfalls über den seltsamen Tod von Patryk Wozniak genaueres herauszufinden. Sein Handy läutete. Er warf einen Blick auf das Display und sah, dass Asena ihn anrief >>*Hallo Asena! Sage mir bitte, dass du etwas Neues für mich hast.*<<
>>*Nicht wirklich. Ich hatte gehofft, dass du etwas für mich hättest.*<< antwortete sie ihrem Kollegen und Partner und sprach weiter >>*Ich war bei Gerald in der Gerichtsmedizin um etwas herauszufinden, aber viel weiß er momentan auch noch nicht. Er ist der Meinung, dass der Tod von Wozniak kein Fremdverschulden aufweist. Zumindest hat er nichts explosionsartiges in seinem Körper entdeckt, woraufhin er nicht genau sagen, kann wie es dazu kommen konnte.*<<
>>*Also vielleicht doch ein Geist?*<< wollte Matthias wissen. Asena gab ihm seufzend eine Antwort >>*Bitte fang nicht damit an!*<< Matthias schwieg. Asena redete weiter >>*Ich werde jetzt mal nach Hause fahren und mich ein wenig ausruhen um in Ruhe über diesen Fall nachdenken zu können. So etwas war mir in all den Jahren nicht passiert. Das ist alles so seltsam. Wenn du etwas darüber erfahren solltest, dann melde dich bitte umgehend bei mir!*<< Matthias nickte mit dem Handy an seinem Ohr, als könnte Asena ihn dabei sehen und antwortete >>*Ja, klar! Mache ich natürlich. Du bist dann die Erste.*<<
>>*Gut, danke dir! Dann noch ein gutes Gelingen!*<< wünschte sie ihm.

>>*Ja, danke! Und ruh' dich schön aus! Wir hören uns!*<<
verabschiedete sich Matthias. >>*Ja, bis dann!*<<
verabschiedete sich Asena und legte auf. Matthias stellte sein
Handy auf seinem Schreibtisch ab und lehnte sich auf seinem
Stuhl mit verschränkten Armen nach hinten.

Asena saß bereits das gesamte Gespräch über in ihrem Auto
und startete, gleich nachdem sie aufgelegt hatte, ihr Auto und
schon ertönte auch das Radio. In Begleitung mit der Musik von
Massive Attack zu dem Titel „Teardrop", fuhr sie nachdenklich
nach Hause und bekam gar nicht mit, wie die Stadt, mit all
ihrer Schönheit, an ihr vorbei zog.

KAPITEL 3

DER PARTNER

Matthias Kogler saß also in seinem Büro im Polizeirevier und starrte einfach so vor sich hin und war dabei in Gedanken versunken. Er dachte nicht etwa an den jüngsten Fall bezüglich Patryk Wozniak. Nein, er dachte an sich und seine Partnerin Asena Hilal. Sie waren jetzt bereits seit vier Jahren ein Team und Matthias hatte sich sofort, vom ersten Moment an, in seine Partnerin verknallt. Selbstverständlich verhielt er sich zu Beginn ganz diskret und professionell. Er bemühte sich stets, auch wenn ihm das nicht immer leicht gefallen war, einen gewissen Abstand unter Kollegen zu wahren und sich, be-züglich seinen Gefühlen zu Asena Hilal, auf Distanz zu halten. Doch in Wahrheit schwärmte er für sie und konnte an nichts anderes mehr denken, als an seine Kollegin und Chefin Asena Hilal. Daher fiel es ihm immer wieder schwer sich auf seine Arbeit zu konzentrieren.

Matthias Kogler war schon immer ein gepflegter und charmanter Mann gewesen, der auch seine körperliche Fitness nicht vernachlässigte. Er war zwar nicht von muskulöser Statur, aber er konnte sich dennoch am Strand mit nacktem Oberkörper präsentieren, ohne sich dafür schämen zu müssen. Im Gegensatz zu Asena war Matthias Kogler schon mal verlobt gewesen, doch nachdem er herausgefunden hatte, dass seine Verlobte ihn mit seinem besten Freund betrogen hatte, sah er sich gezwungen die Verlobung, sowie auch seine Verlobte und seinen ehemals besten Freund, hinzuschmeißen. Seitdem hatte er sich von dem Gedanken, sich jemals zu verehelichen, ver-abschiedet. Doch dies änderte sich wieder, als er Asena Hilal begegnete. Er wusste von Anfang an, dass sie die perfekte

Frau für ihn wäre. Sie gehörte zu den Frauen, die ein Mann heiraten und eine Familie mit ihr gründen sollte. Wo er doch anfangs sehr skeptisch war, weil erstens sie Kollegen waren und zudem war sie auch noch einen Rang höher als er und zweitens wusste er nicht, wie sie zu einem Mann stehen würde, der nicht aus der Türkei stammte. Er wusste nicht, wie sie darüber dachte und ob überhaupt ihre Familie damit einverstanden sein würde, wenn sie plötzlich mit einem Österreicher vor ihnen stehen würde. Denn er war vielmehr der Überzeugung, dass türkische Eltern auch einen türkischen Partner bzw. eine türkische Partnerin für ihre Kinder wünschen würden. Doch Matthias Kogler stellte schon nach kurzer Zeit fest, dass das doch nicht so streng ablief, wie er es zunächst dachte. Während seiner Arbeit als Polizist, sah er des Öfteren gemischtrassige Partner, die sehr wohl miteinander glücklich und zufrieden lebten und auch die Familien damit einverstanden waren. Das gab ihm wieder etwas Hoffnung und auch Selbstvertrauen sich Asena gegenüber zu öffnen, doch er wusste einfach nicht, wie er damit beginnen sollte. Klar, er wusste wie man das macht. Er wusste, wie man eine Frau anspricht und sie auf ein Date einlädt. Er wusste nur nicht, wie er es gegenüber seiner Chefin machen sollte. Das war nicht dasselbe, wie bei den anderen Frauen, die er traf. Hier ging es um seine Kollegin, es ging um seine Chefin. Das war ein viel zu heikles und riskantes Thema mit dem er sich tagtäglich herumschlug und sich immer wieder überlegte, wie er es ihr am Besten sagen könnte.

Nachdem er vom Verhältnis zwischen Asena und ihrem kurzzeitigem Freund, wenn man das überhaupt so nennen durfte, da die beiden, in den vier Monaten, in denen sie zusammen waren, sich kaum gesehen und etwa nur zwei bis drei-mal in der Woche sich getroffen hatten, wurde er ein wenig neidisch und war in diesen vier Monaten, gegenüber Asena, etwas zurückhaltender als sonst gewesen. Die Witze, die er sonst so machte, hatte er in diesem Zeitraum eher unterlassen und zeigte ihr seine kalte Schulter. Als Asena ihn drauf angesprochen hatte, sagte er zu ihr, dass er privaten Stress haben würde und dadurch etwas überfordert wäre. Andererseits hatte es für ihn die Tatsache bestätigt, dass Asena sehr wohl auch mit Österreichern ausgeht und keinerlei darauf fixiert ist mit einem ihrer Landsmänner ein Verhältnis zu beginnen.

Das wiederum beruhigte ihn sehr.

Eines Tages, genau fünf Tage nachdem Asena und ihr damaliger Kurzzeit Freund, Schluss gemacht hatten, fasste er all sein Mut zusammen und verriet Asena all seine Gefühle, die er für sie von Anfang an hatte. Es kostete ihn sehr viel Mut, sich gegenüber seiner Chefin zu öffnen doch er dachte sich, jetzt oder nie. Wieso noch mehr Zeit verlieren? Wieso warten und zusehen, wie ein anderer sie bekommt? Diese Gedanken machten ihn wahnsinnig und trieben ihn auch schlussendlich dazu sein Herz zu öffnen.

Zu seinem Bedauern, hatte Asena ihn und sein Wunsch auf eine gemeinsame Partnerschaft als ein Liebespaar, abgelehnt. Sie fand das zwar sehr mutig und auch nett von ihm, aber sie war eindeutig der Meinung, dass sie weiterhin nur eine berufsbedingte Partnerschaf haben sollten. Irgendwie hatte Matthias ja auch damit gerechnet, aber er wollte dennoch seine Chance nutzen und ihr alles gestehen. Die Ablehnung seitens Asena zerbrach ihm sein Herz und löste bei ihm Gefühle der Peinlichkeit aus, die er noch einige Tage mit sich getragen hatte bis er sie endlich los geworden war.

Seit seinem Geständnis ist zwischen ihm und Asena irgendwie die gewisse Sympathie verschwunden. Seither verhält sie sich ihm gegenüber viel seriöser und distanzierter und versucht dabei die kollegiale Partnerschaft zu bewahren. Doch Matthias ist das immer noch lieber als jemand anderem als Partner zugeteilt zu werden. Trotz seines Scheiterns, hält sich Matthias gerne in Asena's Nähe auf, weil er immer noch Gefühle für sie empfindet. Er dachte, dass er vielleicht in Zukunft eine Chance bei ihr haben könnte und wollte es, wenn es wieder soweit sein sollte, nochmal versuchen. Vielleicht würde es ja diesmal klappen.

Und vielleicht war es jetzt schon wieder an der Zeit gewesen. Denn, seit seinem letzten Geständnis, war viel Zeit vergangen. Immerhin waren es schon sieben Monate, die bereits in der Vergangenheit lagen.

Ja, er war nun wieder fest entschlossen, Asena erneut um ein Date zu bitten und ihr, diesmal vielleicht noch selbstbewusster, seine Gefühle zu offenbaren.

Er war mit einem zuversichtlichen Lächeln wieder zurück in die Realität gekehrt und hatte aufgehört über seine gemeinsame Zukunft mit Asena nachzudenken. Matthias war wild entschlossen sie heute Abend in ihrer Wohnung zu überraschen und so, zum einen nachsehen zu können, wie es ihr geht und zum anderen würde er ihr erneut seine Gefühle, die er für sie empfindet, beichten.

Immer noch an seinem Schreibtisch sitzend klatschte er voller Optimismus in seine Hände und war motivierter als nie zuvor gewesen.

Doch vorher musste er noch seiner Arbeit nachgehen und sich um die bereits vollkommen seelisch zerschlagene junge Studentin namens Miriam kümmern und sie irgendwo unterbringen, wo sie sich für ein paar Tage entspannen konnte um wieder zu sich kommen zu können. Matthias Kogler wusste auch schon wohin er sie bringen würde. Also stand er auf und ging Miriam holen.

>>*Hallo! Ich werde Sie jetzt an einen sicheren Ort bringen, wo Sie gut aufgehoben sein werden. Dort sind nur Frauen anwesend und kein einziger Mann, der Ihnen etwas schlimmes antun könnte.*<<

Miriam sah ihn an und nickte ganz stumm. Er streckte seinen Arm Richtung Ausgang aus um ihr das Zeichen zu geben, dass sie nun los gehen können. Miriam folgte seiner Geste und verließ das kleine Zimmer in dem sie kurz zuvor verhört worden war.

Gemeinsam stiegen sie in das Fahrzeug von Matthias Kogler ein und entfernten sich immer mehr vom Polizeirevier. Die Fahrt verlief schweigend, da Miriam es bevorzug nicht zu sprechen. Stattdessen war sie in tiefen Gedanken verfallen, während sie durch die Fensterscheibe des Autos vom Beifahrersitz aus, hinaus starrte.

Am Ziel angekommen bat Matthias sie auszusteigen und sagte >>*So, da wären wir.*<< Miriam sah sich die Gebäude vor der sie standen an und konnte genau vorne am Eingang ein Schild erkennen auf dem folgendes zu lesen war

FOOTPRINT
Betreuung, Freiraum & Integration
für Betroffene von Frauenhandel und Gewalt.

Gleich danach sah sie mit verwirrten Blicken Matthias Kogler an, der daraufhin sofort reagierte >>*Ja, hier werden Sie für eine Weile bleiben. Ich kenne die Vereinsgründerin schon länger und sie ist eine sehr freundliche junge Dame, die zudem auch sehr gut in ihrem Job ist. Auch ihre Kolleginnen sind alle sehr nett und sie alle werden Ihnen behilflich sein diese schwere Zeit zu überstehen.*<< Er warf ihr ein vertrauenswürdiges Lächeln zu.

Kurz bevor sie hineingingen blieb Miriam stehen, dreht sich zu Matthias Kogler um und sagte >>*Vielen Dank!*<< Matthias Kogler presste seine Lippen gegeneinander, sodass sich seine Wangen leicht aufblähten, hob dabei seine beiden Augenbrauen hoch, nickte freundlich und sagte >>*Gerne, kein Problem!*<<

Inzwischen hatte es sich Asena Hilal wieder zu Hause ein wenig gemütlich gemacht. Sie trank einen türkischen Schwarztee und dachte sowohl über ihre kürzliche Verhörung mit Miriam als auch über das Gespräch mit Dr. Springer nach. Was könnte bloß hinter diesem mysteriösen Fall stecken? Sie musste es sich selbst zugeben, dass sie noch nie zuvor einen auch nur annähernd ähnlichen Fall hatte wie den, den sie im Moment zu lösen versuchte. Was wenn Miriam tatsächlich die Wahrheit über den Vorfall mit Patryk Wozniak und dem was ihm zugestoßen ist gesagt hatte? Und überhaupt, wenn sogar Dr. Springer selbst, einer der besten seines Faches, den sie je kennengelernt hatte, mit diesem Fall an seine Grenzen gekommen schien, Schwierigkeiten bei der Feststellung der Todesursache hatte. Könnte es also doch wahr sein, dass ein Geist dahinter stecken würde? Wäre so etwas denn überhaupt möglich?

Schnell entriss sie sich von ihren Gedanken über eine Geistergeschichte, die unmöglich hätte wahr sein können und rieb sich mit ihrem Daumen, Zeige- und Mittelfinger an der linken Hand ihre Schläfen und nahm hinterher einen kräftigen Schluck vom dampfenden Schwarztee. Vollkommen in Gedanken versunken, hatte sie vergessen, dass der Tee noch sehr heiß war und verbrühte sich so ihren Mund. Mit einem leichten Schrei hüpfte sie auf und legte das kleine Glas mit dem heißen Tee darin vorsichtig auf den Tisch und ging in die Küche um etwas kaltes Wasser zu trinken. Schon ging es ihr wieder besser und sie konnte weiter und vor allem mit Vorsicht ihren Tee genießen.

Sie drehte auf ihrem Handy etwas Musik auf und ließ sie mit niedrig gestellter Lautstärke abspielen. Es ertönte die Musik mit dem Titel „Raptiye Rap Rap" vom bereits vor langer Zeit verstorbenem türkischen Sänger Cem Karaca. Das war jetzt genau die Art von Musik, die sie im Moment brauchte. Während die Musik im Hintergrund leise abspielte und sie ihren Schwarztee trank, überlegte sich Asena, wie sie am Besten den Mordfall an Patryk Wozniak lösen könnte. Ihr war schon klar, dass sie auf weitere Ergebnisse von Dr. Springer warten musste, aber es musste auch etwas geben, mit dem sie sich befassen könnte und nicht einfach so da sitzen und nichts tun würde.

Sie holte sich ihr Laptop ins Wohnzimmer, klappte es auf und fing an im Internet ein wenig über ähnliche Fälle zu recherchieren. Sie wusste jedoch nicht, wonach genau sie suchen sollte, also tippte sie, nach etwas Überlegung, und dabei kam sie sich richtig blöd vor, folgendes ein, „Geistermorde". Auf der Suchmaschine vor ihr erschienen viele unbrauchbare Ergebnisse, wohingegen sie sich in ihrer Annahme, dass es kein Geist gewesen sein konnte, bestätigt fühlte. Doch etwas weiter unten fand sie ein interessantes Ergebnis, dessen Überschrift wie folgt lautete, „Mysteriöse und unaufgeklärte Morde an Männern." Sie verzog sich etwas ihr Gesicht und klickte auf die fett und großgeschriebene Überschrift drauf. Es öffnete sich die dazugehörige Internetseite. Asena wurde schnell klar, dass es sich um eine Homepage handelt, die von mysteriösen und paranormalen Phänomenen berichtet. Schon allein der Aufbau der Homepage war so eingerichtet worden, dass es einem

Spukhaus gleicht. Während sie sich den Beitrag so durch ließ, schüttelte sie mit ihrem Kopf und dachte sich dabei, dass das alles nur irgendwelche Gruselgeschichten seien, die Kindern Angst einjagen sollten. Doch die Tatsache, dass die verschiedenen Morde, die sich alle im neunzehnten Jahr-hundert in Wien abgespielt hatten und Ähnlichkeiten mit dem Mord an Patryk Wozniak vorwiesen, machte sie dennoch etwas stutzig. Denn all diese Männer, die angeblich auf eine mysteriöse Art und Weise ermordet worden sollen, starben alle durch sehr seltsame und ungewöhnliche Vorfälle. Und alle diese Mordfälle konnten bis heute nicht aufgeklärt werden, heißt es auf der Internetseite. Der Gründer der Homepage hatte sich wirklich sehr viel Mühe gegeben, seine Internetseite sehr interessant und glaubhaft erscheinen zu lassen. Obwohl sie immer noch nicht an all das glaubte, klickte sie dennoch auf die Schaltfläche genannt „Kontakt" und notierte sich die Kontaktdaten des Gründers dieser absurden Homepage. Er war ein, zumindest hatte er sich auf seiner Homepage so vorgestellt, Geister und Dämonenjäger, der mittels selbst gebauten, aber auch durch gekauften Geräten versucht, Kontakt mit Geistern herzustellen. Asena dachte sich nur dabei, dass dieser Mann, ein vierundvierzig Jähriger Wiener namens Reinhard Stumpf, völlig durchgeknallt sein muss, aber zur Sicherheit wollte sie dennoch seine Kontaktdaten aufbewahren.

Ihre Playlist am Handy spielte, die ganze Zeit über, ein Lied nach dem anderen ab und die Teekanne mit dem Schwarztee war auch schon leer geworden. Sie sah wandte ihren Blick vom Laptop ab und sah auf die Wanduhr um die Zeit abzulesen. Es bereits Abend geworden und sie wollte es sich ein wenig auf ihrer Couch gemütlich machen. Doch noch bevor sie ihren Laptop zuklappen konnte, klingelte es an ihrer Tür. Völlig überrascht stand sie auf, streckte sich ein wenig in die Höhe und machte die Tür auf. Matthias Kogler stand mit zwei kleinen Flaschen Wieselburger vor ihr, grinste sie an und sagte >> *Dachte ich überrasche dich mit Bier und sehe nach wie es dir so geht.*<<

>>*Danke Matthias, ganz lieb von dir. Komm doch bitte herein!*<<

Matthias trat in die Wohnung ein und drückte Asena eine der Bierflaschen in die Hand. Mit leichten Lächeln und dankend nahm sie das Bier an.

Sie holte von der Küche einen Flaschenöffner und gesellte sich damit in das Wohnzimmer in dem sich Matthias bereits befand. Sie öffnete die Flaschen mit dem Flaschenöffner ganz geschickt, sodass die Deckel dabei schön aufploppten und das Bier sich sofort zischend aufschäumte.

Sie hoben beide ihre Flaschen in die Höhe, sagten dabei >>*Prost!*<< und tranken aus ihnen. Asena machte eher einen etwas kleineren Schluck, wohingegen Matthias einen großen Schluck machte, sodass das Bier bereits direkt unterhalb des Flaschenhalses stand. Mit einem leichten lächeln und aufgehobenen Augenbrauen sagte Asena >>*Na, du musst aber durstig sein.*<< Matthias lachte dabei und sagte >>*Ja, das bin ich wohl.*<< In Wahrheit war er ein wenig nervös und aufgeregt gewesen, weil er einen zweiten Antrag auf eine feste Beziehung mit Asena machen wollte. Es bildeten sich schon bereits auch kleine Schweißtröpfchen auf seiner Stirn.

Sie setzten sich beide auf die Couch und Asena drehte die Musik auf ihrem Smartphone ab und klappte ihren Laptop zu. >>*Und? Wie geht es dir inzwischen?*<< wollte Matthias wissen. >>*Danke! Alles bestens soweit. Ich hatte nur etwas Ruhe nötig. Viel ist passiert in letzter Zeit und der aktuelle Fall ist die Krönung.*<< Sie lachte ein wenig und nahm einen weiteren Schluck von ihrem Bier. >>*Ja, das ist wohl* *wahr...<<* bestätigte Matthias die Aussage von Asena und fuhr fort *>>...In letzter Zeit ist viel verrücktes passiert und der Fall mit Wozniak ist wirklich die absolute Krönung.<<* Auch er setzte sein Kopf zurück, während er aus seiner Bierflasche einen weiteren Schluck vom kühlen Bier trank. Hinterher wischte er sich seinen Mund mit seinem Handrücken ab. Sie saßen einige Sekunden stillschweigend nebeneinander auf der Couch bis Matthias erneut das Wort ergriff, *>>Also, Asena...<<* Asena sah Matthias direkt in die Augen. Wiedereinmal musste Matthias mit Bewunderung feststellen, welch schöne Augen sie hatte. Er schmolz regelrecht dahin, musste sich aber zusammenreißen. Er sprach weiter. *>>Nun ja, der eigentliche Grund für meinen überraschenden Besuch ist, dass ich...<<* er atmete einmal stark ein und aus und machte einen weiteren kräftigen Schluck von seinem Bier, konzentrierte sich und brachte seinen Satz zu Ende *>>...ich wollte einfach dir noch einmal sagen, wie gern ich dich habe und wie sehr ich mir eine feste Beziehung mit dir wünsche.<<* Nachdem er zu Ende gesprochen hatte, hatten sich seine Schweißperlen auf seiner Stirn deutlich vergrößert und begannen auch schon herabzurinnen. Asena stellte ihre Bierfalsche auf dem Tisch ab und sah ihn mit ernsten Blicken schweigend an. *>>Was sagst du dazu?<<* wollte Matthias von ihr wissen. Asena atmete einmal aus, sah zuerst auf den Boden und dann sah sie wieder Matthias an und rieb sich ihre bereits mit Schweiß gefüllten Hände an ihre Oberschenkel. Danach gab sie ihm, völlig entspannt, eine Antwort *>>Hör zu lieber Matthias! Das hatten wir schon einmal und schon damals hatte ich dir gesagt, dass das keine gute Idee ist und wir als Kollegen keine feste Beziehung anfangen dürfen. Das ist einfach nicht in Ordnung. Du bist ein netter und attraktiver Mann, jedoch muss ich dir erneut zu verstehen geben, dass ich keine*

Interesse an einer festen Beziehung mit dir habe. Lass und bitte weiterhin ganz gewöhnliche Kollegen bleiben und unsere Partnerschaft so fortführen.<< Matthias war von der Antwort und der erneuten Absage von Asena nicht begeistert gewesen und sein Herz pochte ganz wild. Er sah sie mit finsterer Miene und leicht zusammengekniffenen Augen an, so als würde sie ihn anwidern. In seinen Gedanken raste vieles hin und her. Er dachte sich, was sie sich bloß dabei denke? Was sie glaubt, wer sie ist, die ihn schon das zweite Mal sitzen und dabei wie einen Idioten aussehen lässt. Er wusste nicht, ob es schon am Bier gelegen hatte oder seine inneren Dämonen mit ihm spielten, aber er tat sich im Moment sehr schwer sich zu beherrschen. Denn irgendwie, konnte er an nichts anderes denken, als sich auf Asena zu stürzen und sie zu küssen. Vielleicht würde sie es ja so endlich verstehen, wie gern er sie hat. Und während er so vor ihr saß und ihm diese Gedanken durch den Kopf gingen, fingen plötzlich die Lichter im Wohnzimmer zu flackern an. Asena und er sahen sich die Lampen, die über ihnen an der Decke hangen, an und sie sagte *>> Na nu, was ist jetzt los? Wieso flackern plötzlich die Lichter?<<* Matthias hatte sich inzwischen wieder beruhigt und verabschiedete seine negativen Gedanken wieder. Und schon hörten die Lichter zu flackern auf und die Lampen erhellten, wie gewöhnlich, das Wohnzimmer. Asena stieß einen leichten Seufzer aus und sagte *>>Hmm, seltsam. Da dürfte irgendetwas mit den Leitungen oder so nicht stimmen. So etwas ist hier noch nie passiert.<<* Plötzlich, wie aus dem Nichts sagte Matthias dann *>>Ist gut. Ich dachte nur, dass ich vielleicht jetzt eine bessere Chance hätte als beim ersten Mal. Tut mir Leid, dass ich wieder damit angefangen habe.<<* Er nahm einen weiteren Schluck von seinem Bier, legte die Flasche ebenfalls auf dem Tisch ab, stand auf und sagte *>>Das Thema ist für mich nun ein für allemal erledigt.*

71

Ich werde dich damit nie wieder belästigen.<< Er ging zu der Tür. Asena stand ebenfalls auf, ging ihm hinterher und sagte >>*Matthias, bitte! Es tut mir sehr Leid, aber du musst das einfach verstehen können. Wir sind bereits Partner und ich arbeite gerne mit dir zusammen, aber Partner in einer festen Beziehung, das ist im Moment leider nicht möglich. Bitte versteh' das.*<< Matthias nickte mit seinem Kopf und sagte mit ruhiger Stimme >>*Schon gut Asena, ich verstehe das.*<< Er lächelte sie an und verließ die Wohnung. Asena wünschte ihm noch eine gute und vorsichtige Fahrt nach Hause und rief ihm hinter her >> *Danke für das Bier! Bis Morgen!*<< Sie wusste nicht, ob er sie gehört hatte oder nicht und machte direkt danach die Tür zu.

Matthias saß enttäuscht in seinem Auto und hatte keine gute Laune mehr. Der Gedanke, dass er nicht mit der Frau, für die er so viel empfand, nicht zusammen sein konnte, machte ihn fertig. Und der Gedanke, dass er sie an einen anderen verlieren könnte, machte ihn erst so richtig wahnsinnig. Noch wollte er nicht aufgeben. Er wollte es in naher Zukunft ein weiteres Mal probieren. So schnell wollte er nicht aufgeben. Asena war die richtige Frau für ihn. Davon war er ganz fest überzeugt. Sie würden das perfekte Paar abgeben. Er musste es Asena nur irgendwie verständlich machen. Er musste es irgendwie schaffen, dass sie dieser Beziehung eine Chance gibt und, dass sie das genau so sieht, wie er es bereits sah. Er dachte sich, dass sie am Ende doch noch mit ihm zusammen sein würde und, dass sie von dem Zeitpunkt an viel größere und vor allem viel bessere Partner wären als jetzt. Er musste es ihr nur klar machen. Mit diesen Gedanken steckte er den Zündschlüssel an, drehte an ihm, starrte den Motor seines Fahrzeuges und fuhr weg.

KAPITEL 4

EIN ENGEL AUS DER HÖLLE

Noch in der selben Nacht fing für die jungen Leute die Party-
nacht an. Es war Freitagnacht und das hieß feiern bis zum umfallen. So wie jedes Wochenende wurde bis zum Morgen-
grauen überall in den Clubs, Bars und Discos gefeiert, getrunken, getanzt und geflirtet. Es war einfach wieder eine von
diesen wilden Nächten, die die gesamte Innere Stadt mit bunten
Lichtern, lauter Musik und lauthals schreienden betrunkenen
Jugendlichen ausschmückte. Die Nacht lebte regelrecht. Genau
wie die Innere Stadt lebte, so lebten auch alle anderen Bezirke
der Stadt Wien, in denen sich heiß begehrte Clubs befanden.
Einer dieser Clubs befand sich im zwölften Wiener Gemeindebezirk und war bekannt unter dem Namen U4. Hier feierten die
jungen Bewohnerinnen und Bewohner der Stadt die wildesten
Party's und amüsierten sich, ohne jede Rücksicht auf ihre Geld-
börse zu nehmen. Sie warfen mit dem Geld, dass sie großteils
als Taschengeld von ihren Eltern bekamen, um sich und be-
stellten einen Drink nach dem anderen. Unter den Jugendlichen
befanden sich auch viele Erwachsene, die die Atmosphäre des
Clubs zu schätzen wussten und gerne hier feierten. Teilweise
waren sie sogar wilder drauf als die Jugendlichen selbst und
zeigten ihnen, wie man ordentlich feiert und tanzt. U4 war der
Partyclub schlechthin. So wie jede Freitagnacht kam auch diese
Nacht die zweiunddreißig Jährige und sehr attraktive Zahnarzt-
assistentin Monika Stochl gemeinsam mit ihren besten Freundinnen, die ungefähr so alt waren wie sie und zusammen feierten
sie bis zum Schluss durch. Alle drei Frauen waren Single.
Doch sie kamen nicht in die U4 um einen Mann kennenzulernen, sondern um ganz einfach den Alltagsstress ab-

zubauen und mal so richtig Dampf abzulassen. Auf der Tanzfläche, mitten unter den vielen fremden Menschen, konnten sie
ihr gewöhnliches Leben für eine Nacht vergessen und sich zu
komplett neuen Personen verwandeln. Sie lachten, sie tanzten
und sie tranken als gäbe es kein Morgen. Besonders Monika
trank immer viel und feierte von den Dreien am wildesten. Sie
wusste einfach wie sie auf der Tanzfläche die Aufmerksamkeit
auf sich ziehen konnte. Doch unter all den Frauen im U4, die
sie total für ihre Hüftschwünge beneideten und den Männern,
die sie sabbernd anstarrten, hatte sie auch die Aufmerksamkeit
eines ganz üblen Mannes auf sich gezogen. Er ist ein sechsundzwanzig Jähriger, kein attraktiver junger Mann, der ein
wenig Bauchansatz, volles schwarzes Haar, wenig Deutschkenntnisse und ein auffällig großes Muttermal auf seiner
rechten Gesichtshälfte, direkt unter seinem Auge, hatte. Sein
Name ist Rohit Jha und er kommt aus Indien. Rohit zog jedes
Wochenende von einem Club zum anderen um Frauen kennenzulernen, mit ihnen zu flirten und gegebenenfalls sie mit nach
Hause zu nehmen um die Nacht mit ihnen zu verbringen. Doch
ganz egal wie sehr er sich auch anstrengte, hatte er bei keiner
einzigen Frau Erfolg gehabt. Aufgrund seiner mangelnden
Deutschkenntnisse, versuchte er die Frauen oft auf Englisch
anzusprechen, doch auch das fanden sie nicht verführerisch
genug. Irgendwann hatte Rohit genug davon und war so sehr
frustriert und verärgert über diese Situation gewesen, sodass er
sich eines Tages in den Kopf gesetzt hatte, es mit Gewalt zu
versuchen. Und für diese Aktion, hatte er sich ausgerechnet die
Nacht und den Club ausgesucht, in der auch Monika und ihre
zwei besten Freundinnen feierten.
Als er Monika so wild auf der Tanzfläche gesehen hatte,
konnte auch er seine Augen nicht von ihr nehmen. Er starrte sie
mit derart fixierten Blicken an, sodass er sein drittes Glas, ge-

füllt mit Wodka-Red Bull, vergessen hatte, das bis oben hin mit Eiswürfeln gefüllt war. Mit halb betrunkenen und halb nüchternen Gedanken, hatte er sich dazu entschlossen, die restliche Nacht mit Monika zu verbringen. Er biss sich auf seine Unterlippe und nickte mit seinem Kopf langsam auf und ab, während er sich dabei ganz sicher wurde. Ganz egal, ob Monika es wollte oder nicht, Rohit Jha war der festen Überzeugung, dass er es nun diesmal mit seiner neuen Methode, schaffen würde erfolgreich zu sein.

Nun trank er sein Wodka- Red Bull wieder genüsslich weiter und wartete darauf bis Monika den Club verließ.

Asena Hilal lag bereits im Bett und konnte einfach nicht einschlafen. Sie musste ständig über Matthias und seine Gefühle, die er gegenüber ihr hegte, nachdenken. Sie stellte sich immer wieder die selbe Fragen -Wieso möchte er ein Nein nicht akzeptieren? Wieso hört er damit einfach nicht auf?- Sie wollte ihm seine Gefühle nicht umso mehr brechen, in dem sie ihm einfach sagte, dass sie ihn nicht attraktiv findet und, dass er nicht ihr Typ ist. Sie fand, dass eine höfliche Ablehnung schon bereits genug verletzte, da müsste sie ja auch nicht noch hässlich werden. Doch falls Matthias es weiterhin versuchen und sie damit ärgern sollte, dann würde er ihr keine andere Wahl lassen als hässlich und gemein zu werden. Es wäre zwar richtig hart, aber er würde es zumindest dann verstehen. Asena hoffte natürlich, dass es nicht soweit kommen würde, denn als Kollegen und Partner hatte sie Matthias sehr gern und konnte ihn als einen Freund leiden. Daher wäre es auch für sie hart, wenn sich ihre Freundschaft und auch ihre Partnerschaft dadurch auflösen würde. Matthias war sehr gut in seinem Beruf und sie arbeitet gerne mit ihm zusammen. Und so könnte es auch gerne bleiben.

Sie hoffte nun auf das Beste und zwang sich zum Schlaf. Sie rollte sich seufzend auf die linke Seite, machte ihre Augen zu und versuchte an gar nichts mehr zu denken.

Doch wenige Sekunden danach öffnete sie ihre Augen erneut und dachte daran, ob Dr. Springer wohl Neues zu berichten hatte bezüglich dem mysteriösen Tod von Patryk Wozniak. Sie hoffte nur, dass er ihr nicht auch noch mit einer Geistergeschichte kommen würde. Apropos Geistergeschichte. Jetzt musste sie an den verrückten Geisterjäger aus dem Internet nachdenken. -Wie hieß er noch gleich?...Ach ja, Reinhard Stumpf. Was für ein irrer Typ.- Sie atmete einmal laut aus, schloss ihre Augen und flüchtete erneut in den Schlaf, der sie einfach nicht besuchen wollte.

Nach ständigem hin und her wälzen, gab sie es auf, warf die Decke von sich ab, stand seufzend auf und ging ins Badezimmer um sich das Gesicht ein zweites Mal zu waschen. Denn sie wusch sie sich bereits vor dem Schlafen gehen, nachdem sie ihre Zähne geputzt hatte. Sie trocknete sich sanft ihr Gesicht ab und blickte in den Spiegel, der an ihrem Badezimmerschrank eingebaut gewesen war und wendete ihre Blicke auf die Lampe über ihr, die das Badezimmer hell erleuchtete. Sie dachte an das Flackern in ihrem Wohnzimmer. Sie hatte keine Ahnung, woran das wirklich gelegen hatte, schüttelte ihren Kopf, drehte das Licht wieder ab und ging zurück ins Bett. Nachdem sie das Licht ausgeschaltet hatte, erschien plötzlich der Geist von Sophia im Badezimmer, doch Asena bekam nichts davon mit. Sie legte sich seelenruhig in ihr weiches und sanftes Bett und versuchte ihr Glück den Schlaf erneut zu finden. Sophia's Geist war wieder genauso plötzlich verschwunden, wie er erschienen war.

Es war bereits drei Uhr am Morgen und in der U4 wurde immer noch getanzt, gelacht, geschmust und gefeiert. Mittlerweile hatten alle bereits absolut gute Stimmung und jede Menge Spaß. Und der DJ sorgte dafür, dass das auch, bis zum Schluss, so bleibt. Die zwei Freundinnen von Monika hatten es mit dem Alkohol heute besonders übertrieben und wollten bereits nach Hause. Obwohl Monika auch viel Alkohol intus hatte, war sie noch lange nicht so schlaff gewesen wie ihre besten Freundinnen. Die zwei vertrugen nunmal nicht so viel wie sie. Monika wollte zwar noch weiter feiern und noch mehr Alkohol in sich hinein gießen, doch sie konnte unmöglich ihre beiden Freundinnen in diesem Zustand weg fahren lassen. Daher beschloss sie, es für heute gut sein zu lassen und ihre Freundinnen nach Hause zu begleiten. So verließen alle drei Frauen den Club und Monika versuchte ein Taxi für sich und ihre zwei Freundinnen, die nicht still stehen konnten und ständig hin und her taumelten als wären ihre Beine aus Gummi, anzuhalten. Während Monika nach einem Taxi Ausschau hielt, wurde einer ihrer Freundinnen plötzlich übel, sodass sie sich fast übergeben musste. Monika hoffte, dass sie sich noch bis nach Hause zurückhalten konnte. Doch ihre Freundin glich einem brodelnden Vulkan, der jeden Moment auszubrechen drohte.

Rohit war den drei jungen Frauen bereits gefolgt und wartete, mit etwas Abstand, direkt hinter ihnen, ohne seine Augen von Monika zu nehmen. Als er die zwei anderen Frauen in diesem völlig betrunkenem Zustand gesehen hatte, dachte er sich, dass seine Chancen, sie mit nach Hause zu nehmen, umso besser liegen würden. Doch Rohit hatte nur Interesse an Monika Stochl. Sie war die Auserwählte.

Rohit dachte sich, ob er vielleicht die Gelegenheit ausnutzen und Monika seine Hilfe anbieten sollte. Nach wenig Zögern, beschloss er seine Gedanken in die Tat umzusetzen und eilte nach vorne zu Monika. Genau in dem Augenblick, in dem er sie gerade ansprechen wollte, beugte sich ihre Freundin, mit ihrem Oberkörper, ein wenig nach vorne und spie ihren ganzen Mageninhalt direkt auf Rohit und sein Lieblingshemd drauf. Rohit erstarrte vor Ekel und wusste zunächst nicht, was er tun oder sagen sollte. Monika, die das beobachten konnte, hielt eine Hand vor ihren Mund und unterdrückte mit all ihrer Kraft einen Lachanfall. Ihr Gesicht wurde dabei ganz schnell rot und aus ihren Augen schossen fast die Tränen heraus. Doch dann ging ihr die Puste aus und sie platze vor Lachen.

Rohit, der immer noch voller Schock da stand, sah Monika angewidert an, woraufhin sie versuchte, immer noch lachend, sich für ihre Freundin zu entschuldigen. Rohit kam zu sich und tat so, als wäre das schon ok für ihn gewesen, doch in seinem Kopf malte er bereits aus, wie er das Monika heimzahlen würde. Jetzt wollte er erst recht sein Plan durchziehen. Er war fast schon dankbar dafür gewesen, dass ihre Freundin sein Lieblingshemd ruiniert hatte. Das spornte ihn umso mehr an und der Alkohol gab ihm den letzten Anstoß.

Er zog sein Hemd, leicht verlegen aus und war froh darüber, dass er ein leichtes Unterhemd darunter hatte. Das hatte zwar auch ein wenig Kotze abbekommen, doch es war bei Weitem nicht so schlimm, wie es sein violettes Hemd getroffen hatte. Er warf das Hemd gleich in die Mülltonne am Straßenrand und verzichtete lieber darauf, sie zu waschen und zu reinigen. Man konnte deutlich an seinem Gesichtsausdruck erkennen, dass es ihm das Herz dabei zerbrach. Monika hatte sich bereits wieder etwas beruhigt und entschuldigte sich erneut bei ihm. Da Rohit sein Vorhaben dadurch nicht gefährden wollte, lächelte er kopfnickend zurück und meinte, dass es ihm gar nichts ausgemacht hat. Andererseits war er froh darüber, dass es Ende

Frühling ist und dadurch das nächtliche Wetter recht angenehm warm war. Es näherte sich ein Taxi und Monika hielt dieses mit einer Handbewegung nach vorne an. Rohit tat so, als ob er sich von Monika und ihren Freundinnen verabschieden würde und entfernte sich wieder von ihnen. Doch in Wahrheit hatte er vor sie bis zu ihrem Ziel, mit seinem Auto, zu verfolgen. Mittlerweile war er wieder nüchtern gewesen und das Bisschen Alkohol hatte ihn so oder so nicht betrunken gemacht. Zumindest nur leicht, da er sich speziell für diese Nacht vorgenommen hatte es mit dem Alkohol nicht zu übertreiben, da er sonst sein Plan vermasseln würde. Also stieg er in sein Fahrzeug ein und wartete darauf bis das Taxi, in dem bereits die Freundin von Monika, viel mehr zusammengekauert schlief als saß, die ihn so übel angekotzt hatte, während Monika ihrer anderen Freundin beim Einsteigen half. Da sie nur leicht angetrunken war, schaffte sie es, im Gegensatz zu der anderen, ihren Kopf aufrecht zu halten. Nachdem ihre beiden Freundinnen sich nun am Rücksitz befanden, ging Monika einmal um das Taxi herum und setzte sich auf den Beifahrersitz. Der Taxifahrer, ein Türke namens Hasan, der all das bereits gewohnt war, lächelte Monika an und fragte mit gebrochenem Deutsch nach der Zieladresse. Monika warf über ihre Schulter einen kurzen Blick zu ihren Freundinnen nach hinten und nach kurzem Überlegen entschied sie sich, dass sie alle gleich bei ihr zu Hause übernachten sollten. Einerseits würde es für sie viel zu mühsam werden jede Einzelne nach Hause zu bringen und andererseits würde es viel zu teuer werden. Ihre Freundinnen würden ihr zwar das Geld zurück bezahlen, sobald sie wieder vollkommen nüchtern werden würden, doch Monika dachte sich, dass das alles gar nicht nötig sei und sie lieber gleich zu ihr nach Hause fahren sollten. Also gab sie dem Taxifahrer ihre Wohnadresse und schon fuhren sie los. Rohit startete ebenso seinen Motor und fuhr ihnen unauffällig hinter her und hoffte dabei, dass die Polizei ihn nicht anhalten würde, da die Kontrollen an Wochenenden ja besonders streng waren als sonst.

Seitdem Hasan die drei jungen Damen zu sich einsteigen ließ, hatte er nicht aufgehört jeden einzelnen von ihnen auszumustern. Durch den Rückspiegel warf er immer wieder flüchtige Blicke auf die zwei Freundinnen von Monika zu und ganz unauffällig von der Seite blickte er zu Monika hinüber. Monika und die volltrunkene Freundin hatten eine weiße und eine gelbe Bluse und jeweils eine blaue enge Jeans und die dritte hatte ein schwarzes Trägerkleid an. Hasan konnte kaum seine Blicke von ihren Brüsten nehmen, die eindeutig nicht in einem BH steckten. Und ihre Beine waren so glatt und verführerisch, sodass er nur ganz knapp verpasst hatte, bei Rot stehen zu bleiben. Als er ganz plötzlich auf die Bremse stieg, hüpften alle drei Frauen mit ihrem Oberkörper nach vorne. Die beiden Freundinnen bekamen zwar nicht viel mit, die eine noch weniger als die andere, aber Monika bat den Taxifahrer, mit etwas ernster Stimme, vorsichtiger zu fahren, ohne, dass ihr dabei klar wurde, wieso er überhaupt so unvorsichtig gefahren ist. Hasan lächelte freundlich und entschuldigte sich >>*Ja, bitte entschuldigen! Ich gedenkt, ich schaffen noch.*<< Mit dieser Ausrede, hatte sich der sechsundvierzig Jähriger Familienvater, herausgeredet und konzentrierte sich von da an lieber auf die Straße. Doch innerlich musste er sich auch jetzt zugeben, dass er seinen Job sehr gern hatte. Vor allem an Wochenenden, an denen es von betrunkenen Frauen nur so wimmelte. Er hatte sich zwar schon oft überlegt, ob er da mal nicht etwas riskieren sollte, war jedoch nicht mutig genug und hatte es beim Anstarren und hin und wieder auch beim Flirten belassen. Er war froh darüber, dass er überhaupt so mit fremden Frauen in Kontakt treten konnte und genoss es einfach.

Nach guten fünfzehn Minuten, kamen sie auch schon am Ziel an. Hasan drückte mit seinem Zeigefinger auf den kleinen Lichtschalter, der sich direkt über seinem Kopf befand und schaltete so die Innenbeleuchtung ein um das Fahrgeld besser kassieren zu können >>*So, wir da sind. Machen siebenundzwanzig achtzig.*<< Monika hob ihre beiden Augen-brauen hoch und mit einem leichten Seufzer holte sie ihre Brieftasche aus ihrer Damentasche heraus und überreichte Hasan dreißig Euro und sagte >>*Den Rest können Sie behalten!*<< Hasan bedankte sich mit einem Lächeln und steckte die zwei Geldscheine, einen Zehner und einen Zwanziger weg.
Monika stieg aus und öffnete eines der hinteren Autotüren um ihre volltrunkene Freundin aus dem Taxi zu holen. Sie tat sich dabei etwas schwer, woraufhin Hasan ihr seine Hilfe angeboten hatte, die sie zuerst dankend ablehnte, doch nach etwas mehr Anstrengung, den schlaffen Körper ihrer Freundin herauszuzerren, doch noch Hasan's Hilfe in Anspruch nahm. Hasan hüpfte aus dem Fahrzeug heraus und eile zur Monika hinüber um ihr zu helfen. Gemeinsam schafften sie es, die eine Freundin, die auf den Namen Daniela hörte, ganz schnell herauszubekommen. Hasan schlug Monika vor, dass sie ihre Freundin festhalten soll, während er ihrer zweiten Freundin mit dem Namen Nicole, heraus helfen würde. So ganz nah bei ihr, sahen ihre Brüste noch praller aus, als vom Rückspiegel aus. Hasan gefiel es ganz besonders, dass er so eine Gelegenheit bekommen hatte. Ihm wurde schon ganz kribbelig dabei, als er ihren Zarten und weichen Körper mit seinen zwei robusten und schwieligen Händen berührte. Er dachte sich, welch ein schönes Gefühl es war sie zu berühren. Um es nicht auffällig

erscheinen zu lassen, umklammerte er sie und zog sie mit einem Hieb aus dem Taxi heraus. Nicole konnte, wenn auch etwas wackelig, auf ihren Beinen stehen und sich bei Hasan abstützen. Er hatte einen Arm von ihr über seine Schulter geworfen und hielt sie dabei an der Hüfte fest. Monika, die noch immer nicht auf böse Gedanken kam, lächelte ihn an, bedankte sich erneut und bat ihn ihr zu folgen. Während er Monika hinterher folgte, ließ er sich die Gelegenheit nicht entgehen Nicole's Brüste von oben herab anzustarren und sie etwas tiefer an ihrer Hüfte zu berühren, sodass die Hälfte seiner Hand ihr Gesäß berührte. Nicole spürte davon nichts und war noch vom Restalkohol benebelt gewesen. So ging er mit ihr den ganzen Weg hinauf zur Monika's Wohnung.

Vor der Tür zu ihrer Wohnung, nahm Monika Nicole ab, bedankte sich ein weiteres Mal bei Hasan für seine Hilfe und bat ihm etwas mehr Trinkgeld an. Doch Hasan lehnte es ab, wünschte ihr eine gute Nacht und verabschiedete sich von ihr. Wieder unten bei seinem Fahrzeug angekommen stieg er hinein und fuhr weg.

Rohit war ihnen bis zu der Wohnung von Monika gefolgt, aber Hasan der Taxifahrer, hatte seinen Plan vermasselt. Er saß direkt gegenüber in seinem Auto und war verärgert über den ungeplanten Ablauf gewesen. Eine Menge Wut kam in ihm hoch, sodass er mit beiden Händen mehrmals auf das Lenkrad schlug. Zornig wendete er sein Fahrzeug und fuhr ebenfalls, mit Vollgas, davon, sodass bestimmt die gesamte Nachbarschaft seine Reifen auf dem Asphalt quietschen gehört hatte.

Hasan war bereits auf der Suche nach einem neuen Fahrgast und hoffte darauf, dass es wieder eine Frauengruppe oder zumindest eine Frau werden sollte. Noch immer hatte er Nicole's Brüste vor seinen Augen und konnte immer noch ihre etwas pralle Hüfte auf seiner Handfläche spüren.

Während er bei dem Gedanken so vor sich hin grinste, sah er am Straßenrand ein junges blondes Mädchen in einem Kleid mit blauen Schmetterlingen drauf stehen, das, seiner Meinung nach, nicht Zeitgemäß war. Er überlegte nicht lange und hielt vor ihr an, kurbelte seine Fensterscheibe hinunter und fragte lächelnd >>*Brauchen Taxi?*<< Das junge Mädchen sah ihn ohne zu antworten. Hasan fragte erneut >>*Taxi? Wollen fahren?*<< Und wieder bekam er keine Antwort. Hasan dachte sich, dass sie entweder viel zu betrunken war um ihm zu antworten oder sie war der deutschen Sprache nicht mächtig gewesen. Auf der Straße befanden sich sonst keine weiteren Personen und nur sehr wenige Autos fuhren vorbei. Hasan fragte ein letztes Mal das merkwürdige Mädchen, die bei genauerer Betrachtung sehr bleich ausgesehen hatte. Er dachte sich, dass das an der Straßenbeleuchtung liegen müsse >>*Wollen Taxi oder keine?*<< Das unheimlich erscheinende junge Mädchen antwortete zwar wieder nicht, doch diesmal ging sie mit langsamen Schritten vor dem Taxi Richtung Beifahrersitz, machte die Tür auf und setzte sich hinein. Hasan war nun erleichtert darüber gewesen, dass sie doch noch eingestiegen war und fragte ganz erfreut >>*Wohin fahren?*<< Und wieder bekam er keine Antwort. Hasan wurde das junge Mädchen allmählich etwas mühsam und mit einem Seufzer fragte er sie >>*Viel trinken oder was?*<< Erneut keine Reaktion von ihr. Hasan schüttelte sein Kopf mit einem Seufzer und wollte schlussendlich wieder wissen, wohin sie fahren möchte >>*So, sagen bitte Adresse! Wohin fahren?*<<

Ohne ihm eine Antwort zu geben, drehte sie ihren Kopf langsam zu ihm und starrte direkt in seine Augen. Hasan starrte zurück und konnte langsam erkennen, wie ihre Gestalt anfing sich zu verändern. Er konnte sehen, wie ihre Pupillen langsam ver-

schwanden und zwei sehr trübe und milchige Augen hinter-
ließen und ihr sauber gepflegtes Haar auf einmal völlig zerzaust, bleich und dreckig wurde. Hasan konnte seinen Augen
nicht glauben und sagte vor lauter Schreck
>>*Bismillahirrahmanirrahim*<< Doch bevor er richtig re-
agieren konnte, verwandelte sich das junge und hübsche
Mädchen in eine mit Blut und Dreck bedeckte Gestalt, die in
einem vollkommen zerrissenem und altem Kleid steckte, eine
total faltige und blasse Haut hatte und ganz übel stank. So hatte
Hasan nun Bekanntschaft mit Sophia gemacht. In dem Augenblick war Hasan wie erstarrt gewesen. Nicht etwa wegen seiner
Furcht, sondern eher so als wäre er hypnotisiert gewesen. Jetzt
schien er sich in genau dem ruhigen und reaktionslosen Zustand zu befinden, in der sich Sophia befunden hatte, kurz bevor sie in sein Taxi eingestiegen war. Als würde er von irgend-
jemandem gelenkt werden, stieg er seelenruhig aus dem Fahrzeug aus, ging mit langsamen Schritten zum Kofferraum und
öffnete diesen. Der Kofferraum war leer bis auf ein Warn-
dreieck, Erste Hilfe Koffer und einem kleinen Werkzeugkasten. Er schob sich den Werkzeugkasten hervor und öffnete
ihn. Darin befand sich ein Schlosserhammer. Genau diesen
Hammer nahm er in seine rechte Hand und fing auf der Stelle
an, sich den Kopf damit einzuschlagen. Er schlug mehrmals
mit all seiner Kraft drauf, gab jedoch kein einziges Laut von
sich. Alles was man in der Stille hörte, war das Geräusch, das
erklang, als seine Schädeldecke aufbrach und das ganze Blut
herausspritzte. Sowohl die Straße als auch das hintere Teil
seines Taxis bekamen jede Menge Blutspritzer ab. Er schlug
immer und immer wieder auf sein Kopf ein und es dauerte
nicht lange bis sein gesamter Kopf und sein Oberkörper völlig
von seinem Blut überschwemmt worden waren. Er schlug so
lange drauf ein bis sein Schädel aufgebrochen war wie eine

Kokosnuss und sein Gehirn herausquoll. Erst dann sackte er, völlig mit Blut überströmt, hinter seinem Taxi auf die Straße und war auf der Stelle tot. Sowie sein Herzschlag aufhörte zu schlagen, so war auch Sophia wieder verschwunden. So lag Hasan's lebloser Körper mit einem sehr brutal aufgeschlagenem Schädel auf der Straße.

Rohit Jha hatte immer noch nicht seine Frust abwerfen können und war nach wie vor über den unglücklichen Verlauf seines Vorhabens verärgert gewesen. So fuhr er einfach so über die Straßen von Wien und dachte auch nicht mehr daran von der Polizei angehalten zu werden. Was das betraf, hatte er auch Glück. Denn, obwohl er teilweise mit Vollgas über die Straßen fegte, hatte ihn kein Polizist dabei erwischt und angehalten. Während er Ziellos vor sich hin fuhr, entdeckte er eine Fußgängerin, die nicht älter als fünfundzwanzig erschien. Mit ihrem Smartphone in der Hand und die Augen auf das Display gerichtet, war sie unterwegs gewesen. Womöglich kam sie aus einem der Clubs, die sich unmittelbar in der Näher befanden und ging jetzt nach Hause. Als Rohit sie ganz alleine und so unaufmerksam und abgelenkt wie sie war, gesehen hatte, dachte er sich, dass das jetzt seine Chance wäre, sich auf sie zu stürzen, wie ein Raubtier auf seine Beute. Er war so wütend gewesen, dass er über keinerlei Konsequenzen nachgedacht hatte. Er hatte sich fest in den Kopf gesetzt, die Sache jetzt durchzuziehen. Und wenn es dafür mitten auf der Straße sein muss. Also fuhr Rohit an der jungen Frau vorbei und brachte sein Fahrzeug ein paar Meter weiter vorne zum Stillstand. Er stieg aus seinem Fahrzeug aus und ging mit schnellen Schritten seinem potenziellen Opfer entgegen. Die junge Frau war immer noch auf ihr Smartphone fixiert, sodass sie die Gefahr, die auf sie zukam, nicht wahrnehmen konnte.

Rohit näherte sich ihr immer näher und sie näherte sich ihm. Der Abstand zwischen den beiden verringerte sich rasant. Und dann, ganz plötzlich wurde sie von ihm so fest an den Schultern gepackt, sodass ihr das Smartphone aus ihren Händen herunter fiel, auf den Boden krachte und dabei einen sehr hässlichen Sprung am Display spendiert bekam. Erschrocken schrie sie auf, während Rohit sie direkt zu den Büschen am Straßenrand hinein zog und dabei sehr stark ein und aus atmete. Mit all ihrer Kraft, wehrte sich die junge Frau gegen ihren Angreifer, doch sie war nicht stark genug. Damit sie nicht wieder schreien konnte, drückte Rohit mit einer Hand fest auf ihren Mund, sodass sie kaum noch atmen konnte. Sie zappelte mit ihren Armen und Beinen und versuchte sich von seinen Fängen zu befreien, aber es gelang ihr nicht. Mit seiner anderen Hand versuchte Rohit sich seine Hose auszuziehen. Die vollkommen erschöpfte und erschrockene junge Frau fing zu weinen an. Sie versuchte zu schreien, doch weil Rohit ihr den Mund so fest zu drückte, war nur ein sehr schwaches Winseln zu hören, das niemand in der Umgebung hören konnte, der ihr zur Hilfe ereilen hätte können. Das schreckliche Ereignis, das ihr widerfahren war, war wie eine Lawine, die sie lebendig unter sich begrub. Es war wie ein Treibsand, der sie in seine Tiefen hinein zog. Sie fühlte sich wie eine hilflose Fliege, die auf einem Spinnennetz lebendig und genüsslich von der Spinne verspeist wurde. Sie fühlte sich wie unter einer Eisdecke, unter der sie langsam aber sicher zu ertrinken drohte. Sie konnte vor ihrem inneren Auge sehen, wie das Licht der Hoffnung von der Dunkelheit aufgefressen und dadurch immer und immer kleiner wurde.

Und genau in dem Augenblick, als jegliche Hoffnung erloschen zu sein schien, erschien Sophia in ihrer menschlichen Gestalt und stand direkt vor ihr und ihrem Peiniger. Rohit

schreckte auf und ließ sofort von der jungen Frau ab, die so schnell sie konnte, davon lief. Kaum war sie einige kurze Meter gelaufen, blieb sie auch schon wieder stehen um das unheimliche und unglaubliche Spektakel, das sich vor ihren mit Tränen unterlaufenen Augen, abspielte, von Anfang bis Ende anzusehen. Denn Sophia nahm ihre grauenhafte, schreckliche und dämonenhafte Gestalt an, als sie sich schwebend mit ausgestreckten Armen auf Rohit stürzte und ihn mit ihren dämonischen Händen, die durch die langen und scharfen Krallen viel mehr wie zwei große Pranken einer Bestie ausgesehen hatten, sein Kopf packte. Rohit sah zwar das Monster auf sich zu schweben, konnte jedoch nicht reagieren. Es war fast so als wäre er an unsichtbaren Ketten gefesselt worden aus denen er nicht ausbrechen konnte. Er sah mit, vor Schreck weit aufgerissenen, Augen, wie die ungeheure Gestalt immer größer wurde, während sie immer näher auf ihn zu kam. So wie sie Rohit's Kopf zwischen ihren kalten, blassen, faltigen und vertrockneten Dämonenhänden hielt, fuhr sie auch schon mit ihren Daumen, an denen sich messerscharfe Nägel befanden, direkt in die Augen von Rohit hinein, der höllische Schmerzen dabei erlitt, aber nicht schreien konnte, riss ihm den Kopf auseinander und teilte dadurch seinen gesamten Körper in zwei Teile als wäre er ein Stück Blatt Papier. Seine Gedärme und Innereien machten sich überall in den Büschen breit und sein Blut verfärbte all das Grün in eine Mischung aus Schwarz und Rot. Das junge Mädchen, die all das voller Entsetzen und Panik mitangesehen hatte, rannte, so schnell sie konnte, schreiend davon. Sophia sah ihr, mit ihren trüben und milchweißen Augen, die leichte gelbliche Verfärbungen aufwiesen, nur hinterher während sie sich langsam in Luft auflöste.
Ein weiteres Mal war Sophia zum richtigen Zeitpunkt am

richtigen Ort aufgetaucht gewesen und so eine weitere Frau vor einer schrecklichen Tat beschützt.

KAPITEL 5

DIE GEISTERJAGD

Nachdem sich Hasan der Taxifahrer bei seiner Leitstelle nicht mehr gemeldet hatte und er selbst nicht zu erreichen war, machte man sich sorgen um ihn. Sein Arbeitgeber konnte per GPS seinen letzten Standort lokalisieren und schickte einen anderen Kollegen, der sich in der Nähe aufhielt, um nachzusehen, was mit ihm los gewesen war. Als Hasan's bosnischer Kollege Nadim sich dem Fahrzeug mit dem offenen Kofferraum näherte, fasste er sich mit einer Hand auf den Bauch und die andere Hand hielt er vor seinen Mund, beugte sich nach vorne und war kurz davor sich zu übergeben. Der Anblick, der sich ihm dargeboten hatte, war entsetzlich gewesen. So etwas hatte er noch nie zuvor gesehen. Sein ehemaliger Kollege Hasan lag mit einer offenen Schädeldecke und blutüberströmt auf der Straße und war eindeutig tot gewesen.

Nadim versuchte sich wieder einzukriegen und alarmierte sofort seinen Vorgesetzten und schilderte ihm die sehr unangenehme Situation, der selbst davon schockiert war und auf der Stelle die Polizei und den Notarzt verständigte. Danach machte er sich selbst zu der Stelle, an dem sich Nadim und sein toter Kollege Hasan befanden.

Und auch der schreckliche Fund von den zerfetzten Überresten Rohit's wurde von schockierten Passanten an die Polizei gemeldet. Viele konnten gar nicht hinsehen und einige andere machten mit angewidertem Gesichtsausdruck Foto- und Videoaufnahmen von den Körperteilen, die einmal zu einem jungen Mann namens Rohit Jha gehört hatten. Beide Funde wurden unmittelbar hintereinander der Polizei gemeldet, die sich sofort an die jeweiligen Tatorte begeben hatten.

Sowohl Asena Hilal als auch Matthias Kogler wussten noch nichts von den Vorfällen und schliefen weiter.
Matthias Kogler wurde zuerst über die beiden Toten per Anruf verständigt und gebeten sich die Leichen anzusehen.
Er hüpfte sofort aus seinem Bett heraus, zog sich ganz schnell an und überlegte kurz, ob er jetzt schon Asena Hilal anrufen sollte oder doch erst später. Er entschied sich, sie sofort anzurufen, zückte sein Handy heraus und wählte ihre Telefonnummer. Asena's Handy klingelte und mit einem leichten Gestöhne und schläfrigen Augen versuchte sie am Display abzulesen, wer sie so früh am Morgen angerufen hatte. Nach mehrmaligem Blinzeln konnte sie nun den Namen von ihrem Kollegen erkennen. Sie wischte mit ihrem Finger über das Display des Handy's, legte es an ihr Ohr und wollte wissen, was er zu melden hatte.
Auch sie wurde auf der Stelle hellwach und hüpfte, genau wie ihr Kollege, aus dem Bett heraus, zog sich an und verließ umgehend ihre Wohnung. Dass sie dabei völlig zerzauste Haare und nicht frisch geputzte Zähne hatte, war ihr in dem Augenblick vollkommen egal gewesen.

Als sie am ersten Tatort angekommen war, wartete Matthias Kogler bereits auf sie. Da der Fall mit zerteilten Körper viel interessanter und wichtiger schien, wollten sie sich diesen zuerst ansehen. Es war schrecklich gewesen. Asena Hilal war erschüttert gewesen. Sie dachte sich, wie so etwas überhaupt möglich sein konnte? War das überhaupt ein Mensch, der so etwas hätte anrichten können? Wer würde nur so etwas jemandem antun? Viele Fragen beschäftigten im Moment ihre Gedanken, während sie sich die Leichenteile und die Umgebung genauer ansah. Sie dachte sich, dass die Morde in letzter Zeit immer grausamer wurden. Konnte es sich etwa um den selben Täter handeln? Sie hatte keine Ahnung.

Matthias Kogler kam zu ihr und tat so, als hätte der letzte Abend nie stattgefunden und sagte zu ihr >>*Es gibt leider keinen einzigen Augenzeugen. Niemand hat weder etwas gesehen noch etwas gehört.*<< Er machte eine kleine Pause und sprach dann weiter >>*Ich frage mich nur, wie man so ein Gemetzel nicht mitbekommen kann und überhaupt, wer tut nur so etwas abartiges?*<< Asena schwieg und stellte sich dieselbe Frage erneut -Wer tut nur so etwas?- Dann fragte sie ihren Kollegen >>*Wissen wir schon wer er war?*<< Matthias Kogler zückte sein kleines Notizblock hervor und suchte die Stelle mit dem Namen des Opfers heraus >>*Jjjaa, hier ist sein Name. Seinem Führerschein nach hieß er Rohit Jha.*<< Dann wandte er sich mit dem Körper in die Richtung, in der Rohit Jha's Fahrzeug stand zu und sagte mit den Blicken darauf gerichtet >>*Und gleich da drüben steht sein Fahrzeug. Die Kollegen haben bereits den Inhalt des Fahrzeuges überprüft, haben jedoch nichts gefunden, das uns bei der Sache behilflich sein könnte.*<< Asena sah sich das Fahrzeug von ihrem Standpunkt aus an ohne sich zu ihm zu nähern und fragte >>*Was wissen wir über den zweiten Vorfall?*<<

>>*Wir wissen nur, dass es sich um einen deiner Landsmänner handelt. Ein Taxifahrer namens Hasan Kandemir. Soll sich, laut dem Notarzt, mit seinem eigenen Hammer den Schädel eingeschlagen haben.*<< Er schüttelte dabei den Kopf. Asena Hilal sagte daraufhin >>*Na gut. Die Kollegen sollen sich hierum kümmern und wir sehen uns mal den Taxifahrer an.*<< Matthias Kogler stimmte ihr zu und als sie sich zu ihren Fahr-

zeugen begeben wollten, kam ein Polizeibeamter mit einem jungen und vollkommen erschrockenen Mädchen zu ihnen und sagte *>>Verzeihung Frau Chefinspektorin! Hier ist eine Dame, die sagt, sie wüsste, was mit dem Todesopfer passiert sei.<<* Asena Hilal und Matthias Kogler sahen sich gegenseitig verwundert an und dann sagte sie *>>Ist gut Herr Inspektor. Danke, wir kümmern uns um sie.<<* Der Polizeibeamter übergab das junge Mädchen seinen Vorgesetzten und begab sich wieder zurück an seine Arbeit.

>>Guten Morgen!<< sprach Asena Hilal sie an und fuhr fort *>>Mein Name ist Asena Hilal und das ist mein Kollege Matthias Kogler...<<* sie zeigte dabei mit ihrer Hand auf ihren Kollegen und sprach weiter *>>...Wir sind die leitenden Ermittler von diesem Vorfall. Sie behaupten also, Sie wüssten, wie das passiert sei?<<*

Das erschrockene junge Mädchen blickte nach unten und nickte zitternd mit ihrem Kopf. *>>Wie heißen Sie?<<* wollte Asena von ihr wissen. Das junge Mädchen erhob ihren Kopf und sagte *>>Julia...Julia Hartl<<* Asena wollte es nun genauer wissen *>>Gut Frau Hartl, dann erzählen sie uns bitte, wie sich das ereignet hat!<<*

Julia warf einen kurzen und angewiderten Blick auf die Überreste von ihrem Angreifer, woraufhin sich ihre Augen mit Tränen füllten. Asena Hilal sagte zu ihr *>>Schauen Sie nicht dort hin Frau Hartl! Sehen Sie mich an!<<* Sie griff Julia am Arm fest und brachte sie ein gutes Stück weiter von der grausigen Leiche weg. Matthias Kogler folgte ihnen. *>>So, jetzt erzählen Sie bitte!<<* bat Asena das junge Mädchen. Julia schüttelte leicht ihren Kopf und fing zu erzählen an *>>Ich war ein wenig mit Freunden feiern und war gerade unterwegs nach Hause.<<* Sie fasste sich auf die Stirn und sowohl Asena als auch Matthias konnten deutlich sehen, dass es ihr sehr schwer fiel, den Vorfall zu beschreiben. Doch sie wussten, das musste sein. Sie machten ja schließlich ihren Job und wollten genau wissen, was passiert war um so einen möglichen Mörder zu schnappen. Also drängte Asena das Mädchen weiter *>>Waren Sie alleine oder war noch jemand bei Ihnen, als sie auf dem Weg nach Hause waren?<<*

>>Nein, ich ging alleine nach Hause. Wir, meine Freunde und ich, hatten uns schon vor dem Club verabschiedet und gingen getrennte Wege. Während ich ging, hatte ich auf meinem Handy Fotos vom Club auf mein Instagram Profil hochladen wollen.<< Sie machte eine kurze Pause und holte tief Luft.

>>Na ja, und dann kam er auf mich zu.<< Sie zeigte dabei kurz auf die Stelle, auf der sich die Überreste von Rohit Jha befanden. Asena und Matthias sahen reflexartig nach hinten und richteten ihre Aufmerksamkeit erneut Julia zu. *>>Sie meinen, das Todesopfer namens Rohit Jha kam auf Sie zu?<<*

>>Keine Ahnung wie er heißt. Ich kenne ihn nicht, aber ja, er kam auf mich zu, packte mich so fest an, sodass ich mein Handy auf den Boden fallen ließ und dieses zerbrach.<< Asena unterbrach sie *>>Moment! Sie behaupten also, er hätte Sie angegriffen?<<*

>>Ja, er drängte mich in die Büsche, hielt mir den Mund fest zu und...<< sie wurden von ihren Tränen unterbrochen. Asena und Matthias sahen sich erneut gegenseitig an und konnten bereits erahnen, was mit ihr geschehen war. Asena legte eine Hand auf ihre Schulter und wollte sie beruhigen *>>Schon gut Frau Hartl!<<* Julia erzähle schluchzend weiter *>>Er war kurz davor mich zu vergewaltigen, doch dann...<<* Und schon wieder legte sie eine Pause ein. *>>Und was dann Frau Hartl? Was ist dann passiert?<<* fragte Asena ganz neugierig. Julia riss sich zusammen und erzählte weiter *>>Oh Gott! Ich weiß gar nicht, wie ich es erzählen soll.<<*

>>Versuchen Sie es einfach!<< forderte sie Asena höflich auf. Julia neigte ihren Kopf nach hinten, blickte in den Himmel hinauf, sah Asena an und sagte *>>Ich weiß, es klingt verrückt, aber da ist plötzlich, wie aus dem Nichts, eine weibliche Gestalt aufgetaucht, die sich, direkt vor meinen Augen in eine furchtbare Gestalt verwandelt und ihn angegriffen hatte.<<* Jetzt sahen sich Asena und Matthias schockiert an und gleich danach fragte Asena *>>Frau Hartl! Sind Sie sich da absolut sicher?<<*

>>Ja, ich sagte doch, es klingt verrückt, aber genau so war es. Diese Gestalt, ich denke, es war ein Geist oder ein Dämon, keine Ahnung was es war, hat ihn am Kopf gepackt und einfach so auseinander gerissen und mich dadurch gerettet. Bitte! Sie müssen mir glauben. Genau so ist das passiert.<< Sie schluchzte und weinte noch mehr und fügte hinzu *>>Es war ein schrecklicher Anblick. Das werde ich niemals vergessen können. Es war einfach nur grauenhaft.<<* Nachdem Asena und Matthias ein weiteres Mal Blicke ausgetauscht hatten, sagte Asena zu Julia *>>Frau Hartl...können Sie uns bitte genauer beschreiben, wie diese Gestalt ausgesehen hatte?<<* Julia wischte sich mit dem Handrücken die Tränen vom Gesicht und antwortete *>>So viel ich erkennen konnte, war es eine Frau, ein junges Mädchen um genau zu sein. Sie hatte blonde Haare und hatte ein Kleid mit Schmetterlingen drauf aus dem achtzehnten oder neunzehnten Jahrhundert an. Sah sehr alt aus. Sie schwebte in der Luft. Nachdem sie ihn getötet hatte, bin ich dann einfach nur schreiend davon gelaufen und habe nicht gesehen, wohin sie verschwunden ist.<<* Sie rieb sich mit ihren beiden Händen ihre Schläfen und machte dabei ihre Augen zu. Asena und Matthias hatten genug gehört und riefen eine Polizeibeamtin herbei, damit sie sich um Julia kümmern konnte *>>Danke Frau Hartl, dass Sie so mutig*

waren und uns den Ablauf geschildert haben. Die Kollegin wird sich nun um Sie kümmern. Ich werde mich jetzt mit meinem Kollegen beraten.<< Julia fragte völlig verwundert *>>Heißt das, dass Sie mir die Geschichte tatsächlich glauben?* << Asena holte einmal tief Luft und antwortete *>>Wir werden den Fall noch genauer untersuchen und falls wir weitere Fragen haben sollten, melden wir uns bei Ihnen.<<* Mit diesen Worten übergab sie Julia der Kollegin von der Streife und verabschiedete sich von ihr. Asena und Matthias gingen einige kurze Schritte und Matthias sagte *>>Das ist genau das, was uns Miriam Reichinger schon zuvor erzählt hatte. Das kann unmöglich ein Zufall sein, aber wie kann so etwas nur möglich sein?<<* Mit Blicken auf den Boden gerichtet, antwortete Asena ihrem Kollegen *>>Das ist echt verrückt.<<* Dann erhob sie ihren Kopf und sah Matthias an *>>Jagen wir jetzt tatsächlich einem Geist nach?<<* Sie verlor bei diesem Gedanken ein wenig die Nerven, woraufhin sie zu lachen anfing. In diesem Augenblick wollte Matthias witzig sein und sagte *>>In diesem Fall sollten wir die „Ghostbusters" anrufen.<<* Auch er fing ein wenig zu lachen an. Asena wurde wieder ernst und sagte *>>Ich meine, laut meinem Glauben, glaube ich zwar an Geister und Dämonen und all das, aber, dass sie zu so etwas in der Lage wären, nein, das kann ich einfach nicht glauben. Wir müssen sofort Licht in diese Sache bringen und sehen womit wir es wirklich zu tun haben.<<* Matthias nickte mit dem Kopf und sagte *>>Sehen wir uns jetzt mal den toten Taxifahrer an?<<* Asena hatte ihn schon fast vergessen und antwortete *>>Ja, das sollten wir jetzt tun. Ich hoffe nur, dass uns da auch keine Geistergeschichte erzählt wird.<<* Matthias schmunzelte. Sie begaben sich zu ihren Fahrzeugen, setzten sich hinein und machten sich auf den Weg.

Der Schädel des Taxifahrer's sah echt übel aus, mussten die beiden leitenden Ermittler zugeben. Kaum zu glauben, dass sich das jemand selbst antun könnte. Asena und Matthias waren sich einig darüber, dass das ein Fremdverschulden sein musste, doch der Bericht des Notarztes widersprach ihrer Theorie. Hasan Kandemir hatte sich tatsächlich selbst den Schädel mit einem gewöhnlichen Schlosserhammer auf-gebrochen. Laut dem Notarzt war es eindeutig Selbstmord. Leider gab es hier keine Augenzeugen oder sonstige Opfer, die über den genauen Ablauf des Tates hätten berichten können. Hier waren die leitenden Ermittler Asena Hilal und Matthias Kogler auf sich allein gestellt gewesen. Auch die Befragung mit dem Vorgesetzten, Thomas Knecht und auch dem bosnischen Kollegen Nadim, waren nicht hilfreich gewesen. Ihren Aussagen nach war Hasan Kandemir ein guter Freund und Kollege gewesen. Und er war genau so ein guter Ehemann und Vater von drei Kindern gewesen. Er hatte mit niemandem Probleme. Zumindest wüssten sie nichts davon.

Sie tappten im Dunkeln.

Matthias Kogler schlug vor, die Tat als Selbstmord in die Akten aufzunehmen. Nach kurzem Überlegen willigte Asena ein und sie beließen es beim Selbstmord, aber dennoch hatte sie ein mulmiges Gefühl im Magen. Tief im Inneren sagte eine Stimme zu ihr, dass es kein Selbstmord gewesen sein konnte. Sie konnte es einfach nicht wahr haben, dass sich ein er-wachsener Mann, mit einem Hammer, so stark auf den Kopf schlägt bis er ihn durchbricht. Hasan Kandemir hatte zwar eine recht robuste Statur, aber er wäre noch lange nicht in der Lage sich, mit einem Schlag, den Kopf aufzubrechen. Laut dem Notarzt hätte man mehrmals auf den Kopf schlagen müssen um ihn sich aufzubrechen, sodass sogar etwas Gehirnmasse heraus schwappen könnte, aber es gar nicht soweit kommen würde,

weil man bereits schon lange vorher tot umfallen würde.
Daher war ihr dieser Fall sehr suspekt vorgekommen, doch sie
hatten im Moment weder Augenzeugen noch Beweise und
auch der Notarzt hatte es bereits als Selbstmord abgeschlossen.
Für Asena Hilal war hier nicht mehr viel zu machen. Ihr blieb
keine andere Wahl den Tod von Hasan Kandemir als Selbstmord abzulegen.
Sie wollte Matthias zwar nichts sagen, weil es einfach viel zu
absurd klingen würde, aber sie kam dennoch von dem Gedanken nicht weg, dass es vielleicht auch das Werk des
Geistermädchens sein konnte. Immerhin hatten bereits zwei
Opfer, die sich nicht kannten, die selbe Person beziehungsweise die selbe gespenstische Erscheinung beschrieben. Die
Beschreibungen stimmten überein. Jedoch, was hätte wohl der
Taxifahrer für ein Verbrechen begangen? Bisher war er auch
noch nie negativ aufgefallen. Wieso hätte ihn dieses Geistermädchen oder was das auch immer sein mochte, ihn töten
wollen? Inzwischen wusste sie, dass dieses mysteriöse Wesen
immer dann auftauchen würde, wenn eine Frau von einem
Mann belästigt wurde. Zwei Mal war sie bereits aufgetaucht
gewesen und zwei Mal hatte sie die jungen Frauen gerettet. Sie
dachte sich, -wenn diese Theorie stimmen könnte, welche Frau
hat dann Hasan Kandemir belästigt? Vielleicht einen Fahrgast?- Asena Hilal wischte sich mit beiden Händen über ihr
Gesicht und wollte nicht mehr lange daran nachdenken. Das
alles wurde ihr bereits viel zu viel. All diese mysteriösen und
grauenhaften Morde und dann noch irgendwelche Geistergeschichten. Das war alles tatsächlich sehr merkwürdig gewesen. Doch plötzlich fiel ihr die Homepage von diesem
selbsternannten Geisterjäger ein. -Wie hieß er noch
gleich?...Ach ja, Reinhard Stumpf.- Auf seiner Homepage
berichtete er auch von paranormalen Erscheinungen und den

damit verbundenen mysteriösen und ungelösten Fällen. Auch
die Einrichtung seiner Homepage, dieses Retro- oder Vintage-
Look oder wie man das auch nennen mochte, passten zu den
Beschreibungen des Kleides, die das angebliche Geistermädchen angehabt haben soll. Sie spielte mit dem Gedanken
sich bei diesen Reinhard Stumpf zu melden und mit ihm ernsthaft über dieses Thema reden. Bei dem Gedanken schüttelte sie
mit ihrem Kopf, weil ihr bewusst gewesen war, wie blöd das
alles geklungen hatte. Doch es passte einfach viel zusammen,
sodass sie diesen komischen Stumpf miteinbeziehen wollte.
Vielleicht hätte er etwas Licht in die Sache bringen können.
Sie hätte nie gedacht, dass sie mal einen Verrückten um Hilfe
bitten würde, aber verrückte Fälle erforderten nunmal verrückte
Maßnahmen. Noch in dem selben Moment, beschloss sie,
gleich am Vormittag, sich bei Reinhard Stumpf zu melden.
Und jetzt musste sie grinsen, weil die Aussage von Matthias,
die „Ghostbusters" zu verständigen, doch noch passieren
würde. -Wir beginnen wohl tatsächlich mit der Geisterjagd-
dachte sie sich, schüttelte erneut mit ihrem Kopf und fuhr sich
dabei mit den Händen einmal durch die zerzausten Haare.

Sie ging zu Matthias hinüber, der vor seinem Fahrzeug stand
und ein paar Notizen in seinem kleinen Block machte. Rund
um ihnen herum waren viele Polizeibeamte und Sanitäter, die
sich alle um den Vorfall mit dem kürzlich verstorbenen Taxifahrer kümmerten. Einige neugierige Passanten waren ebenfalls anwesend. Obwohl es so früh am Morgen gewesen war,
hatten sich etwa ein Dutzend Schaulustige versammelt und
beobachteten das ganze Geschehen, das sich vor ihnen abspielte. Einige von den gegenüberliegenden Wohnungen sahen
aus ihren Fenstern hinaus und versuchten herauszufinden, was

genau sich ereignet hatte. Und auch die Presse war bereits angetroffen gewesen.

Asena Hilal und Matthias Kogler waren das alles bereits gewohnt gewesen, weswegen sie dem keine Beachtung schenkten und sich nur auf ihre Arbeit konzentrierten. Asena wollte mit Matthias sprechen, der sofort zu Schreiben aufhörte und seine Aufmerksamkeit ganz und gar ihr widmete >>*Hey! Ich wollte nur sagen, dass mir all diese Fälle sehr suspekt vorkommen und ich immer noch nicht an Geistergeschichten glaube. Doch letzten Abend, kurz bevor du mich besucht hattest...*<< sie wendete ihre Blicke auf den Boden zu und schluckte einmal ganz verlegen >>*...hatte ich ein wenig im Internet recherchiert und denke etwas hilfreiches gefunden zu haben. Ich werde mich daher gleich am Vormittag dem nachgehen und hoffentlich mehr zu unserem mysteriösen Killer herausfinden.*<< Vollkommen gelassen nickte Matthias ihr lächelnd zu und war gar nicht daran interessiert gewesen, wen sie damit gemeint hatte. Er versuchte zwar sein Demut zu verbergen, aber Asena konnte es eindeutig erkennen. Ohne weiter darauf einzugehen verabschiedete sie sich von ihrem Kollegen und sagte >>*Gut, ich fahre dann mal ins Revier und hole mir eine ganze Kanne Kaffee. Das habe ich jetzt erst mal nötig.*<< >>*Ist gut. Ich mache hier schnell fertig und fahre dann anschließend auch ins Büro. Wir sehen uns dann dort.*<< sagte Matthias lächelnd und verabschiedete sich ebenfalls. Asena nickte leicht mit ihrem Kopf und ging zu ihrem Fahrzeug. Sie stieg ein und startete den Motor und das Radio ging dabei automatisch an. Es erklang die Musik von Nina Simone mit ihrem Titel „SINNER MAN". Asena trat auf das Gaspedal ihres weißen Audi A1 und ließ den Tatort weit hinter sich zurück.

KAPITEL 6

DER GEISTERJÄGER

Asena saß in ihrem Büro und schlürfte an ihrem Kaffe aus einer Tasse mit dem Aufdruck „Kaffee Killer", die ihr Matthias Kogler zu ihrem Geburtstag vergangenes Jahr geschenkt hatte. Er fand, dass sie irgendwie zu Asena passte, da sie zum einen in der Mordkommission arbeitet und zum anderen auch sehr viel Kaffee trinkt. Er dachte, es wäre ein witziges Geschenk. Asena saß vor ihrem PC an ihrem Schreibtisch und sah sich ein weiteres Mal die Homepage von Reinhard Stumpf an, bevor sie ihn kontaktierte. Er schien ein Update erstellt zu haben, da jetzt nun, sobald man die Homepage aufmachte, eine leise und düster klingende Musik im Hintergrund zu hören bekam. Asena verdrehte ihre Augen und schüttelte dabei mit ihrem Kopf während sie gleichzeitig dachte, dass die Homepage jetzt noch unerträglicher wurde als sie es ohnehin schon gewesen war. Sie hielt die Musik nicht länger aus und suchte nach dem typischen Symbol für die Lautstärke um sie stumm zu schalten, doch leider war nirgendwo auf der Homepage das Symbol zu finden. Erneut verdrehte sie, diesmal seufzend und genervt, ihre Augen. Sie versuchte die Musik im Geiste abzuschalten beziehungsweise zu ignorieren und konzentrierte sich nur auf den Inhalt der Homepage.

Diesmal suchte Asena ganz spezifisch nach möglichen Hinweisen beziehungsweise nach ähnlichen Beschreibungen, die auf das Geistermädchen zutreffen. Immerhin hatten zwei fremde Personen von der selben Erscheinung gesprochen. Vielleicht wurde also auch ähnlicheres auf dieser skurrilen Homepage berichtet. Sie erinnerte sich daran, dass sie schon beim ersten Mal, als sie die Homepage besucht hatte, auf gestoßen war, die von mysteriösen und nicht aufgeklärten Morden gelesen hatte. Soweit sie sich erinnern konnte, hatten sich all diese Morde irgendwann im neun-zehnten Jahrhundert abgespielt. Also versuchte sie wieder diese Geschichten zu finden und las im Schnellverlauf einige weitere Geister-geschichten von denen sie eher davon ausging, dass Reinhard Stumpf, sie sich ausgedacht hatte um seine Homepage noch interessanter zu gestalten. Selbst einige Bilder von an-geblichen Geistersichtungen und mysteriösen Erscheinungen waren auf der Homepage zu sehen. Ob die jetzt alle echt waren oder sehr professionell per Photoshop erstellt wurden, war ihr in diesem Moment egal gewesen. Denn alles was sie momentan interessierte waren Beiträge zu dem Geistermädchen, das aus irgendeinem Grund Sexualstraftäter, aber auch Männer, die sich sonst irgendwie unsittlich an Frauen vergingen, auf eine sehr brutale Art und Weise tötete.

Asena suchte weiter und klickte sich durch diverse Geschichten und Bilder durch. Und dann wurde sie endlich fündig. Sie hatte die Beiträge zu den unaufgeklärten Morden aus dem neun-zehnten Jahrhundert wieder gefunden und fing sofort mit dem Lesen an. Den Berichten von Reinhard Stumpf zu folge, war er der festen Überzeugung, dass all diese Morde nicht durch Menschenhand, sondern vielmehr von einem Dämon begangen wurden. Asena machte dabei ganz große Augen als sie davon gelesen hatte, da sie vielmehr einen Geist erwartet hätte anstatt einen Dämon. Doch Reinhard Stumpf war ohnehin, nach den Beiträgen seiner Homepage zu urteilen, besessen von Geistern, Dämonen, Außerirdischen und sonstigen paranormalen Er-scheinungen gewesen. Als sie an das Wort „besessen" dachte, musste sie ganz leicht schmunzeln, da diese Bezeichnung in diesem Fall sehr zutreffend gewesen war.

Sie las sich einige Beiträge durch, die von Reinhard Stumpf

erstellt worden waren und fand eine Geschichte über ein junges Mädchen, die man zerstückelt in einer Truhe gefunden hatte. Die Beschreibungen, die Reinhard Stumpf zu dem ermordeten Mädchen aufgezählt hatte, passten zu den Beschreibungen, die die zwei jüngsten Opfer gemacht hatten. Asena stützte nachdenklich mit einer Hand ihren Kopf und wurde stutzig dabei. Könnte das tatsächlich sein? Könnte dieses junge Mädchen, die brutal ermordet wurde und von der Reinhard Stumpf auf seiner Homepage berichtete, tatsächlich das Geistermädchen sein, dass in den letzten Tagen gesichtet worden war? Könnte da etwas wahres dran sein? Mit all ihrer Kraft wehrte sie sich dagegen all dem zu glauben, aber die brutalen Mordfälle und das erste Bericht von Dr. Springer sprachen für sich. Da war definitiv etwas, doch sie war sich nicht sicher was es sein könnte. Sie lehnte sich auf ihrem Stuhl zurück, machte einen weiteren Schluck von ihrem schwarzen Kaffee und wollte sich ein paar Antworten holen. Die Kontaktdaten vom Reinhard Stumpf, hatte sie zwar zu Hause liegen, aber das war kein Problem, da sie sie erneut von der Homepage holen konnte. Asena klickte auf die Zeile „Kontakt" und wählte die Telefonnummer des selbsternannten Geisterjägers. Denn auf seiner Homepage hatte er groß verkündet, dass man ihn bei Geister- und sonstigen paranormalen Sichtungen kontaktieren solle. Asena hatte zwar keine Geister gesehen, aber sie hatte Fragen zu diesem Thema. Also rief sie von ihrem Handy aus an und eine männliche Stimme meldete sich. Es war Reinhard Stumpf, der Geisterjäger, höchst persönlich. Asena stellte sich vor und machte nach einer sehr kurzen Unterhaltung einen Termin mit ihm aus. So wie sie aufgelegt hatte, klopfte schon jemand an ihrer Bürotür. >>Herein!<< Es war ihr Kollege Matthias Kogler. >>Hallo Matthias!<< begrüßte sie ihn. >>Hallo!<<

grüßte er sie zurück >>*Hast du bereits alles erledigen können?*<< wollte sie von ihm wissen. >>*Könnte man so sagen.*<< antwortete er und fügte hinzu >>*Die zwei Leichen oder das was von ihnen übrig war, wurden bereits weg transportiert und die betroffenen Stellen der Straßen komplett gereinigt. Jetzt müssen wir nur noch die Angehörigen der Opfer ausfindig machen und ihnen den Verlust ihrer Familienmitglieder, so schonend wie möglich, beibringen.*<< Asena nickte leicht mit ihrem Kopf und dachte daran, dass das der unangenehmste Teil ihres Job's gewesen war. Sie überbrachte nur ungern schlimme Nachrichten. Doch das gehörte nunmal zu ihrem Beruf dazu. >>*Ok*<< antwortete sie ihrem Kollegen. Matthias wusste, dass Asena sich schwer tat schlimme Nachrichten an die An­gehörigen der Opfer zu überbringen und schlug daher folgendes vor >>*Keine Sorge! Ich übernehme das*<< und warf ihr ein Lächeln zu. Sie wusste das zu schätzen und bedankte sich bei ihm. Matthias wollte das Thema wechseln und fragte >>*Und? Wie lief es bei dir? Soweit ich mich erinnern kann, wolltest du zu irgend jemandem, richtig?*<<
>>*Ja, richtig*<< antwortete Asena und fügte hinzu >>*Ich habe auch schon bereits mit ihm einen Termin vereinbart und werde mich gleich auf den Weg zu ihm machen.*<<
>>*Ausgezeichnet!*<< sagte Matthias. >>*Du kannst ja dann gerne nachkommen, sobald du mit deiner Arbeit fertig bist*<< schlug sie ihm vor. >>*Ja, das mache ich dann. Bin gespannt was du hast*<< sagte Matthias und wollte Asena's Büro ver­lassen. Als er die Tür aufmachte, fiel ihm noch eine Sache ein, woraufhin er, mit einer Hand an der Türklinke, stehen blieb, sich Asena zuwandte und sagte >>*Ich denke, ich werde auch noch kurz bei Miriam Reichinger vorbei schauen um sie ein wenig zu entlasten, in dem ich ihr vergewissere, dass wir sie jetzt endgültig nicht mehr an den Mord von Wozniak ver-*

dächtigen.<< Asena nickte mit dem Kopf und sagte >>*Ist gut, mach das!*<< Matthias schüttelte mit seinem Kopf und sagte >>*Echt unglaublich was hier alles geschieht. Wem jagen wir denn eigentlich hinterher?*<< Asena antwortete nicht drauf, dachte sich jedoch, dass sie das hoffentlich schon bald herausfinden würden. Matthias verließ nun das Büro und machte die Tür hinter sich zu während Asena ihm hinterher sah.

Die Adresse, die Reinhard Stumpf ihr gegeben hatte, befand sich ganz in der Nähe vom Karlsplatz. Asena stieg aus ihrem Fahrzeug aus und ging in das Gebäude hinein in der sich sein Büro befinden soll. Es war ein älteres Gebäude mit gewöhnlichen Privatwohnungen darin. So wie Asena es erwartet hatte, befand sich kein Fahrstuhl im Stiegenhaus und natürlich war das Büro von Reinhard Stumpf am obersten Stockwerk. Asena seufzte leicht und ging zu Fuß bis zum vierten Stockwerk hoch. Vor seiner Tür angekommen, sah sie ein Schild dran hängen, auf dem folgendes stand.

REINHARD STUMPF
Geisterjäger

Erneut musste Asena ihren Kopf schütteln und hoffte, dass das jetzt kein Reinfall werden würde. Sie machte sich locker und klingelte an der Tür. Zu ihrem Erstaunen war es eine gewöhnliche Glocke und kein Geistergeheul, so wie sie es erwartet hatte. Nach wenigen Sekunden hörte sie, wie jemand hinter der Tür am Schlüssel drehte und die Tür aufsperrte. Die Tür ging auf und ein etwa eins siebzig Meter großer, schlanker Mann mit vollem Haar, das schon weiße Ansätze hatte und einer Brille, die an seiner linken Brusttasche seines weißen Hemdes steckte, stand ihr gegenüber. >>*Herr Reinhard*

Stumpf?<< wollte sie von ihm wissen. *>>Ja, der bin ich. Und Sie müssen dann wohl die Chefinspektorin Hilal sein.<< >>Das ist richtig. Asena Hilal. Die Leiterin der Mordkommission<<* bestätigte sie und hielt ihm ihren Dienstausweis entgegen. Reinhard Stumpf setzte seine Brille auf seine Nase und sah sich den Dienstausweis, der ihm entgegen gestreckt wurde, genauer an. *>>Hervorragend!<<* sagte er und steckte seine Brille wieder zurück in seine Brusttasche. *>>Freut mich sehr Frau Hilal! Bitte kommen Sie doch herein!<<* bat er sie. Sie lächelte kopfnickend und trat ein. Es war eine ganz gewöhnliche Wohnung von der Asena dachte, dass Reinhard Stumpf sie vielleicht auch gleichzeitig als Büro verwenden würde. Die Wohnung war nicht besonders groß, etwa fünfzig Quadratmeter und reichte für eine Person vollkommen aus. Die Fenster und Türen waren typisch für eine Altbauwohnung und auch der knarrende Parkettboden rundete das Ganze ab. Reinhard Stumpf ging voran während Asena ihm folgte. Sie gingen durch ein Zimmer, das eindeutig das Wohnzimmer war in ein anderes Zimmer. Es war etwas größer als das Wohnzimmer und überall standen komische und seltsame Geräte herum, die Asena noch nie zuvor gesehen hatte. Es war eindeutig das Büro beziehungsweise das Arbeitszimmer von Reinhard Stumpf. Während sie voller Interesse das Zimmer betrachtete, bat Reinhard Stumpf ihr etwas zu Trinken an *>>Möchten Sie etwas trinken?<<* Asena lächelte und lehnte dankend ab. Er setzte sich auf sein Bürostuhl und bat Asena ebenfalls Platz zu nehmen. Sie setzte sich hin und sagte *>>Eine sehr interessante Ausstattung haben Sie hier.<<* Reinhard Stumpf lachte und sagte ganz stolz *>>In der Tat. Einiges davon habe ich selbst zusammen gebaut.<<* Asena's Neugier zog sich weiter *>>Machen Sie das eigentlich hauptberuflich?<<* Reinhard Stumpf lachte erneut und sagte

>>*Nein, nur gelegentlich. Also, ich teile es mir so ein, wie ich es will. Ich mache das schon sehr lange und hatte es zunächst als eine Art Hobby gemacht, weil mich das Paranormale einfach interessiert, aber nachdem ich mich immer mehr und tiefer hinein gesteigert hatte, wurde es irgendwann zu meinem Nebenberuf. Nein, ich bin eigentlich gelernter IT Techniker und verdiene meinen Lebensunterhalt in dem ich bei diversen Firmen und Unternehmen die Computerprogrammierungen und alles was damit zusammen hängt durchführe. Das Gute an diesem Beruf ist, ich kann die meiste Zeit von zu Hause aus arbeiten und muss die Firmen nur dann besuchen, wenn es sich von hier aus nicht einrichten lässt.*<<* Asena nickte verständnisvoll mit dem Kopf >>*Verstehe. Dann darf ich davon ausgehen, dass Sie die Homepage für ihren Nebenberuf selbst eingerichtet haben?*<< Erneut antwortete Reinhard Stumpf mit stolz >>*Exakt*<< und fügte hinzu >>*Die Arbeit als Geisterjäger mache ich nur in meiner Freizeit. Wenn sich eine Person bei mir meldet, die behauptet ein Geist oder etwas in der Art gesehen zu haben und möchte, dass ich mir das genauer ansehe, dann mache ich das auch. Die restliche Zeit recherchiere ich im Internet und in Büchern oder halte meine Homepage am aktuellsten Stand, in dem ich über alles was ich gesammelt habe berichte.*<< Und wieder nickte Asena verständnisvoll mit ihrem Kopf und wollte mehr wissen >>*Und, kommt das oft vor? Ich meine, das mit den Geistersichtungen, die Sie sich ansehen sollen?*<< Noch bevor Reinhard Stumpf auf die Frage von ihr eine Antwort geben konnte, wurden sie von einem kratzenden Geräusch gleich hinter Tür unterbrochen. Asena schreckte kurz auf und drehte sich mit ihrem Oberkörper in die Richtung, aus der das Geräusch kam. Reinhard Stumpf lachte auf und beruhigte sie sofort >>*Keine Angst Frau Inspektorin! Das sind nur meine Kater. Sie möchten nur zu mir hinein*

oder vielleicht sogar zu Ihnen um Sie willkommen zu heißen.<< Er lachte noch mehr, stand dabei auf, ging zu der Tür hin und machte sie auf. Sofort rannten die zwei Katzen, eine komplett schwarze und eine rötlich weiße, in das Arbeitszimmer hinein. Asena fand sie ziemlich süß. >>*So da, mach es euch schön gemütlich, aber bleibt brav, denn wir haben eine nette Dame zu Gast.*<< Und wieder lachte er und Asena dachte sich nur, dass der seltsame Mann vielleicht doch ein Verrückter sei, weil er so intensiv mit seinen Katzen spricht. Ihre Gedanken wurden von Reinhard Stumpf's Stimme unterbrochen, woraufhin sie ihm ihre Aufmerksamkeit schenkte >>*So Frau Hilal, das sind meine zwei Katzen Romulus und Quentin.*<< Er zeigte dabei mit dem Finger auf jede einzelne Katze, während er ihre Namen aufsagte. >>*Sind noch sehr jung und verspielt.*<<

>>*Ziemlich süß die beiden.*<< Reinhard Stumpf nickte mit dem Kopf und sagte >>*Ja, das sind sie. Nachdem Tod meiner Frau habe ich sie geholt um die Lücke, die sie hinterlassen hatte zu füllen. Denn Kinder haben wir keine.*<< Seine Stimme wurde dabei ernst und klang traurig. >>*Mein Beileid Herr Stumpf. Das tut mir Leid!*<< sagte Asena ebenfalls mit einer traurig klingenden Stimme. >>*Ja, danke! Der Tod gehört nunmal zum Leben dazu. Daran ist leider nichts zu ändern.*<< Er lächelte wieder ein wenig und Asena nickte zustimmend. Reinhard Stumpf begab sich wieder zu seinem Schreibtisch und setzte sich hin und beantwortete ihre zuvor gestellte Frage >>*Also, wo waren wir? Ach ja, ob es oft vor kommt, dass sich jemand bei mir wegen Geistersichtungen meldet, wollten Sie wissen. Nun ja, leider nicht so oft.*<< Asena nickte langsam. >>*Ich hatte eigentlich ursprünglich vor eine Art Dokumentation beziehungsweise eine Sendung für das Fernsehen oder zumindest für das Internet zu gestalten, aber es*

107

sind einfach viel zu wenige Fälle über die ich berichten könnte. Daher berichte ich über sie auf meiner Homepage und manchmal darf ich sie auch bei diversen Zeitschriften wie diesen hier,... << er holte von seiner Schublade unter seinem Schreibtisch ein Magazin hervor, auf dem er abgebildet war und überreichte es Asena >>*...das Stadtmagazin „das Biber mit Scharf" veröffentlichen.* << Asena nahm das Magazin entgegen und warf einen Blick auf das Cover drauf. Sie kannte bereits „das Biber" und hatte auch schon in einigen herum geblättert, wusste jedoch nicht, dass auch Reinhard Stumpf in einem der Ausgaben vorgekommen war. In der Ausgabe, das sie in den Händen hielt, hatte Reinhard Stumpf über sich und seine Arbeit als Geisterjäger berichtet. Mit seinen Geräten, die er am Coverbild an sich trug und seiner Pose als würde er die Luft in sein Gerät hinein saugen, das wie ein Laubgebläse aussah, sah er in der Tat aus, wie einer von den „Ghostbusters".
Reinhard Stumpf sagte dazu >>*Das mit diesem Sauger war die Idee von den jungen Redakteuren. Sie fanden es witzig, wenn ich so pose, wie man sich einen Geisterjäger eben so vorstellt. Dabei habe ich gar nicht so ein Gerät, da ich die Geister nicht einsaugen, sondern lediglich nur aufspüren und vertreiben würde. Waren aber ganz nette, liebe und dynamische junge Leute. Hatte mir großen Spaß gemacht.* << Asena lächelte und nickte mit ihrem Kopf. Reinhard Stumpf sprach weiter >>*Abgesehen davon habe ich ein Buch über meine Arbeit und alles was damit zusammenhängt veröffentlicht.* << Er stand auf und ging zu einem Bücherregal, der rechts vom Schreibtisch an der Wand hängte und griff nach einem, nicht allzu dickem, Buch. Asena legte das Magazin aus ihrer Hand auf den Schreibtisch und verfolgte ihn mit ihren Augen. Jetzt übergab er ihr das Buch. Sie nahm es entgegen und las innerlich den Titel des Buches. -ÖSTERREICHS GESPENSTER- Direkt

unter dem Buchtitel war noch folgendes zu Lesen -Berichte von Reinhard Stumpf- Nachdem sie innerlich den gesamten Titel des Buches gelesen hatte, sah sie Reinhard Stumpf beeindruckt an und sagte *>>Das ist ja hervorragend Herr Stumpf! Wusste gar nicht, dass Sie ein Buch veröffentlicht hatten. Gratuliere!<<* und lächelte dabei. *>>Danke vielmals! <<* sagte er voller stolz und fügte hinzu während er sich wieder auf sein Platz hinsetzte *>>Leider ist es nur bei dem einen Buch geblieben. Wie bereits schon gesagt, habe ich nicht viel Material über das ich berichten könnte.<<*
>>Verstehe<< sagte Asena Hilal und fragte *>>Darf ich mir das Buch vielleicht mal ausleihen?<<* Reinhard Stumpf lachte und sagte *>>Nein, dürfen Sie nicht...denn ich schenke es Ihnen.<<* Für einen Augenblick dachte Asena, dass er es ernst meinen würde, als er mit Nein geantwortet hatte und bedankte sich anschließend bei ihm mit einem Lächeln *>>Vielen Dank Herr Stumpf! Das weiß ich zu schätzen.<<*
>>Aber sicher doch<< sagte er lächelnd und wollte das Buch wieder haben um es für sie zu signieren *>>Geben Sie bitte her, damit ich es für Sie signieren kann.<<* Lächelnd übergab sie ihm das Buch. Er nahm einen Kugelschreiber aus seinem Stiftehalter, unterschrieb das Buch und überreichte es ihr erneut *>>So, bitte sehr!<<* Asena nah es wieder an sich, klappte das Buch auf und las wieder mit ihrer inneren Stimme.

-Mögen Sie von allen Geistern verlassen sein! Reinhard Stumpf-

Sie fand die Widmung zwar etwas seltsam, aber das war sie schon mittlerweile gewöhnt gewesen. Asena bedankte sich erneut und legte das Buch zur Seite um hinterher mit ihrem Anliegen weitermachen zu können.

>>Also Herr Stumpf. Die Sache, wieso ich hier bin, ist folgende. Ich habe etwas Zeit auf Ihrer Homepage verbracht und mir fiel dabei eine ganz besondere Geschichte auf. Und zwar würde ich gerne mehr über die Geschichte mit der zerstückelten Leiche eines jungen Mädchens, die man in einer Truhe gefunden hatte, erfahren.<< Reinhard Stumpf wusste auf Anhieb, welche Geschichte Asena meinte und sagte *>>Ja, die Geschichte finde ich auch am interessantesten auf meiner Homepage. Was genau möchten Sie darüber wissen?<<*
>>Nun ja, zunächst einmal, stimmt diese Geschichte denn überhaupt?<<
>>Oh, ja. Und zwar so wahr ich hier vor Ihnen sitze.<<
>>Wenn das so ist wie Sie behaupten Herr Stumpf, können Sie mir die Geschichte dieses Mädchens bitte erzählen?<<
>>Sehr gerne. Ich erzähle Ihnen alles über die Geschichte, die ich über Sophia weiß.<< Asena unterbrach ihn *>>Verzeihung! Sagten Sie Sophia? Ist das etwa ihr Name gewesen?<<*
>>Ja, so war ihr Name. Sophia. Das junge und hübsche Mädchen aus Wien, die im neunzehnten Jahrhundert zusammen mit ihrem Vater, einem sehr angesehenen Schuster, lebte. Ihre Mutter war bei der Geburt von Sophia gestorben und sie wuchs als Einzelkind bei ihrem Vater auf.<< Asena hörte mit all ihrer Aufmerksamkeit zu. Reinhard Stumpf erzählte weiter *>>Viel konnte ich zwar auch nicht herausfinden, weil das einfach eine uralte Geschichte und somit sehr lange her ist, aber man sagt, dass der Vater, sein Name war Ludwig, Sophia umgebracht, zerstückelt und in die Truhe hineingesteckt hatte.<<* Asena konnte ihren Ohren nicht glauben. Wenn das tatsächlich so passiert gewesen war, dann war das eine sehr schreckliche Sache gewesen. Reinhard Stumpf erzählte weiter *>>Es gab aber auch Gerüchte, dass ein Fremder sie getötet und derart zugerichtet hatte, weil man ihren Vater*

ebenfalls tot in deren Haus vorgefunden hatte.<< Asena unterbrach ich erneut >>*Könnte es denn nicht sein, dass er zuerst sie und danach sich selbst ermordet hat?*<< Reinhard Stumpf nickte ihr zustimmend zu und sagte >>*Durchaus. Ja, das wäre sehr wohl möglich, jedoch gibt es da einige Wider-sprüche.*<< Asena sah ihn mit fragenden Blicken an und wiederholte seine Aussage >>*Widersprüche?*<<

>>*Ja, Widersprüche...Denn Sie müssen wissen, dass, als man Ludwig tot in seinem Haus vorgefunden hatte, sein gesamter Unterkiefer getrennt worden war, und zwar auf eine sehr brutale und bestimmt auch auf eine sehr schmerzhafte Art und Weise.*<< Asena schwieg und hörte weiterhin gespannt zu. >>*Deswegen ging man davon aus, dass er sich selbst nicht hätte so töten können. Und wenn überhaupt, wo war dann sein Unterkiefer verschwunden? Klar, der Mörder hatte das vielleicht als eine Art Trophäe mitgenommen. Wer weiß? Fakt ist, dass die damaligen Mediziner festgestellt hatten, dass ihm der komplette Unterkiefer herausgerissen worden war. Zumindest wiesen das die Spuren an seinem Gesicht auf. Doch man fragte sich, welcher Mensch wohl in der Lage wäre, so etwas anrichten zu können? Einem erwachsenem Mann einfach so das Unterkiefer herauszureißen, nun ja, das erfordert sehr sehr viel Kraft. Da müsste man schon übernatürliche Fähigkeiten besitzen.*<< Asena fielen plötzlich die aktuellen Mordfälle ein, die ebenfalls sehr fragwürdig waren und sie erinnerte sich auch daran, dass Dr. Springer ähnliches behauptet hatte. >>*Und sie stellten auch fest,...*<< erzählte Reinhard Stumpf weiter >>*...dass er erst Tage oder sogar Wochen nach seiner Tochter Sophia gestorben war. Denn als sie ihre Leichenteile gefunden hatten, waren sie schon sehr stark am Verwesen. Daher ging man davon aus, dass vielleicht er selbst seine Tochter ermordet, zerstückelt und in die Truhe gesteckt haben könnte,*

111

aber wirklich beweisen konnten sie es nicht, da sie damals nicht die Technologie besaßen, die wir heute haben.<< Asena schüttelte sehr leicht ihren Kopf um so ihr Entsetzen auszudrücken >>Ist ja schrecklich.<<

>>Ja, das ist es<< bestätigte er ihre Erkenntnis. >>Als ich da noch weiter geforscht hatte, fand ich heraus, dass kurz nach dem Tod von Ludwig, viele vergleichbare Mordfälle stattgefunden und sich über eine sehr lange Zeit gezogen hatten.<<

>>Wie meinen Sie das?<< wollte Asena wissen. >>Na ja, meinen Recherchen zufolge, gab es viele weitere männliche Todesopfer, die alle auf eine sehr grausame und ebenso auf eine sehr mysteriöse Weise gestorben waren.<<

>>Und es waren wirklich nur Männer meinen Sie?<< wollte Asena genau wissen. *>>Ja, es waren nur Männer, aber nur eine bestimmte Art von Männern...<<<* Noch bevor er sein Satz zu Ende bringen konnte, wurde er von Asena unterbrochen *>>Nur Sexualstraftäter beziehungsweise Männer, die sich an Frauen vergingen.<<* Reinhard Stumpf war verblüfft und sagte *>>Bravo! Exakt. Genau so war es. Wie haben Sie das erraten?<<* Asena überlegte nicht lange und antwortete *>>Also Herr Stumpf. In den letzten Tagen sind ähnliche Mordfälle passiert, die Ihre Beschreibungen bestätigen.<<* Reinhard Stumpf machte ganz große Augen und beugte sich aus Interesse nach vorne. Asena klärte ihn weiter auf *>>Wir haben da zwei...eigentlich drei männliche Todesopfer, aber nur von zwei Männern, wissen wir, dass sie fremde Frauen sexuell belästigt hatten, kurz bevor sie auf eine sehr grausame und auch auf eine sehr mysteriöse Art und Weise gestorben waren.<<* Reinhard Stumpf's Augen wurden noch größer und sein Herz klopfte vor Neugierde. Er war schon kurz davor, sich komplett auf den Tisch drauf zu setzen *>>Ist das Ihr Ernst*

Frau Inspektorin?<< wollte er von ihr wissen. >>*Ja, mein
voller Ernst*<< bestätigte sie. Reinhard Stumpf war völlig hin
und her gerissen. Er schaffte es nicht mehr ruhig zu sitzen und
stand mit einem Sprung auf, sodass sich sogar Asena Hilal, vor
Schreck, ganz leicht nach hinten geworfen hatte. >>*Das würde
ja heißen, dass sie, Sophia, wieder zurück gekehrt ist.*<<
Asena stand ebenfalls auf und versuchte den aufgeregten Mann
zu beruhigen >>*Naja, noch wissen wir gar nichts, aber da gibt
es etwas.*<<
>>*Was?*<<
>>*Die beiden jungen Damen, die fast zum Opfer der Täter
wurden, haben beide, unabhängig voneinander, erzählt, dass
sie ein Geistermädchen gesehen haben, die ein altes Kleid an-
hatte, das voller Blut und Dreck gewesen war und blaue
Schmetterlingsmuster sich auf dem Kleid befanden. Zudem soll
sie blondes Haar gehabt haben. Deswegen bin ich zu Ihnen
gekommen, weil Sie ein Experte in Ihrem Fach zu sein
scheinen.*<< Reinhard Stumpf fiel fast die Kinnlade herunter
als er die Beschreibung, die Asena Hilal gemacht hatte, gehört
hatte >>*Wissen Sie was Sie da gerade erzählt haben?*<< fragte
er sie rhetorisch um seine Frage anschließend selbst be-
antworten zu können >>*Sie haben exakt Sophia beschrieben.
Denn genau in so einem Kleid war sie gestorben. Das ist ja
unglaublich. Das ist faszinierend.*<< Er war vollkommen
außer sich und ging ständig vor Asena auf und ab. Dann blieb
er stehen und wandte sich erneut Asena zu >>*Das würde meine
Theorie bestätigen.*<<
>>*Welche Theorie?*<< wollte Asena wissen. >>*Nach dem Tod
seiner Frau, war Ludwig so verzweifelt gewesen, dass er
irgendwann angefangen hatte, seine Tochter Sophia sexuell zu
belästigen. Doch sie hat sich gewehrt, woraufhin er sie umgebracht und in die Truhe gesteckt hatte. Doch irgendwie kam*

sie als Geist oder vielleicht als Dämon zurück und brachte ihn um. Doch das genügte ihr nicht und sie machte weiter und tötete einen Vergewaltiger nach dem anderen. So als würde sie Rache an allen Männern nehmen, die anderen Frauen genau dasselbe angetan haben, wie einst ihr Vater es ihr angetan hatte. Das ist Sophia's Rache. Denn als die weiblichen Opfer von damals von ähnlichen Erscheinungen berichteten, glaubte man ihnen nicht, da niemand an Geister und schon gar nicht an mordende Geister glaubte. Daher wurden all diese Fälle einfach so unter den Teppich gekehrt. Das passt hervorragend zusammen, da Sie auch von zwei Vergewaltigern gesprochen haben, die auf eine ebenso unerklärliche Art und Weise gestorben sind. Ich weiß, dass das alles sehr verrückt klingt, aber Sie müssen zugeben, dass diese Theorie sehr wahr-scheinlich ist.<< Genau das dachte sich Asena auch. Diese Theorie klang tatsächlich sehr verrückt, aber irgendwie glaubte sie auch daran. Sie war verwirrt im Moment. Sie wusste nicht, wie sie wirklich darauf reagieren sollte. War sie wirklich einem Geist her, der Männer umbrachte? Konnte das wirklich so sein? Sie war außer sich, versuchte jedoch, vor Reinhard Stumpf die Ruhe zu bewahren um professionell zu wirken. Sie seufzte ganz leicht und sagte *>>Falls das wirklich wahr ist, was Sie da gesagt haben. Falls Ihre Geschichte tatsächlich stimmt. Dann würde ich Sie gerne bitten, mir und meinem Kollegen, dem Herrn Matthias Kogler, bei der Aufklärung behilflich zu sein. Würden Sie das machen Herr Stumpf?<<* Seine Augen glänzten und leuchteten vor Freude *>>Aber klar mache ich das Frau Inspektorin. Klar helfe Ihnen dabei. Ich bin schon lange an dieser Geschichte dran und wusste einfach nicht weiter, doch Sie haben wieder Licht in die Sache gebracht und nun kann ich weiter forschen. Ich bin es Ihnen schuldig. Ich werde Ihnen zur Seite stehen, bis dieser Fall gelöst worden ist.<<*

>>Na wunderbar!<< sagte Asena. *>>Und abgesehen davon, kann ich endlich mein zweites Buch beginnen und genau über diese Geschichte schreiben.<<* Asena zog ihre beiden Augenbrauen hoch, lächelte ganz leicht und nickte mit ihrem Kopf. Vor lauter Freude griff Reinhard Stumpf mit beiden Händen die Hand von Asena und schüttelte diesen überaus dankbar. Asena musste dabei schmunzeln und zog ihre Hände verlegen wieder zu sich und sagte *>>Schon gut Herr Stumpf. Ich danke Ihnen für Ihre Hilfsbereitschaft!<<*

>>Aber gerne doch<< sagte Reinhard Stumpf und grinste dabei bis über beide Ohren.

>>Gut, dann habe ich noch eine Frage<< sagte Asena.

>>Bitte, nur zu!<< forderte Reinhard sie auf. *>>Könnten Sie es schaffen, mit ihrer Gerätschaft hier, den Geist von Sophia aufzuspüren, wenn ich Sie zu den jeweiligen Tatorten mitnehmen würde?<<*

>>Ähm, ja, sicher. Sicher könnte ich das. Ich meine, ich könnte es ja mal probieren.<< Asena war etwas verwirrt *>>Wie meinen Sie das? Haben Sie das etwa noch nie zuvor gemacht?<<* Reinhard Stumpf legte seine Hand auf seine Stirn *>>Doch, doch. Sicher habe ich das schon mal gemacht. Mehrere Male sogar. Es ist nur so, dass ich bislang keinen einzigen Geist aufspüren konnte. Selbst dann nicht, als die Leute behauptet hatten, dass es möglicherweise bei Ihnen spuken könnte.<<* Asena neigte ihren Kopf enttäuscht zum Boden und seufzte dabei. *>>Doch keine Sorge!...<<* rief Reinhard Stumpf *>>...Jetzt könnte es viel besser klappen, da wir uns ganz sicher sind, dass es sich um einen Geist handelt.<<* Asena war zwar nicht besonders begeistert gewesen, aber sie musste es versuchen. Schließlich wollte sie einen Fall lösen. Sie durfte nichts außer Acht lassen und musste alles Mögliche in Erwägung ziehen was sie bekommen

konnte >>*Also Herr Stumpf. Wir werden es dennoch mal probieren und hoffentlich werden Sie diesmal Erfolg bei der Jagd haben.*<< >>*Ja, ich habe ein sehr gutes Gefühl bei der Sache. Wir werden schon Erfolg haben. Ich packe nur meine Sachen zusammen und dann können wir schon los legen*<< versicherte er ihr zu und fing an seine Sachen herzurichten. Asena holte ihr Handy aus der Innentasche ihres Sakko's heraus und sagte >>*Gut, machen Sie das und ich rufe währenddessen meinen Kollegen und Partner an.*<< Asena weiß nicht, ob Reinhard Stumpf mitbekommen hatte, was sie gesagt hatte, da er bereits sehr eifrig am Packen war und dabei vor lauter Freude irgendein Lied vor sich her summte. Asena schüttelte mit ihrem Kopf, drückte auf das Display ihres Handy's und legte es an ihr Ohr. Kurz danach meldete sich Matthias Kogler am anderen Ende der Leitung. >>*Hallo Matthias! Wollte mal fragen, wie es bei dir so gelaufen ist?*<< >>*Hallo Asena! Na ja, drei Mal darfst du raten, wie es gelaufen ist. Ich war bereits bei den Familienangehörigen von den zwei Toten und in beiden Fällen brach sofort das Chaos aus.*<< Asena wusste genau was Matthias damit sagen wollte. >>*Die waren alle am Boden zerstört und die Ehefrau von Hasan Kandemir, dem Opfer, der sich ja bekanntlich selbst den Schädel mit einem Hammer eingeschlagen haben soll...*<< Asene verdrehte ihre Augen, da sie genau wusste, wer Hasan Kandemir war und wie er gestorben ist. Es war nicht nötig von Matthias es noch einmal zu erwähnen. Sie tat so, als ob sie das nicht gehört hätte und hörte ihm weiter zu >>*...ist, sofort nachdem ich ihr die unglückliche Botschaft verkündet hatte, in Ohnmacht gefallen.*<< Asena presste ihre Lippen zusammen und nickte dabei mit ihrem Kopf, weil sie dieses Szenario nur mehr als gut kannte. >>*Es war gut, dass du das nicht mit-*

ansehen musstest...<< Da gab sie ihm in Gedanken recht.
>>...Wie lief es bei dir so?<< wollte Matthias nun von ihr
wissen. *>>Ich könnte sagen, ich bin ein Stückchen weiter-
gekommen, aber immer noch auf wackeligen Steinen, wenn du
verstehst<<* antwortete sie ihm. Matthias nickte mit dem Kopf,
so als ob sie ihn sehen könnte und sagte *>>Na das ist ja mal
ein Anfang.<<*
*>>Auf jeden Fall, wir machen uns gleich auf den Weg zu den
jüngsten Tatorten um mehr herauszufinden. Ich hätte gerne,
dass du auch dabei bist. Wir besuchen zuerst den Ort an dem
dieser Rohit Jha getötet worden ist.<<*
*>>Ist gut, geht schon mal vor! Ich muss noch Miriam
Reichinger einen Besuch abstatten und sie ein wenig entlasten.
Ich komme dann nach!<<*
*>>Ist gut. Ich bekomme ohnehin schon etwas hunger. Wir
gehen dann noch vorher eine Kleinigkeit essen, bevor wir uns
zum Tatort begeben<<* ließ Asena ihren Kollegen wissen.
*>>Alles klar! Dann wünsche ich euch beiden Mahlzeit! Wir
sehen uns dann am Tatort!<<* sagte Matthias und verabschiedete sich. Asena sagte *>>Gut, so machen wir das!<<*
und verabschiedete sich ebenfalls, legte auf und steckte das
Handy wieder zurück in die Innenseite ihres Sakko's. Reinhard
Stumpf war auch schon bereits fertig und wartete, vollbepackt,
darauf, dass Asena Hilal den Startschuss gab und sagte voller
Motivation *>>Also, ich wäre dann soweit!<<* Als Asena ihn
mit all seinen Geräten vor sich stehen sah, musste sie sich das
Lachen verkneifen und sagte *>>Also gut Herr Stumpf, dann
lassen Sie uns mal los legen, aber vorher gehen wir noch etwas
essen, da ich sonst vor Hunger umkomme<<* und nahm
währenddessen das Buch, das ihr Reinhard Stumpf geschenkt
hatte vom Tisch.
>>Ganz wie Sie möchten Frau Inspektorin. Sie haben das

Kommando<< antwortete er und lächelte dabei. >>*Möchten Sie vielleicht vor gehen? Ist ja schließlich auch ihre Wohnung*<< fragte sie. Reinhard Stumpf machte ging sofort voran und sagte >>*Ist gut. Dann gehe ich mal vor, aber vorher verabschiede ich mich noch von meinen Katern.*<< Er blieb vor seinen Katern stehen und nahm zuerst den schwarzen, der auf den Namen Romulus hörte, eine Bombay-Cat, in die Arme und drückte ihm einen kräftigen Kuss auf die Stirn und danach nahm er den rötlich weißen Kater, ein europäisches Kurzhaar, der auf den Namen Quentin hörte, in seine Arme und drückte auch ihm einen kräftigen Kuss auf seine Stirn. Asena, die all das beobachtete, war von den Handlungen vom Reinhard Stumpf nicht mehr überrascht gewesen und nahm es ganz gelassen hin. Andererseits fand sie das doch etwas natürlich, dass ein Katzenbesitzer seine Katzen gern hatte. Als sie noch zusammen mit ihrer Familie lebte, hatten sie auch ein Haustier. Eine männliche Rotstirnamazone, der auf den Namen Vakkas hörte. Sie schenkten ihm genau so viel Liebe, wie Reinhard Stumpf seinen Katzen schenkte. Bei dem Gedanken an ihrem Papagei, wurde ihr klar, wie sehr sie ihn eigentlich vermisste. Er war zwar nicht gestorben, aber ihre eins jüngere Schwester nahm ihn vom Elternhaus mit in ihre eigene Wohnung nachdem sie heiratete. Denn ihre Eltern waren überfordert mit der Pflege und Haltung des Vogels gewesen und sie selber, so gern sie es auch hätte, konnte ihn nicht aufnehmen, da sie ständig arbeiten musste. Sofern sie jedoch eine Gelegenheit dazu bekam, besuchte sie ihn hin und wieder.

Reinhard Stumpf hatte sich also von seinen Katern verabschiedet und war für den Ausflug nun endgültig bereit gewesen.

KAPITEL 7

ZWEI AUF EINEN STREICH

Es war bereits Nachmittag. Asena Hilal und Reinhard Stumpf hatten sich bereits satt gegessen. Während Asena sich für eine Nudelbox mit Gemüse entschieden hatte, bevorzugte Reinhard Stumpf einen Burger aus einer bekannten Restaurantkette, genannt SWING Kitchen, die Spezialisten auf ihrem Gebiet waren und deren Speisekarte ausschließlich nur aus veganen Produkten bestand. Denn Reinhard Stumpf ernährte sich seit zehn Jahren nur vegan. Auf die Frage von Asena, wieso er vegan lebte, antwortete er ihr, dass es vielmehr an moralischen Gründen liegen würde. Denn als Tierliebhaber, mochte er alle Tiere gleich und trennte sie nicht in „essbar" und „nur zum Liebhaben". Für ihn waren sie alle Lebewesen, die genau so ein gutes Recht auf das Leben hatten, wie die Menschen selbst. Abgesehen davon wollte er damit nicht die qualvolle und schlechte Haltung der Tiere und die damit verbundenen Foltermethoden und schon gar nicht den respektlosen Umgang und die bestialische Abschlachtung dieser armen Lebewesen weder unterstützen noch gut heißen. Daher ernährte und kleidete er sich rein mit Produkten, die zu einhundert Prozent vegan gewesen waren. Asena hatte schon von diesen Phänomenen gehört, die, genau wie Reinhard Stumpf, auf veganem Basis leben, aber sie selber könnte das nicht schaffen, dachte sie sich. Die Antwort von Reinhard Stumpf klang zwar sehr plausibel für sie, aber sie könnte sich ein solches Leben nicht vorstellen und behielt ihre Meinung lieber für sich, als etwas falsches zu sagen und so Reinhard Stumpf vielleicht zu kränken. Er mochte zwar ein seltsamer Mann sein, aber irgendwie empfand sie ihm gegenüber einen gewissen Grad an Sympathie.

Sie waren bereits am ersten Tatort, an der der brutal abgeschlachtete Körper von Rohit Jha aufgefunden wurde. Als Asena wieder an genau diesem Ort stand und sich die Stellen anschaute, erschienen ihr vor ihren Augen, blitzartige Bilder von der Leiche. Er war entsetzlich entstellt worden. Es war einfach schrecklich, selbst für eine erfahrene Mordermittlerin, einen Menschen sehen zu müssen, der so derart brutal zugerichtet worden war.

Reinhard Stumpf hatte auch bereits seine Geräte zum Aufspüren eines Geistes bereitgestellt und wedelte in der Luft langsam mit einem seltsamen Apparat hin und her während er dabei auf das Display eines Tablets starrte. Asena wurde neugierig, ging zu ihm und fragte >>*Verzeihen Sie bitte falls ich störe, aber mich würde interessieren, was genau Sie da machen?*<< Ohne mit dem Wedeln aufzuhören und weiterhin auf das Tablet starrend, antwortete er ihr >>*Ich versuche bestimmte Signale zu empfangen um sehen zu können, ob es hier etwas paranormales gegeben haben könnte.*<< Asena hatte sich das schon so gedacht und wollte es genauer wissen >>*Und wie funktioniert das genau?*<< Reinhard Stumpf brach für eine kurze Zeit ab und erklärte es ihr. Er zeigte ihr zuerst das Apparat in seiner Hand, das in etwa aussah wie ein Glätteisen, aber ein wenig größer und länger war >>*Aber gerne doch..., Also, das hier ist eine Art Messgerät. Es misst sowohl bestimmte Temperaturen als auch Bewegungen, die wir Menschen gar nicht wahrnehmen können.*<< Asena hörte ihm aufmerksam zu. Jetzt zeigte er auf sein Tablet >>*Und hier auf meinem Tablet, kann ich über ein bestimmtes Programm, sehen und erkennen, ob sich etwas tut oder nicht.*<< Er zeigte mit seinem Zeigefinger auf das Display >>*Sehen Sie diesen Pegel hier?*<< Asena nickte mit dem Kopf. >>*Wenn dieser Pegel sich hier hin bewegt...*<< er fuhr mit seinem Zeigefinger einer Linie entlang >>*...dann heißt es, dass es da etwas gibt. Dass sich genau hier, wo ich das Messgerät hinhalte, sich etwas befindet.*<< Asena war sehr beeindruckt und fragte >>*Haben Sie all diese Geräte gebaut?*<< Reinhard Stumpf lachte und antwortete voller Stolz >>*Ja, das habe ich. Auch das Programm auf meinem Tablet habe ich selber erstellt. Als IT Techniker geht das ganz einfach.*<< Asena nickte be-beeindruckt mit ihrem Kopf und sagte >>*Großartige Leistung Herr Stumpf!*<< Reinhard Stumpf bedankte sich lächelnd. Asena zeigte mit ihrem Finger auf eine Stelle am Display und fragte >>*Und wozu ist die hier gut?*<< Reinhard Stumpf sah drauf und sagte >>*Oh, das ist die Temperaturanzeige, damit ich sehen kann, ob sich die Lufttemperatur plötzlich verändert. Der Pegel also zeigt mir die Bewegungen und die Zahlen zeigen mir die Temperatur an.*<< Asena nickte erneut und sagte >>*Verstehe.*<< Reinhard Stumpf sagte weiter >>*Und sobald beide, der Pegel komplett anschlägt und auch die Zahlen eine hohe Temperatur anzeigen, heißt es, dass sich genau in dem Moment ein Geist beziehungsweise etwas paranormales sich hier befindet. Im Moment, wie Sie ja auch sehen können, wandern sie ständig rauf und runter, weil sich noch nicht wirklich etwas tut, aber, sobald sich eben etwas tut, werden wir es hier auf dem Display sehen können.*<< Asena nickte ein weiteres Mal mit ihrem Kopf und sagte >>*Alles klar Herr Stumpf, dann schauen wir mal, ob wir etwas finden werden.*<< Reinhard Stumpf lächelte und sagte >>*Ich bin schon dran.*<< Er hob das Apparat in seiner Hand erneut in die Luft und fing wieder zu wedeln an. Asena blieb an seiner Seite und beobachtete ihn ganz genau bei der Arbeit. Hin und wieder sah sich um, ob sie von irgendwelchen Schaulustigen beobachtet wurden, weil ihr das irgendwie auch peinlich war. Doch zu ihrem Glück waren nicht allzu viele Passanten unterwegs und die, die vorbei gingen schenkten ihnen so oder so keine Beachtung.

Reinhard Stumpf war schon eine Weile dran und wedelte weiterhin fleißig mit dem Apparat herum. Sowohl der Pegel als auch die Temperaturanzeige am Tablet, zeigten nichts besonderes an. Er beschloss das sogenannte Messgerät etwas tiefer und näher zu den Büschen hinzuhalten und genau in diesem Moment zeigten die Messungen auf dem Display plötzlich Höchstmeldungen an und machten dabei seltsame Geräusche, so als ob man beim Radio ständig durch verschiedene Sender vor- und zurückschalten würde. Reinhard Stumpf war außer sich und sagte völlig aufgeregt >>*Da hier! Hier ist etwas!*<< Asena war mindestens genau so aufgeregt wie er und fragte >>*Was haben Sie gefunden?*<< >>*Sehen Sie mal auf das Display!*<< forderte er Asena aufgeregt auf. Sie sah drauf. >>*Sehen Sie mal wie die Anzeigen höchste Werte aufzeigen!*<< Asena konnte sie sehen. Sie sah, wie der Pegel, der die ganze Zeit über am Anfang der Linie sich leicht hin und her bewegte, sich nun über der Mitte befand. Und weiter unten sah sie, dass die Temperaturanzeige eine höhere Zahl anzeigte als zuvor. >>*Was genau hat das alles jetzt zu bedeuten Herr Stumpf?*<< wollte sie wissen. >>*Na ja, das, liebe Frau Inspektorin, bedeutet, dass sich hier sehr wohl etwas paranormales abgespielt hatte. Und den Messungen nach zu urteilen, ist es auch gar nicht so lange her. In der Luft oder besser gesagt, hier etwas tiefer bei den Büschen, liegen immer noch leichte Schwingungen und Temperaturen von diesem Phänomen.*<< Asena dachte für einen Moment schweigend nach. Vor Kurzem passte gut, da die Leiche von Rohit Jha erst vor ein paar Stunden noch hier gelegen hatte. Und die Messwerte passten auch zu der Aussage des jungen Mädchen, die angeblich ein Geist gesehen haben soll. Sollte sie jetzt auch zu einhundert Prozent an die Geistertheorie glauben oder war es noch zu früh für Geistergeschichten? Noch wollte sie das nicht so abhaken und brauchte mehr Beweise für eine angebliche paranormale Erscheinung. Daher wandte sie sich wieder Reinhard Stumpf zu und sagte >>*Herr Stumpf, sind Sie sich da auch absolut sicher mit Ihren Messungen? Nicht, dass die Geräte etwas falsches melden oder gar eine Störung haben.*<< Als er das Missvertrauen von Asena heraus hörte, die sie in seine Geräte hatte, wurde er ganz ernst und sagte mit erhobenem Kopf >>*Also Frau Inspektorin, wenn ich etwas gut kann, dann ist es das Programmieren von diversen Computern und Geräten. Und ich kann Ihnen versichern, dass weder diese Geräte noch die Messwerte irgendwelche Schäden vorweisen. Sie funktionieren alle tadellos und befinden sich in einem sehr guten Zustand.*<< Asena hob ihre beiden Augenbrauen hoch und war über seine Reaktion verwundert, aber sie konnte es nachvollziehen und sagte >>*Es tut mir Leid Herr Stumpf! Ich wollte Sie keineswegs beleidigen oder so, aber ich muss Sie das nunmal fragen. Bitte verstehen Sie mich nicht falsch!*<< Reinhard Stumpf senkte wieder sein Kopf, nickte verständnisvoll und sagte >>*Schon gut.*<<

>>*Nun, wenn das so ist, dann sollten wir uns auch den zweiten Tatort ansehen, bevor wir da irgendwelche voreiligen Schlüsse draus ziehen*<< schlug sie vor. >>*Einverstanden*<< sagte er. Sie gingen zum Fahrzeug von Asena Hilal zurück, stiegen ein und fuhren los.

Es war ein heißer und schöner Nachmittag in Wien. Die Menschen genossen die Wärme der Sonne in dem sie die Straßen, teils an ihrem Eis leckend, entlang spazierten, ihre

Getränke in Schanigärten vor den Lokalen tranken oder sich einfach irgendwo auf eine Wiese hingelegt hatten. Das Wetter war eindeutig ein Zeichen für einen sehr heißen Sommer, der ihnen noch bevor stand. Und weil das Wetter so schön heiß war, waren auch dementsprechend viele leicht bekleidete Frauen, vor allem junge Frauen, unterwegs. Es gab welche in Sommerkleidern, welche in ganz kurzen Jeanshosen, andere hatten recht knappe Röcke an und wieder andere hatten hauteng anliegende Leggins an und trugen am Oberkörper Blusen oder T-Shirts. Das wussten auch der achtundzwanzig Jährige Emilio Giordano aus Italien und sein sechsundzwanzig Jähriger Arbeitskollege Simon Perschke aus Deutschland. Sie waren beide im selben Versandunternehmen tätig und arbeiteten als Paketzusteller. Sie waren gut trainierte und gut aussehende junge Männer, die sich von Zeit zu Zeit trafen und Ausschau nach hübschen Frauen hielten. Sie nannten es „Pick-up." Es ging darum irgendwo, sei es in einem Club, im Restaurant, in öffentlichen Transportmitteln, auf der Straße oder sonst wo, einfach so wildfremde Frauen anzusprechen und mit ihnen auf eine ganz charmante Art und Weise zu flirten um so anschließend an ihre Telefonnummern heranzukommen beziehungsweise sich gleich an Ort und Stelle zu verabreden und irgendwo etwas trinken zu gehen. Es gab Tage an denen sie Erfolg hatten und Tage an denen sie leer ausgingen. Doch auch dieses Mal sollten sie Erfolg haben. Sie waren beide ganz gut drauf und das Wetter spielte auch mit. Sie waren sich sicher, dass sie, auch wenn es den ganzen Tag dauern sollte, zumindest zwei Frauen kennenlernen und sich anschließend mit ihnen verabreden würden. So fingen sie an die Straße ganz gelassen entlang zu spazieren und unauffällig jegliche Frauen in ihrem Umfeld zu registrieren. Sofern einer von ihnen eine hübsche und attraktive Frau sah, ging er umgehend zu ihr hinüber und sprach sie an. Bei all den vielen Frauen, die unterwegs waren, hatten sie es nicht leicht, da sie am Liebsten jede Einzelne von ihnen ansprechen und sich ihre Telefonnummern sichern würden. Doch sie machten das Beste draus und sprachen so viele Frauen an, wie sie nur konnten. Bei manchen dauerten die Gespräche länger und bei manchen kürzer. Es gab auch Frauen, die sie sofort ablehnten und weitergingen. Aber die Meisten von ihnen ließen sich von den zwei gut aussehenden jungen Männern doch ansprechen und flirteten mit ihnen. So schafften es Emilio und Simon in kurzer Zeit, es war fast schon rekordverdächtig, viele Frauen kennenzulernen und ebenso viele Telefonnummern zu sammeln. In den nächsten Tagen würden sie sich bei jeder Einzelnen melden um sich mit ihnen für einige schöne Stunden zu treffen. Beide waren zufrieden vom Ergebnis und wollten sich nun eine kleine Erfrischung gönnen. Als sie sich zum nächsten Café aufmachten, liefen ihnen zwei sehr hübsche junge Frauen entgegen, die die beiden sich auf keinen Fall entgehen lassen wollten. Sie sahen sich beide frech grinsend an, rieben sich ihre Hände aneinander und gingen direkt auf die beiden jungen Frauen zu. Bis zu diesem Augenblick, wussten die beiden Frauen nichts davon, dass sie dadurch den Schock ihres Lebens bekommen würden, doch das würden sie schon sehr bald in Erfahrung bringen.

Asena Hilal und Reinhard Stumpf waren bereits am zweiten Tatort, an dem der Taxifahrer Hasan Kandemir, sich angeblich selbst den Schädel mit einem Hammer eingeschlagen haben soll, tot aufgefunden wurde, angekommen. Und auch hier spielte sich dasselbe Szenario in Asena's Kopf ab wie zuvor und ihr kamen erneute Bilder wie ein Blitz vor die Augen geschossen, die sie versuchte loszuwerden, indem sie fest an ihren Augen rieb. Und auch hier hatte sich Reinhard Stumpf mit seinem Tablet und seinem Messgerät hingestellt und wedelte damit leicht in der Luft herum um auch ihre mögliche Signale empfangen zu können. Und auch hier waren kaum Passanten zu sehen, die sie bei der Arbeit stören könnten. Asena Hilal zeigte Reinhard Stumpf, wo der Tote gelegen hatte. Reinhard Stumpf platzierte sich sofort an der ihm gezeigten Stelle und fing zu messen an. Es dauerte nicht so lange wie am ersten Tatort bis der Pegel wieder über der Mitte gelegen hatte und die Temperaturanzeige hohe Temperaturen aufzeigte. Und auch diesmal ertönte dabei das seltsame Geräusch um eine akustische Meldung zu geben, dass an dieser Stelle etwas gewesen ist. Reinhard Stumpf rief erneut aufgeregt zu Asena Hilal hinüber >>*Frau Hilal!...*<< Sie richtete ihre Aufmerksamkeit nun ganz ihm. >>*Kommen Sie bitte schnell her!*<< forderte er sie nervös auf. Asena bewegte sich im Laufschritt zu ihm und war gespannt darauf was Reinhard Stumpf wohl diesmal entdeckt haben könnte. >>*Ja Herr Stumpf? Was haben Sie?*<< fragte sie ihn. Mit etwas gelassener Stimme und kopfnickend antwortete er >>*Sehen sie mal auf das Display!...*<< sie sah drauf und konnte die Aktivitäten, die sich am Tablet taten, genau beobachten. >>*...Wieder die selben Ergebnisse. Auch hier hat sich etwas paranormales zugetragen.*<< Asena Hilal schwieg für einen Moment und dachte sich, dass Hasan Kandemir, wohl auch zum Opfer eines Geistes gefallen ist. Sie blickte in die Augen von Reinhard Stumpf und sagte >>*Wir jagen also tatsächlich einem Geist hinterher.*<< Reinhard Stumpf lächelte vor Freude und sagte >>*Und, ob wir das tun. Mein Gott! Ein Geist. Und nicht nur irgendein Geist, sondern der Geist von Sophia. Endlich komme ich der Geschichte näher.*<< Asena beobachtete seine Freude schweigend und musste erst mal nachdenken. In diesem Augenblick traf auch schon ihr Kollege Matthias Kogler mit

126

seinem Fahrzeug ein und gesellte sich zu ihnen. >>*Hallo Asena!*<< begrüßte er sie zuerst. >>*Hallo Matthias! Gut, dass du auch endlich da bist*<< grüßte Asena zurück und stellte ihr neuestes Teammitglied vor >>*Das ist Reinhard Stumpf! Er ist IT Techniker und arbeitet nebenberuflich als Geisterjäger. Herr Stumpf, das ist mein Kollege von dem ich Ihnen bereits erzählt hatte. Herr Inspektor Matthias Kogler.*<< Matthias hielt sich zurück um nichts zu sagen, dass Reinhard Stumpf hätte beleidigen können und reichte ihm einfach die Hand entgegen >>*Freut mich sehr Herr Stumpf!*<< Reinhard Stumpf reichte ihm ebenfalls die Hand und sagte >>*Die Freude ist ganz auf meiner Seite Herr Kogler!*<<

>>*Würden Sie bitte meine Kollegin und mich für einen Moment entschuldigen?*<< bat Matthias Kogler ihn, sah danach Asena in die Augen und deutete mit einer Kopfbewegung an, dass sie ihm folgen soll. Sie gingen ein paar Meter auf die Seite, sodass sie unter vier Augen sprechen konnten. Matthias kniff seine Augen zusammen und sagte >>*Geisterjäger? Ist das sein Ernst?*<< Asena Hilal rollte mit ihren Augen und verschränkte dabei ihre Arme vor ihrer Brust >>*Ja, ich weiß, dass das etwas doof klingt, aber ich musst ihn miteinbeziehen.*<< >>*Denkst du nicht, dass das ein wenig übertrieben und vollkommen sinnlos ist? Ich meine, der Typ ist doch ein Witz. Sieh ihn dir doch mal bitte an wie er aussieht!...*<< Sie warfen beide einen kurzen Blick auf Reinhard Stumpf, der weiterhin mit seinem Messgerät langsam in der Luft mal hin und her, mal auf und ab wedelte >>*...Der sieht doch total lächerlich dabei aus*<< beendete er seinen Satz. >>*Mag sein, aber ich darf einfach nichts ausschließen. Du weißt doch selbst, dass diese Fall kein gewöhnlicher Fall ist. Wir müssen einfach alles ausprobieren was wir haben*<< versuchte sie ihrem Kollegen klar zu machen. >>*Das soll also heißen, dass du doch an diese*

Geistergeschichten glaubst?<< Asena Hilal nickte eher unsicher mit ihrem Kopf und sagte dabei auf den Boden blickend >>*Na ja, du hast doch all diese Todesopfer gesehen und wie übel sie ermordet worden waren. Ich meine, wenn es ein Mensch gewesen wäre, hätten wir ihn bestimmt schon geschnappt, aber diese Fälle übersteigen unsere Kompetenzen.*<< Matthias drehte sich einmal um seine eigene Achse, blieb wieder stehen und sagte kopfschüttelnd >>*Ach Gott, Asena!...*<< er machte eine kurze Pause, neigte sein Kopf leicht zur Seite, stemmte seine Arme an die Hüften und fragte >>*Und? Habt ihr wenigstens ein Geist auch fangen können?*<< Asena löste ihre Arme und ließ sie herunter baumeln >>*Könnte man so sagen.*<< Matthias steckte seine Hände in seine Hosentaschen und kniff erneut die Augen zu. Asena klärte ihn weiter auf >>*Herr Stumpf hat mit seinen selbst gebauten Geräten und Programmen...*<< sie wurde von Matthias mit einem kleinen Lacher unterbrochen, der ihr zu verstehen geben sollte, wie lächerlich das geklungen hatte. Asena ignorierte seine Reaktion und erzählte weiter >>*...bereits bestätigen können, dass sich, sowohl hier als auch am Tatort, an der wir die Leiche von Rohit Jha vorgefunden hatten, paranormales ereignet haben könnte.*<< Matthias hob seine beiden Augenbrauen hoch und sagte >>*Wie oft hat denn dieser Geisterjäger schon Geister fangen können?*<< Asena zögerte ein wenig mit ihrer Antwort, hob ihre Augenbrauen hoch, starrte in den Himmel hinauf, steckte ebenfalls ihre Hände in ihre Hosentaschen, wippte sich auf ihren Zehenspitzen leicht vor und zurück und sagte >>*Bis jetzt, noch keinen einzigen*<< fuhr sich anschließen mit ihrer Zunge einmal um die Lippen herum. Matthias Kogler ließ seinen Oberkörper mit einem Seufzer nach vorne fallen, schüttelte dabei mit seinem Kopf, richtete sich wieder auf und fasste sich an die Stirn >>*Großartig!...Ich hoffe, dass du weißt,* *was du tust...<<* sagte er zu ihr und fügte hinzu >>*...Dann jagen wir also tatsächlich alle einem Geist hinterher.<<* Asena sah ihn an und lächelte dabei ein wenig. Matthias winkte sie ab, drehte sich um und ging wieder zurück zu Reinhard Stumpf. Asena lächelte immer noch und folgte ihm mit langsamen Schritten hinterher.

Emilio und Simon saßen bereits vor einem Lokal und tranken genüsslich ihre kalten Getränke. Emilio trank ein Eiskaffee und Simon hatte sich ein Glas Almdudler bestellt. Und direkt vor ihnen saßen auch schon die zwei hübschen jungen Damen, die ihnen zuvor entgegengelaufen sind. Auch sie tranken beide jeweils ein Glas Eistee Zitrone. Die Phase mit dem Kennenlernen hatten sie bereits hinter sich gelassen. Die zwei jungen Frauen, stammten ursprünglich aus Serbien. Vesna war zwanzig und Milica war zweiundzwanzig Jahre alt. Sie waren ebenfalls Kolleginnen, die in einem Kleidungsgeschäft vorwiegend an der Kassa arbeiteten. Emilio und Simon hatten es nicht schwer, die zwei hübschen und jungen Frauen mit ihren gut gebauten Körpern und ihrem sympathischen Charme, einzuwickeln. Die ahnungslosen Frauen lachten mit den beiden und ließen sich von ihren Lügen täuschen. Denn Emilio und Simon erzählten den Frauen viele Lügen um Erfolg bei ihnen haben zu können. Nachdem sie bekamen was sie wollten, ließen sie die Frauen einfach stehen und meldeten sich nie wieder bei ihnen. So hatten sie das schon immer gemacht und wollten noch lange nicht damit aufhören. Also schafften sie es genau mit der selben Masche auch die zwei jungen Serbinnen zu täuschen. Sie flirteten die ganze Zeit über mit ihnen und erzählten ihnen viele schöne Sachen, die Frauen einfach gerne hörten und machten dabei jede Menge Komplimente um sie auch wirklich fest an sich binden zu können. Denn schließlich wollten die beiden eine Nacht mit den jungen Frauen verbringen. Sie waren einfach viel zu hübsch und naiv gewesen um sie sich einfach entgehen zu lassen. Emilio beschrieb derartige Situationen immer wie wenn sie ein Haufen Geld mitten auf der Straße finden und einfach weitergehen würden ohne es zu nehmen. Solche Momente durfte man sich einfach nicht entgehen lassen pflegte er stets zu sagen. Und die zwei jungen Frauen waren in diesem Fall das Haufen Geld, das sie auf jeden Fall mitnehmen würden. Deswegen hatten sie sie auf ein Getränk eingeladen um sie zu bearbeiten. So wie es auch nicht anders zu erwarten wäre, hatten sich die beiden jungen Frauen von ihnen beeindrucken lassen und hatten eingewilligt sie auf ein spontanes Konzert in einem großen Lagerhaus, das ihnen gehörte, einzuladen um für sie zu spielen. Natürlich war alles gelogen. Weder Emilio noch Simon waren in einer Band. Sie konnten ja nicht einmal ein Musikinstrument spielen geschweige den singen. Ihre Stimmen waren ätzend. Und ein Lagerhaus hatten sie auch nicht. Es handelte sich dabei um ein gewöhnliches Lagerhaus, das schon eine ganze Weile leer stand. Derartige Objekte kannten Emilio und Simon aufgrund ihres Berufes genug. Sie hatten sich schon oft mit Frauen, wenn sie nicht mehr weiter wussten, in einem dieser leer stehenden Objekte getroffen um ein wenig Spaß zu haben. Die Frauen waren zwar nicht besonders begeistert von diesen Plätzen gewesen, aber im Grunde war es ihnen egal. Sie wollten auch alle nur das was die beiden jungen Männer wollten und brachten es ganz schnell hinter sich. Zu sich nach Hause luden sie nicht so gerne Frauen ein, da sie nicht wollten, dass sie wissen, wo sie wohnten um möglichen unangenehmen Situationen entgehen zu können. Ausnahmen waren nur, wenn es sich um betrunkene Frauen oder Touristinnen handelte. Hotels vermieden sie auch lieber um nicht noch mehr Geld ausgeben zu müssen. Vesna und Milica gehörten zu keines dieser Ausnahmen. Deswegen wollten sie auch mit ihnen in ein leer stehendes Lagerhaus fahren. Sie tranken also alle ihre Getränke aus und Simon übernahm die Rechnung und hinterließ der netten Kellnerin gutes Trinkgeld um so Vesna und Milica noch mehr beeindrucken zu können. So hatten sie es sich nämlich ausgemacht. Einmal zahlte Emilio und beim nächsten Mal bezahlte Simon die komplette Rechnung. Und dieses Mal war Simon wieder an der Reihe. Sie standen auf und gingen ein Stück weiter hinauf, genau an die Stelle, an dem Emilio's schwarzes Dodge Challenger stand, stiegen ein und fuhren mit Vollgas davon. Der Klang des Motors, sollte die beiden jungen Frauen ebenfalls beeindrucken. Und das tat er auch. Vesna und Milica waren mehr als nur beeindruckt.

Am Lagerhaus angekommen, konnte man schon erkennen, dass es für eine sehr lange Zeit leer gestanden hatte. Vesna und Milica jedoch, dachten sich nicht viel dabei, stiegen aus dem Challenger aus und folgten ihren beiden männlichen Begleitungen. Außer ihnen war sonst niemand anwesend. Emilio hatte ihnen schon unterwegs im Auto erklärt, dass sie als erster vorfahren würden um die Musikinstrumente vorzubereiten und die restlichen Bandmitglieder und Gäste würden schon noch nachkommen. In Wahrheit existierten weder Bandmitglieder noch Gäste, die ankommen sollten. Alles nur Täuschungen um ihre Lüge aufrecht erhalten zu können. Durch eine entstellte Metalltür gingen die vier jungen Menschen in das Lagerhaus hinein. Drinnen war es ein wenig dunkel. Viel Tageslicht drang nicht hinein. Abgesehen davon war es kalt und roch nicht besonders angenehm. Vesna und Milica verzogen sich das Gesicht und hielten sich Mund und Nase zu. Während sie weiter hinein spazierten, sahen Vesna und Milica ein junges und blondes Mädchen in einem Kleid mit Schmetterlings-mustern drauf, das ein paar Meter vor ihnen hinter einem offenen Türrahmen vorbei ging. Weder Emilio noch Simon hatten sie gesehen. Vesna fragte >>*Ah, da, es ist bereits ein weiterer Gast schon da. So ein Mädchen.*<< Emilio und Simon sahen sich beide an verwirrt und dann sagte Emilio >>*Das kann nicht sein, da es noch viel zu früh ist. Wir haben euch nur schon jetzt her geholt, weil wir euch sehr sympathisch finden.*<< Dann sagte Milica >>*Aber da war ein Mädchen. Gleich da vorne...*<< sie zeigte mit ihrem Finger in die Richtung >>*...Sie hinter der Tür vorbei gegangen.*<< Emilio deutete Simon mit einer Kopfbewegung, dass er sich das mal ansehen solle. Simon nickte und ging langsam voran. Er kam der Tür immer näher, aber sehen konnte er nichts. Er blieb vor dem Türrahmen für einen kurzen Moment stehen, ging durch und rief >>*Hallo! Ist hier jemand?*<< Doch niemand meldete sich. Sehen konnte er drinnen auch niemanden. Es war ein mittelgroßer und dunkler Raum gewesen, der nur diesen einen Eingang und keine Fenster hatte. Etwas Staub lag auch in der Luft. Er weilte ein wenig drinnen, sodass sich Emilio langsam sorgen machte. Er rief ihm hinterher >>*Hey Simon! Alles ok bei dir?*<< Simon meldete sich nicht zurück. Emilio rief erneut, diesmal etwas lauter, weil er dachte, dass er beim ersten Mal vielleicht doch zu leise gerufen hatte >>*Hey Simon mein Freund! Alles ok bei dir? Ist da nun jemand oder nicht?*<< Und wieder bekam er keine Rückmeldung von ihm zu hören. Emilio war ganz knapp dabei selber nachzusehen, was da vor sich ging und wo sein Freund geblieben war, doch genau in dem Augen-blick, trat Simon aus dem Zimmer hinaus und fuchtelte sich mit den Händen den Staub vom Gesicht weg >>*Ja alles ok. Hier ist niemand. Die Mädchen dürften sich das nur ein-gebildet haben.*<< Emilio atmete einmal tief aus als er Simon wieder sah und sagte mit leicht verärgerter Stimme >>*Mann Simon, wieso hast du mir nicht geantwortet?*<< Simon antwortete ihm während er wieder auf die Gruppe zuging >>*Ja tut mir Leid! Ich dachte nur das sei etwas. Es war ziemlich dunkel und staubig drinnen. War ein wenig zu konzentriert gewesen*<< und grinste dabei. Vesna und Milica sahen sich beide verwundert an und zogen ihre Schultern hoch. Sie hätten beide schwören können, dass sie jemanden gesehen hätten. Sie alle dachten nicht mehr länger darüber nach, gingen noch ein Stückchen weiter und blieben stehen. Emilio drehte sich zu den beiden jungen Frauen um und Simon stellte sich neben ihm. Sie beide lächelten Vesna und Milica an und sie erwiderten das Lächeln. Emilio rieb sich seine Hände aneinander und sagte >>*Als meine Damen! Da wären wir.*<< Vesna und Milica sahen zuerst sich verwirrt an und danach warfen sie Emilio und Simon einen fragenden Blick zu. Emilio sprach weiter >>*Um ehrlich zu sein, es gibt gar keine Band und wir spielen hier auch nicht.*<< Vesna und Milica wussten nicht, was er damit sagen wollte. >>*Was meinst du damit?*<< wollte Vesna wissen. Statt Emilio antwortete Simon >>*Also was mein Freund euch hier gerade klar machen möchte ist, dass wir euch hergelockt haben um ein wenig Spaß zu haben.*<< Vesna und Milica hatten erst jetzt verstanden was hier los gewesen war und wurden sehr wütend. Milica sagte ganz zornig >>*Wie bitte? Ihr habt uns angelogen? Seid ihr vollkommen bescheuert oder was?*<< Vesna fiel ihr dabei ins Wort und schimpfte mit den beiden ebenfalls >>*Seid ihr etwa Psychopathen oder was? Was soll das hier?*<< Emilio und Simon sahen sich etwas verblüfft an, das sie mit so einer Reaktion eher nicht gerechnet hätten. Sie dachten, dass die beiden jungen Frauen da schon mitmachen würden. >>*Also,...*<< fing Emilio an >>*...wir dachten, dass ihr es auch wollen würdet und haben euch für einen*

133

netten Quickie hergebracht. Wollt ihr das denn etwa nicht?<< Nun wurden Vesna und Milica so richtig wütend und konnten vor Wut nicht mehr ruhig bleiben. Vesna fasste sich an ihren Kopf und schrie Emilio und Simon an >>*Was verflucht noch einmal redet ihr denn da für ein Blödsinn? Seid ihr beide komplett bescheuert? Wir gehören nicht zu dieser Sorte von Frauen, die einfach so mit wildfremden Männern schlafen und schon gar nicht in so einem heruntergekommenen Lagerhaus.*<< Nun meldete sich Milica wieder zu Wort >>*Bringt uns jetzt sofort wieder hinaus und lasst uns bloß in Ruhe!*<< Emilio versuchte die wütenden jungen Frauen zu beruhigen >>*Hey, hey! Nun schreit doch hier nicht so herum. Beruhigt euch wieder! Ich verspreche euch, dass wir euch bis nach Hause fahren werden, sobald wir etwas Spaß miteinander hatten.*<< Vesna und Milica wurden richtig unruhig und verspürten auch etwas Angst. Milica war kurz davor in Tränen auszubrechen. Emilio gab Simon ein weiteres Zeichen mit seinem Kopf, sodass sich beide gleich zu den jungen Frauen bewegten und sie an ihren Armen festhielten. V Emilio sagte dabei grinsend >>*Jetzt kommt schon! Wir bringen es schnell hinter uns.*<< Vesna und Milica versuchten sich, vergebens, von den Fängen der beiden loszureißen. Milica hatte schon zu weinen angefangen und sie fingen beide zu schreien an. Emilio und Simon hielten ihnen den Mund zu und warfen sich gemeinsam mit ihnen auf den kalten und schmutzigen Boden. Die beiden jungen Frauen winselten um ihr Leben. Emilio und Simon lachten die ganze Zeit über dabei und hielten sie weiterhin fest. Genau in dem Augenblick erschien Sophia vor ihnen. Noch hatten sie nichts von ihr mitbekommen. Auch Vesna und Milica hatten sie nicht gesehen. Doch dann, als Simon versuchte, dem Arm von Milica zu entgehen, während sie versuchte sich frei zu kämpfen, hob Simon reflexartig sein Kopf hoch und sah Sophia vor sich stehen. Sie hatte ihre dämonische Form angenommen und stand regungslos mit herabgesenkten Armen direkt vor ihm. Als Simon die unheimliche Gestalt, in ihrem verdreckten und blutigem alten Fetzen von Kleid, vor sich stehen sah erstarrte er vor Angst und seine Griffe lösten sich, sodass sich Milica befreien konnte. Emilio bekam das mit und war dabei Simon darauf anzusprechen. Doch auch er sah nun die unheimliche Gestalt, die direkt vor ihnen stand. Auch seine Griffe wurden leichter, sodass auch Vesna sich nun befreien konnte. Emilio und Simon waren noch auf ihren Knien, während Vesna und Milica auf die Seite flüchteten. Auch sie konnten nun das Geistermädchen sehen und gaben, fast gleichzeitig, einen lauten Schrei von sich, der in den leeren Hallen für ein Echo sorgte. Noch bevor die beiden Männer rauf die grauenhafte Erscheinung vor ihnen richtig reagieren konnten, erhob sich, wie von Geisterhand ein etwa ein achtzig Meter großer Metallrohr, der neben Simon gelegen hatte und rammte sich mit voller Wucht durch sein Kopf, trat aus der anderen Seite wieder heraus und bohrte sich direkt in den Kopf von Emilio. Sie starben auf der Stelle, aber ihre Körper zuckten noch weiter. Vesna und Milica, die das mitansehen mussten, schrien ihre ganze Seele vom Körper und weinten wie ein Wasserfall. Sie liefen sofort aus der Lagerhalle hinaus und ihre Schreie wurden dabei immer leiser, je mehr sie sich vom Grundstück entfernten. Doch Sophia war noch nicht fertig gewesen. Mit langsamen, fast schon schlurfenden Schritten, bewegte sie sich auf ihre zwei frischen Opfer zu, die immer noch am schwebenden Metallrohr, der sich durch ihre Köpfe gebohrt hatte, hangen und sich langsam in die Luft erhoben. Nun hob Sophia ihre verfaulten und bleichen Arme hoch und rammte sie durch die beiden Körper von Simon und Emilio, sodass sie aus ihrem Rücken wieder herausragten. Sie zog sie wieder ein und riss ihre Gedärme dabei heraus. Anschließend trennte sie ihnen, mit einem Hieb ihrer langen und scharfen Krallen, die Köpfe von den beiden, sodass ihre enthaupteten Körper auf den verdreckten und staubigen Boden fielen während ihre aufgespießten Köpfe immer noch in der Luft schwebten. Sophia griff das Ende von der Metallstange und zog sie näher zu ihrem entstellten Gesicht. Mit ihrer Nase roch sie ein wenig an den Köpfen und biss anschließend in das Gesicht von Simon. Sie knabberte noch eine Weile an den Gesichtern von Simon und Emilio, sodass sie halb aufgegessen waren. Die schmatzenden Geräusche, die dabei entstanden, während sie kaute und schlürfte, hallten in der Lagerhalle wider. Nachdem sie genug hatte, verschwand sie wieder blitzschnell. Die Köpfe fielen, samt dem Metallrohr in ihnen, auf den Boden und landeten neben ihren ausgeweideten Körpern.

Es war bereits achtzehn Uhr am Abend und das neue Trio bestehend aus Asena Hilal ihrem Kollegen und Partner Matthias Kogler und dem Neuzugang, der Geisterjäger Reinhard Stumpf, es sich bei einer Tasse Kaffee auf der Mariahilfer Straße gemütlich machten und sich über weitere Vorgehensweisen im Bezug auf Sophia's Geist unterhielten. Sie waren tief in das Thema verwickelt als das Handy von Asena klingelte und sie abhob. Während sie telefonierte unterhielten sich die beiden Männer weiter. Sie legte auf, sprang auf lief hinaus zu ihrem Fahrzeug und rief hinter sich her >>*Beeilt euch! Es ist ein Notfall!*<< Die beiden Männer sahen sich für einen Moment an, sprangen ebenfalls auf und liefen ihr hinterher. Reinhard Stumpf ließ sich zwar dabei nichts anmerken, aber er freute sich als einziger von den Dreien über diesen plötzlichen Notfall.

136

KAPITEL 8

KEINE VERSCHNAUFPAUSE

Die Lagerhalle war bereits von der Polizei abgeriegelt und umzingelt worden. Und wieder waren einige Schaulustige anwesend, die neugierig das Geschehen beobachteten. Asena Hilal, Matthias Kogler und Reinhard Stumpf befanden sich mit weiteren Polizisten in der Lagerhalle, in der vor wenigen Stunden Emilio Giordano und Simon Perschke brutal abgeschlachtet worden sind. Die beiden jungen Frauen Vesna und Milica hatten sich nach ihrer Flucht sofort in das nächste Polizeirevier begeben und alles erzählt was sie erlebt hatten. Nachdem sie den Anruf bekam, trafen auch Asena Hilal mit ihren zwei Kollegen im Polizeirevier ein und hatten die beiden Serbinnen ebenfalls verhört. Auch hier wurde von dem selben Geistermädchen erzählt. Nachdem sie die zwei vollkommen erschrockenen jungen Frauen gehen ließen und ihnen versicherten, dass sie von einem Experten psychologische Hilfe bekommen würden, machten sie sich direkt auf den zur Lagerhalle.

Die vollkommen entstellten Leichen lagen immer noch vor ihnen, während Spezialisten ihrem Job nachgingen und alles untersuchten. Reinhard Stumpf untersuchte ebenfalls mit seinen Geräten den Tatort, in der Hoffnung, neue Messwerte erzielen zu können. Es dauerte nicht lange und auch hier bekam er am Display das akustische Signal zu hören, während sowohl der Pegel als auch die Temperatur auf dem Tablet höhere Werte angaben als die beiden Male zuvor. Er begründete das damit, dass die Tat nicht allzu lange her gewesen war und dadurch die paranormalen Frequenzen noch höchst aktiv waren. Das war für ihn der endgültige Beweis, dass sich genau hier ein Geist beziehungsweise ein paranormales Wesen aufgehalten hatte und das erst vor Kurzem. Matthias Kogler war mittlerweile auch erstaunt über Reinhard Stumpf und seinen Geräten gewesen und nachdem er die zwei toten Männer gesehen hatte, war auch er sich nun sicher, dass das nicht das Werk eines menschlichen Mörders sein konnte. Es war etwas anderes.

Asena Hilal war schon fast am Zweifeln gewesen. Zu viele Morde in so kurzen Zeitabständen. Das war alles sehr überfordernd für sie. Doch die Tatsache, dass sie sich nun einig waren, dass es ein Geist gewesen war beruhigte sie zumindest ein wenig. Denn somit wussten sie womit sie es zutun hatten und, dass sie sogar einiges über den Geist wussten, beruhigte sie umso mehr. Was sie jedoch beunruhigte war, dass sie nicht wusste, wie sie Sophia's Geist aufhalten könnte. Doch sie würde sich schon etwas einfallen lassen. Jetzt war erst einmal dieser neuer Fall an der Reihe gewesen. >>*Und, was nun?*<< wollte Matthias von ihr wissen. >>*Ich weiß es nicht Matthias, aber wir werden schon eine Lösung beziehungsweise einen Weg finden um all diesem Horror ein Ende zu bereiten. Ich weiß zwar noch nicht wie, aber es muss etwas geben. Lass uns zuerst um diesen Fall kümmern!*<< sagte sie. Matthias konnte aus ihrer Stimme deutlich hören, wie müde sie im Moment war. Bis jetzt sah sie optisch ziemlich müde aus, aber jetzt klang sie auch noch müde. Wiedereinmal musste Matthias sich selbst zugeben, wie stark Asena war. Sie hatte so viel Durchhaltevermögen und war sehr zielstrebig. Zwei der Eigenschaften, wieso er sie so sehr liebte. Doch der Gedanke daran, dass sie seine Liebe nicht erwiderte, brachte in ihm zugleich Hass gegen sie auf. Er kämpfte mit seinen Gefühlen. Sollte er sie jetzt lieben oder sollte er sie eher hassen? Er wusste es selber nicht. Und was genau lief eigentlich jetzt zwischen ihr und diesem durchgeknallten Geisterjäger? Wieso konnten die sich so gut leiden? Hatte er etwas verpasst? Matthias Kogler beobachtete während seines gesamten Gedankengangs Reinhard Stumpf und irgendwie konnte er ihn nicht ausstehen. Schon allein seine dämlichen Geräte und wie er damit in der Luft herum fuchtelte. Er sah dabei furchtbar dämlich aus. Er fand das total lächerlich.

Matthias wollte sich nicht länger mit diesen Gedanken auseinander setzen und konzentrierte sich stattdessen wieder auf seine Arbeit.

Lien Ye ist ein achtunddreißig Jähriger und alleinstehender Mann, der seit elf Jahren in Wien lebt und als Chefkoch in einem China Restaurant arbeitet. Seine Deutschkenntnisse sind zwar furchtbar, aber dafür ist er in der Küche ein Profi. Aufgrund seiner Arbeit und seinen Kochkünsten, die bei den Gästen sehr beliebt sind, lernt er viele verschiedene Menschen kennen. Denn sie alle wollen wissen, wer der Meisterkoch ist, der ihnen ihre Speisen zubereitet. So lernte er eines Tages, die vierundvierzig Jährige Brasilianerin namens Isadora Perreira kennen. Sie liebte die Chinesische Küche und war jedes Wochenende in dem Restaurant zu Gast, in der Lien Ye das Essen zubereitete. Nachdem sie schon so oft voller Begeisterung Lien's Essen verzehrte, wollte sie irgendwann auch wissen, wer der Koch war, der dahinter steckte. So lernten sich Isadora und Lien kennen, sodass er sie zu sich nach Hause eingeladen hatte um für sie persönlich zu kochen. Isadora nahm die großzügige Einladung von Lien sofort und gerne an.

Und heute Abend sollte sie ihn bei sich zu Hause besuchen und sein Spezialgast werden. Lien hatte bereits zu kochen angefangen und wollte für sie eine Nudelspezialität aus China zubereiten. Das Wasser in dem Topf fing schon langsam zu kochen an, während Lien ein Salat zubereitete. Da klopfte es auch schon an der Tür. Lien ging, mit umgehängter Kochschürze, zu der Tür und machte auf. Isadora Perreira stand lächelnd davor und er bat sie herein zu kommen. Lien's Wohnung war typisch chinesisch eingerichtet. Überall befanden sich duftende Lotusblüten, Räucherstäbchen und Lampions von höchster Qualität. Seine Möbel bestanden großteils aus chinesischem Ulmenholz. Selbst eine Trennwand aus Bambus befand sich in seiner Wohnung. Natürlich waren auch Vasen aus hochwertigem Porzellan vorhanden. An den Wänden hangen einige kleine Masken von asiatischen Symbolfiguren und auch eingerahmte chinesische Schriftzeichen. Er wahrte seine Kultur und Tradition. Isadora war sehr beeindruckt von seiner Wohnungseinrichtung gewesen. Sie hatte zwar auch ihre Wohnung nach ihrer Kultur eingerichtet, aber so wie Lien hatte sie es damit nicht übertrieben. Lien bat sie in seinem kleinen Wohnzimmer Platz zu nehmen und verschwand wieder zurück in die Küche um das Abendessen fertig zubereiten zu können. Auf seiner Couch waren ein paar bunte Kissen aus Seide, die sie besonders schön und auch gemütlich fand. Der Fernseher war abgeschaltet und vor dem Fenster, in der Wohnung, nicht im Außenbereich, befand sich eine sehr schöne Grünpflanze. Während Isadora weiterhin die Wohnung bewunderte und sich die Dekorationen anschaute, kam Lien aus der Küche heraus. In seinen Händen hielt er eine traditionelle Platte aus Holz auf dem sich zwei kleine China Tassen aus Porzellan befanden. In diesen Tassen waren jeweils ein Schuss Pflaumenwein drinnen, von denen er eine Isadora als Begrüßung anbot. Sie nahm eine der Tassen und hielt sie hoch. Lien setzte sich zu ihr, legte die Holzplatte auf den Tisch, griff nach der übrigen Tasse und hielt sie eben-falls hoch. Sie sahen sich dabei lächelnd in die Augen und kippten den

Pflaumenwein mit einem Schluck weg.

>>*Wow, der ist ja ziemlich gut*<< sagte sie zufrieden.

>>*Xièxiè*<< sagte er zu ihr und fügte hinzu >>*Das bedeuten Danke auf meine Sprake*<< Isadora nickte lächelnd und sagte >>*Klingt sehr schön mein lieber Lien.*<< Lien sammelte die kleinen Tassen wieder ein, stellte sie auf der Holzplatte ab und sagte >>*Ik komen suruk. Maken esen in Küke*<< lächelte dabei und ging wieder zurück in die Küche. >>*Ach, ist ja groß-artig!*<< freute sich Isadora schon auf das leckere Essen. Sie konnte ganz genau die Küchenutensilien klappen und klirren hören, mit denen Lien so fleißig arbeitete. Schon allein vom Rhythmus seiner Kochtechnik wurde einem klar, dass er sein Handwerk sehr gut beherrschte. Das erfreute Isadora umso mehr und sie war ganz gespannt darauf, was es wohl am Menü-plan stehen würde. Denn Lien hatte es ihr nicht gesagt um sie damit zu überraschen. Er war der Meinung, dass das die Spannung aufrecht erhalten würde. Und das stimmte auch, musste Isadora jetzt zugeben.

Das Wasser im Topf kochte und brodelte bereits. Der Salat war auch schon fertig. Jetzt musste Lien nur noch die asiatischen Nudeln in das kochende Wasser hinein legen und sich an-schließend um die Soße und die Beilage kümmern. Während er so vor sich hin kochte, dachte Lien nebenbei daran, dass Isadora heute Abend besonders gut aussehen würde. Er fragte sich, ob sie sich wohl extra für ihn so aufgeputzt hatte? Ihr Parfüm roch auch anders als sonst. Es war ein viel intensiverer und besserer Duft als sonst. Lien dachte sich, ob Isadora ihn wohl verführen möchte? Und wieso überhaupt hatte sie die Einladung eines fremden Mannes sofort angenommen? Sie kannten sich erst seit drei Wochen und hatten sich seitdem auch nur drei Mal im Restaurant gesehen und lediglich nur Smalltalk geführt. Wieso also diese ganze Aufruhr.

So tief in Gedanken, hatte er komplett die Zeit vergessen. Die Nudeln mussten noch in das kochende Wasser gelegt werden. Er holte sie aus seinem Küchenschrank, riss die Verpackung auf und legte sie ganz langsam und vorsichtig in den Topf mit dem brodelnden Wasser. Dabei merkte er gar nicht, dass schräg gegenüber auf seinem Toaster eine hässliche und abscheuliche Frauenfratze ihn anstarrte.

Isadora saß immer noch ganz alleine im gemütlichen Wohnzimmer und wartete, fast schon sehnsüchtig, auf das Überraschungsessen. Vor vier Jahren hatte sie ihren Ehemann an Lungenkrebs verloren und lebte seitdem alleine. Sie hatte eine Tochter, die nach ihrer Hochzeit, mit ihrem Ehemann nach London ausgewandert war. Hin und wieder flog sie hin um sie und ihre zwei Enkelkinder zu besuchen. Sofern sie Zeit finden konnten, kamen auch ihre Tochter samt ihrer Familie zu Besuch nach Wien. Seit dem Tod ihres Ehemanns flog sie auch nicht mehr nach Brasilien. Es war einfach nicht mehr dasselbe ohne ihn. Es hatte selbstverständlich eine lange Zeit gedauert bis sie über den Tod ihres geliebten Ehemannes drüber hinweg gekommen war. Doch jetzt wurde es so langsam Zeit einen neuen Mann kennenzulernen. Und da sie es sowohl liebte zu Essen und sich auch mit dem Chefkoch Lien sehr gut verstand, war sie umso erfreuter darüber gewesen, dass er sie zu sich nach Hause eingeladen hatte. In Lien sah sie einen möglichen Partner, der sie durch ihr restliches Leben begleiten könnte. Daher wollte sie einer möglichen gemeinsamen Zukunft eine Chance geben und Lien besser kennenlernen. Abgesehen davon war sie einfach nicht die Sorte von Frau, die es schaffte alleine leben zu können. Sie mochte Gesellschaft und nach vier Jahren sollte es mit der Einsamkeit dann endlich mal vorbei sein. Isadora hatte sich vor Kurzem ein Buch gekauft, „BRASIL" von Ulas Senkal, das sie jetzt aus ihrer eleganten Damentasche herausholte und ein wenig darin las bis Lien mit dem Kochen fertig wurde. Sie setzte ihre Brille auf, die sie ebenso aus ihrer Damentasche herausholte, klappte die Seite auf, an der sie stehen geblieben war und fing zu lesen an.

Lien war mit dem Kochen fast schon fertig. Die asiatischen Nudeln waren durch, der Salat und die Beilagen waren ebenso fertig und warteten darauf verzehrt zu werden. Lien gab dem Nachtisch noch einen letzten Schliff und schon könnte er das Essen seinem Gast servieren. Die hässliche Fratze am Toaster war inzwischen wieder verschwunden. Während Lien das Dessert, es waren Klebreisbällchen mit Mango Füllung, mit geriebenem Kokosnuss bestäubte, musste er daran denken, dass er schon seit Ewigkeiten keinen weiblichen Gast bei sich zu Hause hatte. Durch seinen intensiven Beruf als Koch im Restaurant, war er einfach viel zu sehr beschäftigt gewesen um eine Frau kennenzulernen. Isadora war die erste Frau seit längerer Zeit. Auf einmal wurde ihm klar, dass er dadurch mit keiner Frau geschlafen hatte. Er konnte sich nicht mal mehr daran erinnern, wann er das letzte Mal mit einer Frau sexuellen Verkehr gehabt hatte. So lange war das schon her gewesen. Er dachte sich, ob Isadora vielleicht auch so dringend sexuellen Kontakt nötig hätte wie er? Doch wie sollte er das nur herausfinden? Klar, es würde sich schon im Laufe des Abend zeigen, ob sie am Ende die darauffolgende Nacht gemeinsam verbringen würden oder nicht, aber was wenn nicht? Was wenn sie gleich nach dem Essen wieder gehen würde? Und würde sie dann überhaupt je wieder kommen? Sollte er es riskieren und den Verlauf des Abends einfach mal abwarten um zu sehen, wie er sich entwickelt?

Zu viele Fragen beschäftigten ihn im Moment. So sehr, dass er einige der Klebreisbällchen mit zu viel Kokosnuss bestäubt hatte, sodass sich eine spitze Kuppel über ihnen gebildet hatte, die an Schnee erinnerten. Sofort bürstete er die überschüssigen Kokosnüsse ab und sorgte schnell, wie es sich eben für ein Chefkoch gehört, für eine saubere und elegante Optik des Desserts. Nun waren auch die süßen, kleinen Bälle auch fertig. Das Ergebnis konnte sich durchaus sehen lassen. Lien gab sich für Isadora besonders viel Mühe um ihr einfach das anbieten zu können, das sie im Restaurant nicht bekommen würde. Sie konnte bereits das Essen bis in das Wohnzimmer riechen und musste dabei mit geschlossenen Augen lächeln, während sie mit ihrer leicht angehobenen Nase den Appetit anregenden Geruch in sich hinein sog. Es roch himmlisch fand sie. Und es dauerte nicht lange, da war Lien schon wieder, diesmal mit einer etwas größeren Holzplatte in seinen Händen, in das Wohnzimmer zurück gekehrt und bat Isadora darum ihm zur Essecke zu folgen. Sie klappte das Buch wieder zu, nahm ihre Brille von der Nase ab und steckte beide wieder zurück in ihre Damentasche. Dann stand sie lächelnd auf und folgte Lien zur Essecke. Die befand sich auch im Wohnzimmer. Lien hatte sich, ganz nach Tradition, eine kleine Essecke in seinem Wohnzimmer eingerichtet in der er auf dem Boden sitzend seine Mahlzeiten zu sich nahm. Er und Isadora setzten sich auf die kleinen Kissen am Boden. Lien stellte genau in die Mitte die Holzplatte auf dem sich das Hauptgericht befand ab. Mit Bewunderung und Neugierde sah sich Isadora das Essen genau an und machte dabei große Augen, als sie das leckere Essen vor sich stehen sah. >>*Ach wie wundervoll das riecht Lien. Sieht sehr lecker aus.*<< Lien nickte lächelnd mit dem Kopf und deutete mit einer Handbewegung, dass sie ruhig anfangen soll. Isadora rieb sich die Hände aneinander, griff nach den eleganten und mit asiatischen Symbolen verzierten Essstäbchen und kostete einen kleinen Bissen von dem speziellen Nudelgericht nach asiatischer Art, die wie eine Lokomotive dampften. Sie schlürfte langsam die Nudeln in sich hinein und war überwältigt gewesen. Das waren die besten Nudeln, die sie je in ihrem Leben gegessen hatte, musste sie zugeben. Die Konsistenz, die Würze, der gesamte Geschmack an sich, alles war hervorragend. Und auch der Salat und die Beilagen waren eine Kunst für sich. Sie gratulierte Lien für diese gelungene Mahlzeit und aß genüsslich weiter. Lien war erfreut darüber, dass sie seine Kochkünste so derart zu schätzen wusste und fing auch zu essen an. Das Essen verlief schweigend. Alles was zu hören war, war das schmatzende Essgeräusch von Lien und Isadora.

Während Lien seine Nudeln mit halb gesenktem Kopf aß, starrte er die ganze Zeit über auf das üppig bestückte Dekolleté von Isadora, die davon nichts mitbekam. Ihm war vorher nie aufgefallen wie glatt ihre Haut für ihr eher fortgeschrittenes Alter gewesen war.

Spätestens in diesem Augenblick wurde ihm klar, wie sehr er eigentlich die weibliche Nähe vermisste. Er versuchte sich nichts anmerken zu lassen und wusste, dass sie noch genügend Zeit hätten, da sie erst gerade mit dem Essen angefangen hatten. Es würden ja noch das Dessert geben. Lien wollte mit seinem Anliegen nicht zu voreilig sein. Er war der Meinung, dass er es Isadora schonend beibringen müsste. Dass er sie einfach daraufhin bearbeitet und sie langsam verführt. Denn vielleicht wollte sie das ja gar nicht und es würde ihm sonst viel zu peinlich werden.

Doch dann, ganz plötzlich, schleuderte er seine Porzellan-schüssel mit Nudeln, an die Wand, die sofort in mehrere Teile zerbrach und die Wand mit Essensresten versaute, und ehe Isadora darauf reagieren konnte, stürzte er sich, über die Holz-platte, die zwischen den beiden in der Mitte lag, wie ein toll-wütiger Hund auf sie, sodass auch ihre Porzellanschüssel mit

dem Nudelgericht darin, aus ihren Händen auf den Boden fiel
und teilweise auf ihrem Kleid auslief. Somit war es klar. Er
hatte darauf verzichtet es drauf kommen zu lassen und hatte
sich dazu entschlossen auf eine Nummer sicher zu gehen. Er
wollte seine Gelegenheit nicht verspielen, weswegen er
plötzlich anfing wie von Sinnen das Kleid von der ahnungslosen Isadora herunterzureißen. Sie fing vor Schreck zu
Schreien an und wusste nicht was mit sich geschieht. Lien war
wie ein wildes Tier und von dem ruhigen und netten Gastgeber
war nichts mehr zu sehen. Es war so als hätte er sich komplett
in eine andere, sehr boshafte, Person verwandelt. Er hatte
Isadora fest umklammert und versuchte mit ausgestreckter
Zunge ihren Hals abzulecken, während er dabei komische
Laute von sich gab und stark ein- und ausatmete. Isadora, die
sich mit aller Kraft versuchte zu befreien, spürte auf ihrer Haut
ganz genau den warmen und unangenehmen Atem von Lien
und genauso auch die Feuchtigkeit, die durch seine Speichel
entstanden, während er ihren Halsbereich ableckte. Sie versuchte ihn mit Worten zu beruhigen und aufzuhalten, doch er
hörte einfach nicht darauf. Und obwohl er um einen ganzen
Kopf kleiner war als sie, hatte er viel Kraft. Sie hatte große
Mühe sich von ihm zu befreien. Isadora fing um Hilfe zu
schreien in der Hoffnung, dass jemand von den Nachbarn sie
hören und die Wohnung stürmen würden. Doch zu ihrem Bedauern kam niemand zur Hilfe.
Niemand, bis auf eine Gestalt, die einem jungen blonden
Mädchen glich und Isadora zur Hilfe eilte. Isadora hatte zuerst
nicht genau sehen können, dass die weibliche Gestalt hinter
Lien eine schreckliche und dämonische Erscheinung hatte,
doch bei genauerem Hinsehen fiel ihre Kinnlade herunter. Jetzt
konnten beide auch den Gestank, der von dieser Kreatur ausging, riechen. Es war so übel, dass beide sofort ihre Gesichter

verzogen und Lien in der Luft herum roch um herauszufinden, woher dieser plötzlicher Gestank auf einmal gekommen ist. Er dachte sich, dass es vielleicht die Nudeln sind, die immer noch auf dem Herd kochten. Er hatte den Herd angelassen, damit die Nudeln nicht kalt werden. Denn sonst würden sie ihre perfekte Konsistenz und auch ein wenig vom Geschmack verlieren. Als er sein Kopf etwas weiter nach hinten drehte, sah auch er die unheimliche Gestalt, die aufrecht hinter ihm stand. Sofort ließ er von Isadora los und wandte sich komplett dem Geistermädchen zu. Auch er machte ganz große Augen. Er sprang sofort auf, streckte sein Arm aus, zeigte mit dem Finger auf die grauenhafte Kreatur vor ihm und wollte wissen, wer sie war und was sie in seiner Wohnung zu suchen hatte. Die furchterregende Kreatur antwortete ihm nicht. Isadora hatte in dem Moment, in dem sie Sophia's Geist gesehen hatte, sich bekreuzigt, dabei zu Beten angefangen und nicht mehr aufgehört. Sie hatte ihre Augen ganz fest geschlossen, ihre Hände ineinander verschränkt und gegen ihre Stirn gepresst. So betete sie zum heiligen Geist von Jesus Christus und hoffte, dass der ungebetene Gast, der zu dieser sehr späten Stunden erschienen war, ganz schnell wieder verschwindet.

Lien und und das abscheuliche Monster, das zu Lebzeiten noch ein wunderschönes und überaus freundliches junges Mädchen gewesen war, standen sich immer noch gegenüber. Mit sehr viel Angst, aber auch Wut in seiner Stimme, versuchte er die widerliche Kreatur zu verscheuchen. Doch Sophia's Geist rührte sich nicht vom Fleck. Dann, ganz plötzlich, bewegte sie sich blitzschnell zu Lien und blieb direkt vor seiner Nase stehen. Lien erstarrte in dem Moment sofort vor Angst und zitterte am ganzen Körper. Er war vom Kopf abwärts mit Schweiß bedeckt. Er schwitzte so sehr, sodass man sich denken würde, dass er von einem undichten Wasserhahn bespritzt worden wäre. Sophia's Geist stand ihm nur wenige Millimeter von seiner Nase davor und starrte ihn mit ihren furcht-erregenden, milchweißen Augen, deren gelbliche Stiche aus-sahen wie ekelerregende Eiter. In dieser Nähe stank sie zudem viel stärker als bis vor wenigen Sekunden noch gute vier Meter vor ihm stand. Isadora machte hin und wieder ihre Augen auf und erhaschte somit flüchtige Blicke davon wie die Situation im Moment ausgesehen hatte. Gerade als sie wieder mit halb geöffneten Augen hingesehen hatte, wurde sie Zeugin davon, wie Sophia eine leichte Bewegung mit ihrem halb verrotteten Kopf nach oben machte und so Lien einmal durch die Wohnung bis zur Wand hinschleuderte. Lien knallte mit seinem gesamten Körper gegen die Wand, sodass einige seiner Wanddekoration fast zur selben Zeit auf den Boden fiel wie er. In diesem Augenblick kniff Isadora wieder ihre Augen ganz fest zusammen und fing schneller und lauter zu Beten als bis-her. Lien konnte sich kaum Bewegen. Er stöhnte vor den Schmerzen, die er sich bei dem gewaltigen Aufprall geholt hatte und zog sich dabei wie ein Gürteltier zusammen. Sophia machte eine weitere Kopfbewegung nach oben und schon stand Lien ganz schnell wieder auf seinen Beinen. Wie hypnotisiert, bewegte er sich danach langsam zur Küche hin. Er betrat die Küche und näherte sich dem Herd zu auf dem immer noch seine Spezialnudeln im Topf kochten. Er griff mit beiden Händen an den Topf, hob ihn über sein Kopf und schüttete den gesamten Inhalt über sich. Schon als die ersten heißen Tropfen auf seine Schädeldecke klatschten und sofort weiter hinab gossen, fing Lien zu schreien an und hörte nicht mehr damit auf. Isadora zuckte bei diesem unerträglichen Geschrei und riss dabei erneut ihre Augen auf. Sie sah Lien vom Wohnzimmer aus nicht, aber sie konnte ihn schreien hören, als würde man ihm seine Gliedmaßen ausreißen. Der Topf fiel aus seinen

Händen und knallte auf den Boden. Er stand schreiend mitten in der Küche, zitterte aufgrund der ganzen Verbrennungen, die er dadurch erlitten hatte ganz stark und dampfte am gesamten Körper. Seine sich vollkommen rot verfärbte Haut hatte sich bereits dadurch teilweise abgezogen und Blasen, in der Größe von Golfbällen hatten sich, sowohl am Gesicht als auch an Armen und am Brustbereich, gebildet. Seine Augen waren zusammengeschwollen und genau so auch seine Lippen. Nach einigen weiteren Sekunden voller Schmerzen und Geschrei, fiel er auf den Boden und war auf der Stelle tot. Sein toter Körper dampfte immer noch und war von den Spezialnudeln überdeckt.

Sophia's Geist befand sich immer noch im Wohnzimmer und starrte nun Isadora an, die ihre Blicke mit großer Furcht erwiderte und dabei immer noch, in der selben Position, mit bebenden Lippen betete.

Ihre Stimme zitterte ebenso und ihre Augen füllten sich schon langsam mit Tränen an. Sie war sich sicher, dass sie nun die nächste an der Reihe war, die auch einen qualvollen Tod erleiden musste. Doch Sophia löste sich direkt vor ihren Augen in Luft auf und war verschwunden. Isadora blieb noch eine kurze Weile in ihrer momentanen Position und betete. Dann stand sie, weiterhin betend, auf, ging mit langsamen Schritten und mit dem Kopf voran zur Küche und sah nach Lien. Als sie Lien in diesem Zustand auf dem Boden liegen sah, riss sie ihre Augen erneut auf und drückte ihre beiden Hände auf den Mund. Es war ein schrecklicher Anblick für sie. Sie ertrug es nicht länger hinzusehen und verzog sich wieder ins Wohnzimmer von wo aus sie die Polizei und die Rettung verständigte. Sie durchwühlte wie von Sinnen ihre Damentasche und suchte verzweifelt nach ihrem Handy. Sie nahm es heraus und wählte sofort den Polizeinotruf.

Asena Hilal, Matthias Kogler und Reinhard Stumpf waren bereits seit etwa einer viertel Stunde wieder zurück am Polizeirevier und berieten sich über den aktuellen Fall mit den zwei Paketzustellern. Sie hatten ihre Arbeit vor Ort erledigt und wollten über weitere Maßnahmen nachdenken. Kaum waren sie angekommen, kam schon der Anruf von Isadora Perreira herein. Eine Polizeikollegin stürmte, ohne anzuklopfen in das Büro von Asena Hilal und meldete, panisch, den eingehenden Notruf. Alle Drei machten ganz große Augen als sie davon hörten. Asena blickte verzweifelt auf den Fußboden, stemmte dabei ihre Hände an ihre Hüften und sagte kopf-schüttelnd >>*Hört das denn nie auf?*<< Matthias Kogler meldete sich zu Wort >>*Man lässt uns einfach keine Verschnaufpause!*<< >>*Na dann, lasst uns mal nachsehen, was uns diesmal erwartet.*<< Sagte Asena Hilal und ging voran während die zwei anderen Männer nach einem kurzen Austausch ihrer Blicke ihr folgten.

Als sie am neuen Tatort ankamen, war es bereits kurz nach Mitternacht. Sie waren alle erschöpft, müde und verzweifelt. Noch auf dem Weg zur Wohnung von Lien Ye, wusste das Trio was sie dort erwarten würde. Eine weitere, völlig entstellte, männliche Leiche. Und sie hatten recht. Doch dieses Mal war die männliche Leiche nicht brutal entstellt gewesen, sondern hatte Verbrühungen hohen Grades erlitten. War dennoch schrecklich zu sehen. Zumindest für Asena Hilal. Für ihren Kollegen und Partner Matthias Kogler war es nicht schrecklich genug, sodass er sich sogar einen unangemessenen und abscheulichen Witz erlaubte >>*Also meine Herrschaften! Wer hat Lust auf einen Chinesen Süß-Sauer?*<< Er grinste sogar dabei. Sowohl Asena Hilal als auch Reinhard Stumpf, der bereits seine Messgeräte eingeschaltet und zu Messen angefangen hatte, sahen ihn angewidert an und würdigten ihm keine Antwort. Denn ihre Blicke sagten bereits genug aus, sodass Matthias Kogler zu Grinsen aufhörte und sich seinem geschmacklosem Witz bewusst wurde. >>*Ok, tut mir Leid! Das war un-angebracht*<< entschuldigte er sich und konzentrierte sich wieder auf die Arbeit.

Isadora Perreira war bereits dabei einem der Polizisten ihre Aussage zu geben. Asena Hilla hatte bereits zuvor ein kurzes Gespräch mit ihr gehabt. Auch diesmal wurde der Mord von einem Geistermädchen oder den Aussagen von Isadora Perreira zufolge, von einem Dämon, begangen. Die Beschreibungen passten auch dieses Mal zu den vergangenen Sichtungen. Die Messwerte von Reinhard Stumpf hatten bereits zu Beginn hohe Werte angezeigt. Sowohl der Pegel als auch die Temperaturanzeige zeigten hohe Grade an. Es waren sogar die besten Ergebnisse bis jetzt. Reinhard Stumpf erklärte das damit, dass die Anwesenheit von Sophia erst halbe Stunde her gewesen war. So nah wie jetzt waren sie ihr noch nie gekommen. Doch das reichte Asena Hilal noch lange nicht. Sie wollte ihr endlich noch näher kommen. Nah genug um sie schnappen zu können. Sie hatte schon allmählich genug von dem Ganzen. Wie lange sollte das noch so weitergehen? Wie lange sollten sie ihr noch hinterher jagen? Wie viele Tote sollte es noch geben? Würde sie sie überhaupt schnappen können? Wie sollte sie ihr nur zuvor kommen? All diese Fragen und noch viele mehr beschäftigten sie im Moment. Es war ja nicht so, dass sie schon mal einem Geist oder einem Dämon, was auch immer das war, hinterher gejagt und festgenommen hatte. Das war alles ganz neu für sie. Dafür wurde sie nicht ausgebildet. Dafür wurde keiner von ihnen ausgebildet. Mit der Ausnahme von Reinhard Stumpf. Er war der einzige Experte darin. Und mit seiner Hilfe waren sie schon ziemlich weit gekommen. Zumindest waren sie sich Dank ihm sicher gewesen, wem sie hinterher waren. Doch irgendwie schafften sie es dennoch nicht, den mordenden Geist zu schnappen.

Matthias Kogler ging zu ihr und fragte >>*Und? Was machen wir jetzt?*<< In diesem Moment als sie diese Frage zu hören bekam, kam in ihr eine gewaltige Wut hoch, dass sie nie zuvor hatte. Sie wurde sehr wütend und begann plötzlich zu schreien, sodass alle Anwesenden sofort mit ihrer Arbeit aufhörten und sie anstarrten >>*ICH HABE KEINE AHNUNG WAS WIR JETZT MACHEN SOLLEN. WENN DIE MÄNNER SICH DOCH NUR BEHERRSCHEN KÖNNTEN UND NICHT SOFORT, BEI JEDER GELEGENHEIT, SICH AUF FRAUEN STÜRZEN WÜRDEN, WIE EIN PAAR HUNGRIGE HUNDE AUF FRISCHE KNOCHEN, DANN WÜRDEN WIR VIEL WENIGER PROBLEME UND TOTE HABEN. DANN WÜSSTE ICH VIELLEICHT WAS WIR JETZT MACHEN KÖNNTEN!*<< Nachdem sie ihre Seele aus dem Leib geschrien hatte, atmete sie laut ein und aus. Die anwesenden Kolleginnen und Kollegen, aber auch Isadora Perreira, starrten sie weiter an. Jeder schwieg. Es waren nur die lauten Atemzüge von Asena Hilal zu hören. Eine sehr unangenehme Atmosphäre hatte sich in der Luft breit gemacht.

Sie beruhigte sich wieder langsam und sah sich um. Als sie merkte, dass sie die Beherrschung verloren hatte, entschuldigte sie sich bei allen. Diesmal war ihre Stimme wieder gesenkt. >>*Es tut mir Leid! Für einen Moment habe ich meine Beherrschung verloren.*<< Sie wischte sich mit ihren Händen über ihr Gesicht und ging hinaus um etwas frische Luft zu schnappen. Die anderen sahen sie weiterhin schweigend an. Matthias Kogler richtete sein Wort an jeden von ihnen >>*So, alles ist gut. Bitte machen Sie alle wieder mit ihrer Arbeit weiter!*<< Sofort machten alle wieder dort weiter, wo sie aufgehört hatten. Reinhard Stumpf fragte >>*Soll ich mal mit ihr reden?*<< Matthias Kogler's Antwort darauf war nicht besonders freundlich >>*Was bilden Sie sich ein? Sie ist doch wohl meine Kollegin und deswegen werde ich mit ihr reden. Sie machen schön mit ihrer Geisterjagd weiter und wedeln mit ihrem Haartrockner in der Luft herum oder was weiß ich was für ein Blödsinn Sie da machen, Sie Fuzzi.*<< Reinhard Stumpf hörte sich geschockt die Worte von ihm an und war empört darüber gewesen. Doch er ließ sich das nicht gefallen, schluckte einmal kräftig runter und konterte zurück >>*Also, das war jetzt genau so unnötig wie ihre dumme Aussage, über den Toten, die Sie vorhin gemacht haben Sie Witzekönig.*<< Matthias Kogler wurde wütend und gab Reinhard Stumpf folgendes zu verstehen >>*Ich kann Sie nicht besonders ausstehen. Daher warne ich Sie! Gehen Sie bloß nicht zu weit!*<< Nachdem er sein Satz beendet hatte, drehte er sich um und ging hinaus zu Asena. Reinhard Stumpf blickte ihm schweigend hinterher und sagte mit leiser Stimme >>*Blöder Wappler!*<< und widmete seine gesamte Konzentration wieder seiner Arbeit zu.

Asena stand nachdenklich im Stiegenhaus als Matthias Kogler zu ihr kam. Er blieb für einen kurzen Moment stehen und sah sie mit leicht zur Seite geneigtem Kopf an, bevor er sich zu ihr gesellte. Mit freundlicher Stimme fragt er >>*Na? Alles wieder gut?*<< Asena schüttelte langsam ihren Kopf, blickte zu ihm und antwortete ebenfalls mit einer freundlichen und ruhigen Stimme >>*Ja, es geht schon wieder. Tut mir Leid, dass ich dich angeschrien habe, aber es war nicht gegen dich gerichtet. Versteh' mich also bitte nicht falsch.*<< Matthias Kogler setzte ein leichtes Lächeln auf und sagte >>*Keine Sorge! Das tu' ich nicht. Ich kann deine Reaktion auf diese ganze Sache nur mehr als gut verstehen. Und die anderen Kollegen bestimmt auch.*

Wir wissen alle, dass wir in einer sehr schweren Sache drinnen stecken. Wir sind alle damit überfordert.<< Asena nickte mit ihrem Kopf und sagte *>>Danke Matthias!<<* und lächelte ihn an. Matthias wollte die Gelegenheit ausnutzen und legte tröstend seinen Arm um ihre Schulter und näherte sich ihr ein Stück mehr heran. Asena Hilal war das unangenehm, woraufhin sie lächelnd und dankend seinen Arm von sich ablegte und sich um einen Meter von ihm entfernte. Daraufhin sagte Matthias Kogler *>>Ich wollte dich bloß ein wenig aufheitern<<* und lächelte sie an. *>>Danke! Ich weiß das zu schätzen, aber ich möchte nicht, dass uns irgendwer von den Kollegen so zusammen sieht. Die könnten ein falsches Bild vermittelt bekommen. Das wäre mir dann sehr unangenehm<<* machte ihm Asena klar. Daraufhin sagte Matthias *>>Also, wenn du mein Angebot annehmen und meine feste Freundin sein würdest, dann müsstest du dir über so etwas keine Gedanken machen.<<* Asena verging das Lächeln und sie wurde wieder ernst *>>Ich bitte dich Matthias! Fang nicht wieder damit an. Ich habe im Moment überhaupt keine Nerven für so etwas.<<* Matthias verzog sein Gesicht und antwortete mit ebenfalls ernster Stimme *>>Schon gut, es tut mir Leid!<<* Asena schüttelte seufzend mit ihrem Kopf und sagte *>>Also ich werde jetzt nach Hause fahren und mich ein wenig ins Bett legen. Die letzten Tage waren sehr anstrengend für mich. So viele Tote in so kurzer Zeit. Da brauche ich erst einmal einen sehr guten Schlaf, bevor ich hier weitermachen kann. Und du solltest dir auch eine Auszeit gönnen. Du bist mindestens genau so er-schöpft wie ich. Fahr' nach Hause und ruh' dich ein wenig aus und morgen überlegen wir uns dann im Revier weiter, was wir unternehmen könnten.<<* Matthias stemmte seine Hände an seine Hüften, nickte langsam und sagte enttäuscht *>>Ist gut, so machen wir das!<<*

154

>>Schick den Herrn Stumpf bitte auch nach Hause! Der arme Mann ist schon den ganzen Tag mit uns unterwegs. Er soll sich ebenso ausruhen<< bat Asena ihren Kollegen und Partner und verabschiedete sich von ihm. Matthias nickte mit dem Kopf und sah ihr hinterher, bevor er wieder die Wohnung vom jüngsten Opfer Lien Ye betrat. Er sah sich nach Reinhard Stumpf um und fand ihn im Badezimmer. *>>Was tun Sie?<<* wollte er von ihm wissen. *>>Auf jeden Fall nicht das was Sie jetzt vermutlich denken<<* sagte er und lachte dabei. Doch sein Lachen blieb ihm im Hals stecken, als er von Matthias Kogler grob unterbrochen wurde *>>Hören Sie zu Lachen auf und passen Sie auf!<<* Reinhard Stumpf hörte ihm aufmerksam zu. *>>Die Chefinspektorin ist weg. Sie können nun auch ihre Spielzeuge einpacken und sich in Ihre Gespensterhöhle ver- kriechen. Für heute ist Schluss!<<* Aus seiner Stimme war ein- deutig zu hören, wie sehr er Reinhard Stumpf nicht ausstehen konnte. Reinhard Stumpf konnte ihn zwar auch nicht besonders gut leiden, doch er behielt es lieber für sich und fragte ganz ge- lassen *>>Und wohin ist sie gegangen? Etwa auch nach Hause?<<* Matthias Kogler wurde nur noch wütender und packte seine Wut in seine unerträgliche Stimme hinein *>>Das geht Sie absolut nichts an! Kümmern Sie sich um Ihre Sachen! Was bilden Sie sich bloß ein?<<* Reinhard Stumpf sah ihn mit erstaunten Blicken an und bevorzugte es zu schweigen. Matthias Kogler drehte sich um, entfernte sich von ihm und sagte während er ging *>>Wenn wir Sie brauchen, melden wir uns bei Ihnen!<<* Reinhard Stumpf sah ihm hinterher und sagte wieder mit leiser Stimme *>>Ich sag's doch. Blöder Wappler!<<*

Zu Hause angekommen, wollte die völlig überforderte und er- schöpfte Asena nur noch direkt ins Bett. Erst als sie ihre

Wohnung betrat, wurde ihr klar, wie müde sie eigentlich gewesen ist. Sie ging sofort unter die Dusche um sich nicht nur Dreck und Schweiß abzuwaschen, sondern auch den gesamten Alltagsstress. Als das Badewasser ihren nackten Körper berührte, fühlte sich das sehr befreiend für sie an. Sie stand einfach nur unter der Dusche, schloss ihre Augen und ließ das kühle Wasser über sich herab fließen. Das war genau das, was sie jetzt gebraucht hatte. Sehr erholsam, dachte sie sich. Nachdem sie damit fertig war, schlüpfte sie in ihr Pyjama hinein, legte sich ins Bett und schlief auf der Stelle ein. So tief und fest, vor allem, so schnell war sie schon lange nicht mehr eingeschlafen. Es war bereits zwei Uhr Nachts und draußen zog ein leichter Wind vorbei. Obwohl es in ihrem Schlafzimmer angenehm warm war, hatte sich Asena dennoch ihre leichte Schlafdecke bis zu ihrem Hals gezogen. Sie schlief gerne so. Schon als Kind verkroch sie sich immer unter ihre Decke und schlief so ein. Sie kuschelte sich sehr gerne darunter. So tat sie es immer noch. Eines ihrer Gewohnheiten, die sie nicht abgelegt hatte. Eine weitere Gewohnheit von ihr war es, jeden Morgen Gott zu danken, dass sie wohlauf auf-gewacht ist. Das hatte sie von ihrem Vater gelernt. Er pflegte seinen Kindern stets zu sagen, dass sie jeden Morgen, sobald sie gesund und munter aufgewacht sind, Gott dafür zu danken. Und, dass das eine Chance dafür ist um die eigenen Fehler wieder gut zu machen und auch diejenigen, die man bewusst verletzt hat um Verzeihung zu bitten.

Es war bereits kurz vor drei Uhr am Morgen als sie anfing sich im Bett hin und her zu wälzen. Sie bewegte sich eher unruhig. Denn sie hatte einen Albtraum. In ihrem Traum war ihr Sophia erschienen. Sie waren beide an einem dunklen Ort. Schwer zu erkennen, wo genau sie sich tatsächlich befanden. Asena versuchte mit ihr zu kommunizieren. Sie fragte sie immer wieder, wieso sie all diese Männer umgebracht hat und wieso sie damit nicht aufhört. Asena wollte von ihr wissen, wo sie sie finden könnte. Doch Sophia sagte nichts und sah, die ganze Zeit über, Asena schweigend an. Dann verschwand sie ganz plötzlich und Asena suchte verzweifelt nach ihr. Sie sah sich um, konnte jedoch niemanden sehen. Dann kam plötzlich von irgendwo ein starker Wind daher und Asena versuchte dagegen stand zu halten. Ihre Haare und ihr Sakko flogen bei dem starken Wind, wie die Flagge auf einem Piratenschiff auf und ab und schlugen dabei Wellen. Sie konnte weder atmen noch ihre Augen aufmachen. Sie hielt ihre Hände vor ihr Gesicht um sich von dem starken Wind zu schützen und versuchte zu sprechen, aber schaffte es nicht. Doch dann verschwand der Wind genau so plötzlich wie er gekommen war. Asena nahm ihre Hände wieder hinunter und machte langsam ihre Augen auf. Sie erkannte sofort, dass sie mitten in einem Friedhof stand. Wieder sah sie sich um und wusste nicht was vor sich geht. Sie rief nach Sophia, aber bekam keine Antwort. Dann blieb sie stehen und war schockiert darüber was sie direkt vor sich gesehen hatte. Es war ein Grabstein auf dem der Name ihres Kollegen und Partners Matthias Kogler stand. Sie hielt sich den Mund zu und riss dabei ihre Augen auf. In dem Moment trat ein sehr widerlicher und verfaulter Arm aus der Erde heraus und schnappte nach ihrem Bein. Sie fiel schreiend und panisch auf den Boden. Der tote Arm versuchte sie in die Erde zu ziehen, doch Asena wehrte sich mit all ihrer Kraft dagegen. Sie trat mit ihrem anderen Fuß dagegen und versuchte sich verzweifelt zu befreien, während sie um Hilfe schrie. Der tote Arm, der aus dem Grab, auf dem der Name von ihrem Partner drauf stand, heraus gekrochen war, hatte sie schon fast bis zu ihrer Hüfte hineingezogen, als er sie wieder los ließ. Schnell und keuchend versuchte sie sich wieder aus der feuchten und kalten Erde zu befreien und entfernte sich mit schnellen Schritten etwas davon weg, in dem sie auf allen Vieren kroch. Dann stand sie wieder auf und klopfte panisch die Erde von ihrer Hose ab. In diesem Augenblick hörte sie eine männliche Stimme, die grauenhaft klang. Sich richtete sich sofort auf und sah direkt vor sich ihren Kollegen und Partner Matthias stehen. Nur, dass er tot war. Asena schreckte zurück und ihr wurde richtig übel, als sie ihren Kollegen so gesehen hatte. Sie hielt eine Hand vor ihren Mund, den anderen drückte sie an ihren Bauch, beugte sich nach unten und war dabei sich zu über-geben. Der tote Matthias sprach erneut mit seiner grauenhaften und fürchterlich tiefen Stimme, die bei Asena ordentlich für Gänsehaut sorgte >>*Asena! Wieso hast du mich nicht geliebt? Wieso wolltest du mich nicht? Wegen dir bin ich gestorben Asena. Du hast mich umgebracht Asena.*<< Er wurde dabei immer lauter, sodass Asena zu Weinen anfing. Sie versuchte mit ihm zu reden und sagte schluchzend >>*Was meinst du Matthias? Ich verstehe dich nicht? Wieso soll ich dich um-bringen? Wieso soll ich das wollen?*<< Aus dem verfaulten Mund von Matthias trat plötzlich literweise Blut aus. Asena konnte gar nicht hinsehen. Dann sprach er erneut mit der grauenhaften Stimme >>*Ich werde dich schon kriegen Asena. Du wirst mir gehören. Ich hole mir was ich möchte.*<< Sobald er seinen Satz beendet hatte, stürzte sich der tote Matthias mit rasanter Geschwindigkeit auf Asena und warf sie zu Boden. Asena bekam nur noch mehr Angst und versuchte sich von ihm zu befreien. Sie schlug und trat um sich. Sie schrie immer wieder um Hilfe. Ihre Tränen flossen noch mehr, während umso mehr Blut aus dem Mund vom toten Matthias auf ihr Gesicht floss und sie damit zuschüttete. Es drang auch teilweise sowohl in ihre Nase als auch in ihren Mund hinein. Sie schrie ihre Seele aus dem Leib und schüttelte dabei ihren Kopf hin und her. Und plötzlich ver-

schwand wieder alles. Der tote Matthias, das Blut auf ihrem
Gesicht, der Friedhof, alles war verschwunden und sie war
genauso sauber wie zuvor. Asena wusste nicht was hier vor
sich ging. Sie stand ganz schnell vom Boden auf und sah sich
um. Wieder konnte sie an dem dunklen Ort nichts er-kennen.
Sie konnte etwas hören. Es klang wie das Rascheln von
Blättern. Sie blickte in die Richtung aus der das seltsame
Rascheln kam und konnte nun deutlicher hören, dass es eher
wie das Flattern eines Fledermausschwarms klingt. Das
Geräusch wurde immer lauer und lauter. Sie wusste, dass es
sich ihr näherte. Sie schaute ganz genau in die Richtung,
während das Flattern noch lauter wurde. Hier Herz pochte ganz
wild und atme ganz laut ein und aus. Sie war schweißgebadet,
sodass ihr Hemd klatschnass war und an ihrem Körper klebte.
So viel Angst hatte sie in ihrem gesamten Leben nicht verspürt.
Plötzlich flogen ein ganzer Schwarm blauer Schmetterlinge auf
sie entgegen. Reflexartig hielt sie ihre Arme schützend vor
ihren Körper. Die blauen Schmetterlinge flogen an ihr vorbei,
drehten sich im Kreis und erzeugten dabei ein Bild wie von
einem Wirbelsturm. Asena ließ ihre Arme senken und beobachtete, schon fast ohne zu Blinzeln, das Spektakel, das sich
ihr darbot. Der Wirbelsturm, bestehend aus Schmetterlingen,
wurde immer kleiner. Asena fragte sich, was wohl jetzt auf sie
zukommen würde? Und so langsam konnte sie sich etwas darunter vorstellen. Denn aus dem Schwarm Schmetterlinge
wurde plötzlich Sophia. Sie stand wieder vor Asena und starrte
sie schweigend an. Asena versuchte erneut mit ihr zu
kommunizieren, doch es was vergebens. Sophia nahm nun ihr
grauenhaftes und schreckliches dämonisches Aussehen,
woraufhin Asena sich umso mehr fürchtete. Sophia begann in
der Luft zu schweben an und nach einem kurzen Moment
stürzte sich mit einem unerträglichem Geheule und Geschrei

auf Asena, die vor Schreck, schreiend nieder hockte. Sophia kam ihr, mit weit geöffnetem Mund immer näher und kurz bevor sie sie er-wischte, wachte Asena, schweißgetränkt und schreiend auf. Sie richtete sich sofort halb auf und atmete dabei schwer ein und aus, sodass ihr Brust sich sehr schnell auf und ab bewegte. Sie wischte mit ihren Händen ihr verschwitztes Gesicht ab und realisierte, dass das alles nur ein Albtraum gewesen war. Und zwar ein Traum, das sich sehr real angefühlt hatte. Sie beruhigte sich wieder langsam, verließ ihr Bett und ging zur Küche um sich ein Glas kaltes Wasser zu holen. Sie blickte auf ihre Wanduhr um zu sehen wie spät es gewesen war. Die Uhr zeigte auf zehn nach vier. Nachdem sie sich mit Leitungswasser ein wenig abgekühlt hatte, ging sie wieder ins Bett und versuchte ein wenig länger zu schlafen. Vorher kippte sie ihr Schlafzimmerfenster um etwas frische Luft hineinströmen zu lassen.

KAPITEL 9

AUSZEIT

Es war bereits halb zehn am Vormittag als Asena langsam wieder munter wurde. Sie streckte sich im Bett liegend aus und gähnte dabei mit weit geöffnetem Mund. Sie griff nach ihrem Handy um nach zu sehen, ob eingehende Anrufe oder sonstige Nachrichten auf ihrem Display angezeigt wurden. Zu ihrem Glück wollte niemand etwas von ihr. Denn Asena hatte sich für diesen Tag frei genommen und sie wollte nichts berufliches wissen. Nach dem jüngsten Fall letzte Nacht in Lien's Wohnung und dem darauffolgenden Ausraster von ihr, wollte sie sich wieder einmal eine Auszeit gönnen. Die hatte sie jetzt sehr nötig. Ein Urlaub, selbst ein Kurzurlaub, wäre ihr zwar viel lieber gewesen, aber mit einem freien Tag, war sie auch einverstanden. Hauptsache keine Kolleginnen und Kollegen, die sie am Arbeitsplatz sehen oder weitere Mordfälle, die sie aufklären muss. Sie hatte sich eine Auszeit verdient. Eine Auszeit um wieder klar denken zu können. Um wieder zu sich kommen zu können. Nachdem sie die letzten Tage, erfolglos, einem mörderischen Geist hinterher jagte, war sie ohnehin schon sehr müde gewesen. Sie schlief kaum. Sie aß kaum. Sie war so sehr darauf fixiert, all die schrecklichen Mordfälle zu klären und die Person, die dafür verantwortlich gewesen war, zu schnappen, sodass sie dabei vergessen hatte, auf sich selbst zu achten. Und die Person, der sie hinterher jagte, war zudem auch noch ein verdammter Geist gewesen. Wie zur Hölle sollte sie einen Geist erwischen? Und wie, verdammt noch einmal, diesen Geist festnehmen? Kein Polizist auf der Welt könnte das. Und wenn doch, wo sollte man sie unterbringen? Ein Gefängnis könnte ein Geist wohl kaum aufhalten. Was sollte all das nur? Was passierte nur die ganze Zeit über? Nein, an all das wollte sie jetzt nicht denken. Kein Mordfälle. Keine Kollegen. Keine Festnahmen und schon gar keine Geister. Sie legte ihr Smartphone wieder auf die Kommode neben ihrem Bett drauf, wischte sich einmal mit beiden Händen über ihr Gesicht, starrte für einige Sekunden die Decke an und sprang dann aus ihrem warmen Bett hinaus. Sie ging ins Badezimmer um ihre Blase zu erleichtern und anschließend eine kurze Dusche zu nehmen.

Nachdem sie fertig und frisch für den neuen Tag - für ihren freien Tag - bereit gewesen war, fing sie an, im Bademantel, ihr Bett aufzuräumen.

Während sie ihre Decke zusammenlegte, kamen ihr Erinnerungen von der letzten Nacht als kleine Bruchstücke in ihre Gedanken. Sie hörte mit dem Zusammenlegen ihrer Decke auf, kniff ihr Augen leicht zusammen, neigte dabei ihr Kopf ein wenig zur Seite und versuchte herauszufinden, wo diese Erinnerungen plötzlich herkommen. Obwohl sie sich sehr angestrengt und richtig Mühe dabei gegeben hatte, schaffte sie es nicht. Alles was ihr in die Sinne kam, waren bloß ein paar Bluttropfen und ein Schwarm blauer Schmetterlinge. Mehr brachte sie nicht hervor. Sie hatte dabei ein Ausdruck des Ekelns auf ihrem Gesicht und wusste nicht was das zu bedeuten hatte. Schnell schüttelte sie diese Gedanke von sich ab und beschloss nicht mehr länger daran zu grübeln. Sie konzentrierte sich wieder auf das Aufräumen ihres Bettes und machte es fertig. Anschließend kochte sie sich etwas Kaffe in ihrer Kaffeemaschine und aß eine Kleinigkeit um ihren leeren Magen ein wenig aufzufüllen. Im Kühlschrank hatte sie noch ein wenig Streichbutter, das sie sich zusammen mit Erdbeermarmelade auf ein etwas älteres und trockenes Brot drauf schmierte. Aufgrund ihrer intensiven Arbeit, die letzten Tage, hatte sie keine Zeit Einkaufen zu gehen. Sie hatte ja überhaupt nicht einmal daran denken können. So beschäftigt war sie gewesen. Sie hatte nicht nur sich, sondern auch ihre Wohnung vernachlässigt. Sonst hatte sie immer für ein gutes Frühstück gesorgt. Doch jetzt hatte sie überhaupt keine Lust dazu. Das alte und vertrocknete Stück Brot mit etwas Butter und Marmelade drauf, sollte für jetzt genügen.

Kurz bevor sie ein Stück davon abbeißen konnte, nahm ihr Geruchssinn einen nicht besonders wohlriechenden Duft wahr. Doch es war nicht ihr Frühstück, sondern die Wohnung selbst. Sie war all die Zeit über nicht durchgelüftet gewesen. Für Asena war das sehr unwohl, woraufhin sie, mit dem Butterbrot in ihrer Hand, zu den beiden Fenstern im Wohnzimmer hinüber ging und sie öffnete. Sofort brach der Morgenwind in die Wohnung herein und füllte sie mit viel frische.

Bei dieser wohltuenden Frische, schloss Asena ihre Augen und atmete die Luft ein. Sie öffnete ihre Augen mit einem leichten Lächeln und biss ein großes Stück, beinahe die Hälfte, vom mit Butter und Erdbeermarmelade belegtem Brot ab.

Nun begab sie sich erneut in die Küche und schenkte sich eine Tasse schwarzen Kaffee ein, der mit Abstand am Besten duftete.

Asena hatte ohnehin vor ihren Eltern einen weitern Besuch abzustatten, weswegen sie sich nicht vollkommen satt essen wollte. Das Stück vertrocknetes Butterbrot war nur ein kleiner Magenschließer und der Kaffee musste so oder so sein. Doch richtig essen, würde sie erst bei ihren Eltern zu Hause.

Sie schlang nun die restliche Hälfte ihres Butterbrotes hinunter und trank gleich hinterher ein Schluck von ihrem heißen Kaffee um das trockene Brot besser hinunterspülen zu können. Sie goss sich etwas mehr Kaffee von der Kaffeekanne in ihre Tasse und machte es sich anschließend in ihrem Wohnzimmer gemütlich. Als sie einen weiteren Schluck davon machte, schossen ihr erneute brüchige Bilder vor ihren Augen, die sie wieder nicht zuordnen konnte. Sie senkte ihre Tasse etwas tiefer, schloss ihre Augen und konzentrierte sich auf die einzelnen Stücke um aus ihnen ein ganzes machen zu können. Genau wie bei einem Puzzle. Doch sie schaffte es wieder nicht. Wieder sah sie dieselben Bilder durch ihre Gedanken schießen. Bluttropfen und ein Schwarm blauer Schmetterlinge. Sie machte ihr Augen auf und trank einen weiteren Schluck von ihrem genüsslichen Kaffee. Sie versuchte zwar ihren Kaffee zu genießen und den Kopf frei zu bekommen, aber diese seltsamen Erinnerungen, wo auch immer sie herkamen, ließen sie nicht los.

Allmählich hatte ihr das schon gereicht und sie beschloss auf der Stelle zu ihren Eltern zu fahren. Sie war sich sicher, dass diese Bilder sie nicht in Ruhe lassen werden, ehe sie nicht aus der Wohnung draußen ist. Ihr war klar, dass sie eine Abwechslung brauchte. Einen anderen Ort an dem sie auf andere Gedanken kommen würde. Und die Wohnung ihrer Eltern war genau dieser einer Ort. Dort würde sie bestimmt abgelenkt werden.

Also machte sie einen letzten Schluck von ihrem Kaffee und stellte ihre Kaffeetasse, in der sich noch gute drei Schlucke Kaffee befanden, auf den Tisch ab. Sie stand auf und ging sich umziehen.

Sie ließ ihren Bademantel auf den Boden fallen und stand, nur in ihrer Unterwäsche, vor ihrem Kleiderschrank. Nach kurzem Überlegen was sie wohl anziehen sollte, entschied sie sich für eine hellblaue Bluse und weiße Jeanshose drunter. Mit ihren Händen fuhr sie ganz schnell durch ihre dunklen Haare und schon war sie fertig für den Besuch bei ihren Eltern. Asena war nicht eine, die sich viel und jeden Tag schminkte. Sie sich nur zu besonderen Anlässen und selbst dann nur sehr dezent. Sie war von Natur aus sehr hübsch und fand, dass sie irgendwelche Schminksachen nicht nötig hätte. Zudem war das für sie so wie so umständlich, da sie nicht zu denen gehörte, die sich für ihren Polizeieinsatz unbedingt schminken müssten. Das fand sie vollkommen unnötig und auch lächerlich. Einige ihrer Kolleginnen machten das, aber die waren ihr egal gewesen. Wenn sie sich unbedingt aufhübschen möchten, sollen sie es doch tun, war sie stets der Meinung. Ihr reichte nur eine gewöhnliche Hautcreme, die ihrer Haut Feuchtigkeit spendete und mehr war für sie nicht nötig. Keine Eyeliner, keine Lippenstifte, kein Gesichtspuder, keine falschen Wimpern oder sonst was, was man sich noch alles auf das Gesicht drauf schmierte. Die meisten übertrieben es sogar mit ihrer Schminke. Die konnte sie erst recht nicht verstehen. Asena fand, dass sie so aussehen würden, als würden sie für ein Zirkus arbeiten. Sie nannte sie auch gerne „Wandelnde Schminkkoffer". Selbstverständlich hielt sie das auch nur für sich. Sie konnte es einfach nicht begreifen, wieso sie sich alle so dermaßen schminken mussten? Ihr wäre es viel lieber gewesen, dass sich die restlichen Frauen auch trauen würden mal ohne Schminke unterwegs zu sein. Doch die meisten waren es nunmal gewohnt gewesen und konnten gar nicht anders. Diese Frauen wollten zumeist bewundert werden und das wurden sie auch, jedoch wurden sie für eine optische Täuschung bewundert, die sie bei ihren Bewunderern erzeugten und nicht für ihre natürliche Schönheit. Einigermaßen hatten sich all diese Frauen selbst belogen. Doch Asena dachte sich, dass das ihnen egal wäre, aber die Aufmerksamkeit fremder Menschen dafür umso lieber. Ähnlich wie bei den Sozialen Medien die sogenannten „Likes" zu erhaschen. Auch da war kaum einer ehrlich gewesen. Daher hielt sich Asena lieber raus aus all diesen Sozialen Medien und

hatte nie Interesse daran anderen, vor allem Fremden, mit-
zuteilen beziehungsweise zu zeigen, wo sie war, was sie mit
wem getan hat und welche peinlichen Fotos sie wohl als
nächstes mit der Welt teilen sollte. Das ging bei ihr absolut
nicht. Genau so wenig hatte sie Interesse daran anderen zu
folgen und wollte nicht wissen, was sie so alles zu berichten
hatten. Die einzigen denen sie folgte, waren all die Mörder,
denen sie hinter her gewesen war. Und jetzt war sie einem ihrer
schlimmsten Mörder hinterher gewesen. Einem sehr jungen
Geistermädchen.
Bevor sie Ihre Wohnung verließ, sah sich Asena ein letztes Mal
darin um. Sie schaltete ihre Kaffeemaschine ab und machte
ihre beiden Fenster im Wohnzimmer wieder zu. Als sie die
Wohnungstür öffnete, fiel ihr das Buch von Reinhard Stumpf
auf, das auf dem Schuhschrank lag, der sich direkt daneben
befand. Noch hatte sie keine Gelegenheit es zu lesen, aber das
würde sie bestimmt noch nachholen. Zuerst wollte sie den
aktuellsten Fall lösen. Doch noch vor dem, wollte sie ihren
freien Tag genießen. Also trat sie aus der Wohnung heraus, zog
die Tür hinter sich zu und sperrte ab.

Asena setzte sich in ihren weißen Audi A1 hinein und war kurz
davor den Motor zu starten als sie plötzlich von neuen Bildern
die in ihren Gedanken herumschwirrten unterbrochen wurde.
Sie ließ den Zündschlüssel stecken und lehnte ihren Kopf mit
geschlossenen Augen zurück. In diesem Moment kamen ihr
noch mehr Bilder blitzartig und teilweise verschwommen vor
ihrem inneren Auge zum Vorschein. Sie wusste immer noch
nicht was dies alles zu bedeuten hatte. Sie versuchte mit voller
Konzentration die Bilder zu identifizieren. Sie strengte sich so
sehr an, dass ihr Gesicht schon leicht rot angelaufen war.
Langsam konnte sie einige der rasenden und wie Blitze ein-

schlagenden Bilder erkennen. Da waren wir die Bluttropfen, die irgendwo drauf tropften, doch sie konnte nicht erkennen worauf. Und der Schwarm blauer Schmetterlinge waren deutlich zu erkennen. Nun konnte sie noch feuchte Erde erkennen und etwas, das aussah wie ein Grabstein, doch sie war sich nicht sicher, weil das Bild viel zu verschwommen war. Asena machte ihre Augen auf und wischte sich einmal über ihr verschwitztes Gesicht. Sie fuhr die Fensterscheibe auf der Fahrerseite hinunter und atmete einmal kräftig ein und aus. Dann blieb sie eine Weile im Auto sitzen und dachte über die seltsamen Bilder nach und versuchte herauszufinden was sie wohl zu bedeuten hätten. Sie schüttelte mit dem Kopf, so als ob dadurch die Bilder aus ihren Gedanken abfallen würden wie trockene Blätter vom Baum und dachte sich, dass das alles mit den Mordfällen, die sie in letzter Zeit so sehr plagten zusammen hängen müsse. Sie hatte eindeutig zu viel Zeit mit Geistergeschichten verbracht, sodass sie nun von ähnlichem verfolgt werden würde. So wie wenn einem ein Lied, das man vor Kurzem erst gehört hatte, nicht mehr aus dem Kopf verschwinden wollte. So was ähnliches war das auch mit diesen Bildern in ihrem Kopf. Sie ließen sie einfach nicht los. Wie ein verdammter Ohrwurm eben.

Nun richtete sie sich wieder zurecht, startete den Motor ihres Fahrzeugs, sodass wieder automatisch das Radio ertönte und fuhr auf dem direkten Weg, in Begleitung zu „BE MINE" von Ofenbach, zu ihren Eltern.

Endlich bei ihren Eltern angekommen wurde sie, so wie immer auch, herzhaft von ihren Eltern, ganz besonders von ihrer Mutter, empfangen. Sie drückte ihre Tochter so fest, als wäre sie seit Jahren verschollen und endlich wieder aufgetaucht gewesen. Feuchte Küsse gab es inklusive. Asena verzog jedes

167

Mal ihren Mund zu einem leichten Grinsen und war froh und dankbar darüber, dass ihre Eltern noch am Leben waren.

Sie küsste zuerst die Hand von ihrer Mutter und dann die ihres Vaters. Dabei küsste sie jedes Mal den rechten Handrücken und presste anschließend ihre Stirn drauf. Das war so üblich bei den Türken. Die jüngeren küssten die Hände von ihren Ältesten und erwiesen ihnen dadurch den nötigen Respekt. Wenn Kinder das auch machten, bekamen sie meistens etwas Taschengeld dafür. Dies war vor allem an besonderen Festtagen üblich gewesen. Darauf freuten sich die Kinder ganz besonders.

Asena war mittlerweile schon viel zu alt gewesen um dafür Geld zu erhalten, aber dafür bekam sie jede Menge Liebe und Zuneigung von ihren Eltern und das hatte für sie mehr Wert als jedes Geld auf dieser Welt.

Asena und ihre Eltern gingen gemeinsam hinein in das Wohnzimmer und machten es sich dort bequem. Ihre Mutter reichte ihr noch etwas Kolonya, weil sie erstens zu Besuch und zweitens von draußen her gekommen war. Kolonya ist ein typisches türkisches Duftwasser mit Zitrone, das aber auch mit anderen Sorten wie zum Beispiel Rose, Mandarine, Grüner Tee und vielem mehr erhältlich ist. Zitrone war die am verbreitetsten und beliebtesten gewesen.

Auch diese Geste war bei den Türken üblich gewesen. Und jedes türkische Haushalt hatte mindestens eine Flasche von diesen Duftwassern in der Wohnung stehen. Sie war erfrischend, desinfizierend und hatte einen sehr angenehmen Duft. Falls jemand plötzlich in Ohnmacht fiel, dann tröpfelte man ein wenig vom Kolonya auf ein Taschentuch und hielt es unter die Nase von dieser Person damit sie schnell wieder zu sich kommen konnte. Doch nachdem bekannt wurde, dass das nicht sehr empfehlenswert und gar nicht hilfreich ist, hatte man damit aufgehört.

Kaum hatte sich Asena mit frischem Duftwasser ihre Hände und ihr Gesicht desinfiziert, kam ihre Mutter auch schon mit drei Gläsern türkischem Tee daher und überreichte sie zuerst ihrem Ehemann und danach ihrer Tochter. Das dritte Glas war für sie gedacht. So wie es üblich war, wollte sie noch einiges an Keksen und Kuchen bereitstellen, doch Asena gab ihrer Mutter liebevoll zu verstehen, dass dies nicht nötig wäre und sie sich nicht überanstrengen solle. Für ihre Mutter war es jedoch keine Anstrengung für ihre Kinder zu sorgen. Sie machte das sehr gerne und würde bis an ihr Lebensende nicht damit aufhören. Doch auf den Wunsch ihrer Tochter hin setzte sie sich einfach dazu und genoss ihren Schwarztee.

Sie fragte Asena was sie gerne zu Mittag essen würde, woraufhin Asena lächelnd darauf antwortete, dass sie einfach alles essen würde, was ihre Mutter ihr zu Essen geben würde. Das erwärmte das Herz ihrer Mutter, woraufhin sie sagte, dass sie sie dann einfach überraschen würde und zum Nachtisch wieder die leckeren Tas Kadayif's machen würde, da sie bei ihrem letzten Besuch nichts davon gehabt hatte, weil sie ganz plötzlich zur Arbeit fahren musste. Asena lief schon beim Zuhören das Wasser im Mund zusammen und sie freute sich schon darauf.

Doch jetzt war erst einmal der Schwarztee und eine nette Unterhaltung mit ihren geliebten Eltern dran.

Ihr Vater wollte von ihr wissen, wie ihre Arbeit so laufen würde, woraufhin Asena ihm liebevoll zu verstehen gab, dass sie lieber nicht über ihre Arbeit reden wollte. Sie sagte einfach, dass es gut, aber sehr anstrengend laufen würde und schloss das Thema somit ab. Ihr Vater war ein verständnisvoller Mann und konnte sich in etwa zusammenreimen, wie ihre Arbeit so laufen würde. Er erkannte, dass sie dadurch in Stress war und wollte sie nicht länger damit belästigen. Asena sagte, dass sie sich heute frei genommen hatte und gar nichts mit der Arbeit zu tun haben wollte. Sie wollte ihren freien Tag mit ihren Eltern verbringen. Und das freute ihre Eltern überaus sehr. Asena wollte wissen, ob ihre Geschwister hin und wieder etwas von sich hören lassen würden, woraufhin ihr Vater mit einem klaren „Ja" antwortete und sagte, dass sie sehr oft anrufen und hin und wieder zu Besuch kommen würden. Sie waren nicht so flexibel wie Asena gewesen, das sie verheiratet waren und eine eigene Familie hatten um die sie sich kümmerten. Zusammen mit ihrer Arbeit hatten sie kaum Zeit ihre Eltern zu besuchen. Daher riefen sie umso mehr an oder führten Gespräche per Videotelefonie. Das genügte ihren Eltern, vor allem ihrer Mutter. Sie machte sich sonst zu viele Sorgen um ihre Kinder, aber auch um ihre Enkelkinder, sodass sie sie jeden Tag sehen oder zumindest hören musste. Aufgrund ihres Berufes war Asena zwar auch sehr viel beschäftigt, aber sie war immer noch flexibler als ihre Geschwister gewesen und konnte jederzeit auf ein Sprung bei ihren Eltern vorbei schauen.

Zu schnell war die Zeit einfach an ihnen vorbei gezogen. Für Asena kam es vor als sei es noch gestern gewesen, als sie noch Kinder waren und alle zusammen in einem Haushalt wohnten. Sie vermisste die gute alte Zeit, in der sie oft miteinander spielten, aber auch die Momente, in denen sie sich oft stritten. Sie weiß noch ganz genau wie sie einmal Ärger von ihrem Vater bekamen, als sie sich nicht einig werden konnten, wer von ihnen als nächstes dran gewesen war mit dem Nintendo Game Boy zu spielen. Eigentlich war Asena wieder an der reihe gewesen, aber ihre anderen Geschwister wollten auch zur selben Zeit damit spielen. Ihr Vater hatte sich damals nur ein Game Boy und dazu zwei Spiele leisten können. Er hatte seinen Kindern gesagt, dass sie abwechselnd damit spielen sollen, woraufhin sie auch einverstanden waren, jedoch ziemlich schnell eskalierten. Es war immer dasselbe Theater gewesen. Sobald einer von ihnen anfing damit zu spielen, wollten die anderen auch damit spielen. Das war jedes Mal so gewesen. Irgendwann hatte ihr Vater genug davon und hatte es ihnen allen verboten. Doch so gutmütig er war, brachte er es einfach nicht über das Herz, seine Kinder so traurig zu sehen, woraufhin er beschloss mit seinem nächsten Urlaubsgeld zwei weitere Game Boy's zu kaufen, sodass sie alle damit versorgt waren. Bei diesem Gedanken kamen Asena fast schon die Tränen. Sie liebt ihren Vater einfach viel zu sehr und war dankbar dafür, dass er so ein guter Mensch, aber ein umso besserer Vater gewesen war. Damals wussten sie alle nicht, wie schwer er sich bei der Erziehung seiner Kinder getan hatte und, dass er stets das Beste für sie wollte. Mittlerweile ist das ihnen allen bewusst. Einmal hatten Asena und ihre Geschwister ihr Geld zusammen gelegt und ihren Eltern einen schönen und langen Urlaub in der Türkei spendiert. Sie kauften ihnen die Flugtickets für hin und zurück und reservierten für drei Wochen ein Zimmer in einem vier Sterne Luxushotel direkt am Meer in der Stadt Alanya. Es war alles All Inclusive gewesen und ihre Eltern waren beide zu Tränen gerührt.

Hin und Wieder machten sie ihnen derartige Überraschungen und sorgten sich um ihre Eltern. Sie wollten ihnen einfach so viel wie möglich zurück geben und sie glücklich machen. Ihre Eltern wussten das sehr zu schätzen und waren froh darüber, dass sie ihre Kinder so wohl erzogen hatten.

Asena fiel die Sendung auf, die sich ihre Eltern ansahen und sprach sie darauf an. Es war eine Sendung über Frauen und Männer, die auf der Suche nach einem Ehepartner gewesen waren. Einige von ihnen waren schon mal verheiratet gewesen, jedoch waren sie nicht glücklich damit, weswegen sie ihr „Glück" mittels dieser Sendung suchten. Asena konnte Sendungen dieser Art überhaupt nicht ausstehen, weil sie sie einfach für viel zu blöd hielt. Frauen und Männer, die vor einem Publikum auftreten, vor dem sie sich meistens lächerlich machten und auf der Suche nach einem Ehepartner waren. Viele von ihnen suchten ohnehin jemanden mit eigener Wohnung oder eigenem Haus und eigenem Auto, der oder die zudem viel Geld am Bankkonto hatte. Liebe und Aussehen interessierte sie nicht. Asena's Meinung nach wollten die sich gegenseitig ausnehmen. Denn das Einzige was diese Leute interessierte war wie wohlhabend der Partner oder die Partnerin gewesen war. Also fragte Asena >>*Wieso seht ihr euch diese Sendung an?*<<

>>*Deine Mutter sieht sich den ganzen Tag diese Sendungen an*<< sagte ihr Vater mit verzogenem Gesicht und fügte hinzu >>*Sie lässt mich weder Nachrichten noch Sport ansehen. Immerzu müssen wir uns ansehen, wer wen heiraten möchte, wer an wem Interesse hat und wer mehr Geld hat*<< >>*Also ich finde so etwas sehr interessant*<< meldete sich die Mutter zu Wort, woraufhin ihr Vater sagte >>*Ach, hör doch auf! Das ist nur Blödsinn, was die da aufführen. Die machen sich doch alle lächerlich.*<< Asena musste dabei Lächeln, weil ihr Vater genau so der Meinung war, wie sie. Und auch die Unterhaltungen zwischen ihren Eltern fand sie recht amüsant. Sie stritten nie wirklich. Es war so als würde sie zwei Kinder dabei beobachten, wie sie sich über etwas nicht einig werden konnten und, wenn es sein muss, den ganzen Tag darüber diskutierten. Und jedes Mal zog ihr Vater den Kürzeren und musste sich geschlagen geben. So war es auch jetzt. Er musste sich die Sendung ansehen, die ihre Mutter sich so gerne an- gesehen hatte. Doch Asena wusste, dass er sie immer ab-

sichtlich gewinnen ließ, weil er sie einfach viel zu sehr liebte und sie glücklich machen wollte. Er ließ sie stets im Glauben, dass sie immer ihren Willen durchsetzen konnte. Darüber musste sie auch wieder Lächeln, woraufhin ihre Mutter fragte >>*Was ist los meine Liebe? Wieso lächelst du so?*<<
>>*Ach, nur so. Mir ist nur etwas witziges eingefallen. Nicht so wichtig.*<< Dann meldete sich ihr Vater zu Wort >>*Sie lacht über deine bescheuerte Sendung, bei der du uns zwingst sie mitanzusehen.*<< Dabei sah er sie schief an. Asena musste erneut lächeln.

>>*Wenn du sie nicht ansehen möchtest, dann kannst du dich ja mit etwas anderem beschäftigen*<< ließ ihre Mutter ihren Vater wissen. Ihr Vater sagte nichts dazu und nahm es einfach so hin, woraufhin Asena noch mehr Lächeln musste.

Plötzlich begann Asena's Magen zu knurren an, woraufhin ihr Lächeln verschwand und es durch angespannte Lippen ersetzt wurde. Ihre Lippen pressten sich dabei zu einer dünnen Linie und sie griff mit einer Hand auf ihren Bauch.

>>*Ach mein Schatz! Du hast ja hunger*<< stellte ihre Mutter mit Besorgnis fest. >>*Ich hatte nur ein trockenes Brot zum Frühstück, mehr nicht*<< antwortete Asena. Ihre Mutter war entsetzt darüber, stand auf und sagte >>*Ach du mein armer Spatz! Ich koche dir jetzt sofort etwas und dann kannst du dich satt essen. Wieso sagst du denn nicht, dass du hunger hast?*<<
>>*Ich wollte nicht gleich zu Beginn dich damit stressen Mutter*<< sagte Asena, woraufhin ihre Mutter leicht böse auf sie wurde und vielmehr scherzhaft als ernst auf sie schimpfte >>*Na das habe ich aber jetzt nicht gehört. Wieso sollte mich das stressen. Ich mache das doch sehr gerne. Warte hier! Ich laufe schnell zur Küche und werde dir etwas leckeres zubereiten.*<< Asena musste wieder Lächeln und nickte schweigend. Ihre Mutter verschwand sofort in die Küche,

woraufhin ihr Vater die Gelegenheit ergriff und mit frechem Grinsen nach der Fernbedienung griff und die Sendung umschaltete. Kaum hatte er den Sender gewechselt, drang schon die wütende Stimme von seiner Frau aus der Küche in das Wohnzimmer hervor die ihn wie folgt ermahnte >>*Schalte sofort zurück Ismail! Ich sehe zwar von hier aus nichts, aber dafür kann ich immer noch zuhören.*<< Asena musste dabei lachen und noch viel mehr als ihr Vater sie geschockt ansah und zu ihr flüsterte, damit seine Frau Nermin ihn ja nicht hören konnte >>*Wenn du wieder gehst, dann nimm diese Frau bitte mit!*<< Asena war schon klar, dass ihr Vater das nicht ernst gemeint hatte, aber sie konnte ihr sehr gut verstehen. Er schaltete wieder zurück zu der Sendung mit den zukünftigen Ehepartnern und schmoll vor dem Fernseher.

Das Essen war bereits fertig zubereitet. Asena half ihrer Mutter beim decken des Esstisches, während ihr Vater immer noch vor dem Fernseher schmoll. Mittlerweile war die Sendung zwar vorbei, aber dafür lief eine andere nervige Sendung, die er noch weniger leiden konnte. Es handelte sich um eine Talk-Show für Frauen, die über vollkommen unnötige Themen diskutierten. Seine Frau fand diese Themen jedoch sehr interessant und wollte unbedingt wissen, was sie so alles zu diskutieren hatten. Er fand es noch verrückter, wenn sie jedes Mal vor dem Fernseher mit fieberte und mit diskutierte, so als ob sie sie vom Fernseher aus hören konnten. Doch ihm war es viel lieber, dass sie mit dem Fernseher diskutierte, als ihn miteinzubeziehen. Der Tisch war nun fertig gedeckt und er wurde dazu gerufen.

Gemeinsam saßen sie am Esstisch und aßen, fast wie früher, zusammen. Es fehlten nur noch die restlichen Familienmitglieder. Dann wäre es perfekt gewesen.

Ihre Mutter hatte sich wiedereinmal selbst übertroffen. Der
Tisch war mit leckeren Speisen zugedeckt gewesen. Es gab
Rote Linsen Suppe als Vorspeise und dazu herzhaft weiches
Fladenbrot. Als Beilage gab es gemischtes knackiges Salat mit
seidenweichem Olivenöl und als Hauptspeise gab es Weiße
Bohnen Eintopf mit Rindfleischstücken die zu Würfeln geschnitten waren und dazu Basmati-Reis. Wie immer schmeckte
es hervorragend und Asena war überaus zufrieden gewesen. Ihr
Vater aß gerne zu dieser Speise rohe Zwiebeln dazu. Als Getränk hatte ihre Mutter kühles Ayran mit viel Schaum zubereitet. Das war die Krönung des Ganzen.
Während ihre Eltern und Asena genüsslich das leckere Essen
verzehrten, schossen, wie aus dem Nichts, erneute Bilder vor
ihren Augen, woraufhin sie sofort zu Essen aufhörte, ihre
Augen schloss und mit einer Hand an ihrer Schläfe rieb. Als
ihre Eltern das mitbekamen, fragte ihre Mutter ganz besorgt
>>Asena meine Tochter! Ist alles in Ordnung mit dir?<< Asena
schwieg für einen Moment und gab ihr dann eine Antwort
>>Ja, alles ok Mutter. Es ist nichts.<<
>>Bist du dir sicher Asena?<< fragte nun ihr Vater besorgt.
Auch diesmal antwortete sie mit *>>Ja Vater, alles in Ordnung.
Es nichts weiter. Vielleicht habe ich zu schnell gegessen<<*
beruhigte sie ihre Eltern und setzte ein falsches Lächeln auf um
sie nicht über ihre jüngsten Fällen zu informieren, sodass sie
dadurch nicht noch mehr in Besorgnis gerieten. Sie aßen weiter
und Asena dachte, ohne es sich merken zu lassen, über die
Bilder nach, die ihr erschienen waren. Diesmal sah sie wieder
tropfendes Blut, ein Schwarm blauer Schmetterlinge, einen
Grabstein dessen Inschrift sie nicht lesen konnte, feuchte Erde
und auch ein weiteres neues Bild. Sie konnte eine männliche
Gestalt ausmachen, konnte aber nicht erkennen, wer er genau
gewesen ist. Die Bilder waren einfach viel zu schnell und viel

zu verschwommen. Erneut dachte sie daran, was diese Bilder wohl zu bedeuten haben. Sie kam einfach nicht drauf, woher sie diese Bilder hatte. Hatte sie sie vielleicht von irgendwoher flüchtig aufgeschnappt? Hatte es vielleicht doch mit dem Geistermädchen und den mit ihr verbundenen Fällen zu tun? Sie wusste es nicht. Sie wollte nicht länger drüber nachdenken und versuchte sich auf andere Gedanken zu bringen, in dem sie vom köstlichen Essen ihrer Mutter schwärmte >>*Also Mutter, du hast dich wiedereinmal selbst übertroffen. Das schmeckt alles wahnsinnig köstlich. Gesegnet seien deine Hände!*<< Ihre Mutter freute sich über diesen Lob ganz besonders und sagte ihr >>*Nur das Beste für mein liebes Mädchen. Iss alles auf und wenn du noch mehr möchtest, es ist noch jede Menge da. Stehe erst auf, wenn du kurz vor dem Platzen bist!*<< Asena musste lachen und schickte ihrer Mutter ein Luftküsschen.
>>*Sie kocht nur dann so gut, wenn du oder deine Geschwister zu Besuch kommen. Für mich kocht sie nie so lecker*<< beschwerte sich ihr Vater scherzhaft und grinste dabei.
>>*Du bist ja auch jeden Tag hier, aber meine lieben Kinder sehe ich nicht so oft wie deine grimmige Visage*<< antwortete ihm seine Frau und setzte ebenfalls ein freches Grinsen auf, dass das Grinsen von ihm verscheuchte. Nun mussten Asena und ihre Mutter laut lachen, als sie ihn so sitzen sahen. Dann lachte auch er leicht und zwinkerte seiner Tochter liebevoll zu und gab ihr dadurch verstehen, dass sie miteinander scherzten. Doch Asena war das schon von Anfang an klar und deshalb zwinkerte sie ihm liebevoll zurück.

Nachdem sie sich alle satt gegessen hatten, saßen Asena und ihr Vater wieder im Wohnzimmer und machten es sich dort gemütlich. Nun tranken sie türkischen Kaffe und warteten sehnsüchtig auf die leckeren Tas Kadayif's ihrer Mutter. Man konnte sie bereits bis in das Wohnzimmer riechen. Dieser süßlicher und warmer Duft der nach gerösteten Walnüssen roch, war kaum zu übertreffen. Asena wusste genau, dass sie noch besser schmeckten als sie dufteten. Sie war zwar vom Essen voll gewesen, aber mindestens ein Stück von dieser leckeren Nachspeise würde noch hinein passen. Wenn nicht, dann würde sie schon dafür sorgen, dass sie hinein passte. Sie mochte die kleinen süßen Kissen gefüllt mit geriebenen Walnüssen einfach viel zu gern. Da spielten die Kalorien überhaupt keine Rolle dabei.

Während sie ein Schluck von ihrem köstlichen Kaffee machte, kamen sie auch schon. Knusprig angebraten glänzten sie wie Goldstücke auf einem Tablett. Asena konnte noch ganz deutlich den Dampf, der über sie empor stieg und sich in Luft auflöste, ganz deutlich erkennen. So frisch waren sie. Sie legte ihren Kaffee aus ihrer Hand und stürzte sich sofort auf den Teller, in dem sich die Tas Kadayif's übereinander, wie Ziegelsteine, aufgestapelt hatten und griff sich ein Stück. Es war so heiß und klebrig genau wie es sich gehört hatte. Gierig biss sie hinein, ohne sich Sorgen darüber zu machen, dass sie dabei ihren Mund verbrennen könnte und schlang das Bissen herunter. Dabei stieg aus der offenen Hälfte in ihrer Hand noch mehr Dampf hervor und als er sich auflöste, konnte sie all die geriebenen Walnüsse, die aneinander festklebten, sehen. Ein himmlischer Geschmack und ein ebenso himmlischer Anblick, dachte sie sich. Es dauerte nicht lange und schon verschlang sie auch die restliche Hälfte und leckte sich ihre Finger hinterher ab. >>*Ganz langsam mein Kind!*<< rief ihr der Vater zu, woraufhin ihre Mutter ihm antwortete >>*Lass sie doch essen, wie sie möchte!...*<< und wandte sich anschließend ihrer Tochter zu >>*...Iss mein Schatz! Hör nicht auf ihn! Es ist alles für dich*<< und lächelte dabei. Ihr Vater sah ihre Mutter wieder

schief an, woraufhin Asena wieder lachen musste und sich dabei fast verschluckte. >>*Langsam mein Kind, ganz
langsam!*<< rief ihr der Vater diesmal zu. Asena griff nach
dem Glas Wasser, das sie zu ihrem Kaffee bekommen hatte
und trank es bis zur Hälfte aus. Währenddessen beschwerte
sich ihre Mutter bei ihrem Vater >>*Siehst du! Wegen dir hat
sie sich jetzt verschluckt. Du und dein loses Mundwerk!*<< Ihr
Vater sah ihre Mutter geschockt, aber auch leicht wütend an
und sagte >>*Das ist jetzt wieder meine Schuld oder was?*<<
>>*Ja, so ist es...*<< antwortete die Mutter und sagte noch
>>*...Lasst sie doch in Ruhe essen!*<< Ismail hob seine Hände in
die Luft, so als würde er sich vor irgendetwas schützen wollen
und sagte mit leicht verängstigter Stimme >>*Schon gut! Ich
sag ab jetzt nichts mehr.*<< Er warf Asena dabei ein Lächeln zu
und zwinkerte wieder dabei. Asena lächelte ebenso und
verteidigte ihren Vater >>*Es war nicht seine Schuld Mutter.
Ich war einfach viel zu gierig*<< und lachte dabei. Ismail zeigte
seiner Frau Nermin die Zunge und grinste dabei frech. Nermin
wandte ihr Blicke von ihm genervt ab und sah zu der Decke
hinauf. Gleich danach fingen alle zu Lachen an und genossen
die leckeren Tas Kadayif's.

Es war bereits spät am Nachmittag gewesen und Asena war
immer noch bei ihren Eltern. Die Tas Kadayif's waren inzwischen alle aufgegessen und sie würden auch kein weiteres
Stück mehr hinein bekommen. Sie tranken wieder Schwarztee
und machten es sich im Wohnzimmer weiterhin gemütlich.
Asena war ein wenig müde geworden. Sie wusste nicht, ob es
an den vielen schweren Tas Kadayif's gelegen hatte oder an
dem gemütlichen Tag, an dem sie nichts weiter gemacht hatte
als gegessen, getrunken und gesessen. So wenig bewegt hatte
sie sich das letzte Mal als sie wegen einer Erkältung zu Hause

im Bett gelegen hatte. Vielleicht aber lag es an einer Kombination von Allem. Während sie so auf der Couch saß spürte sie, wie ihre Augen immer schwerer wurden. Sie versuchte zwar sie offen zu halten, doch die Müdigkeit konnte sie überwältigen, sodass sie sich ihr geschlagen geben musste und für eine kurze Zeit einnickte. Ihre Eltern bekamen davon nichts mit und hatten ihre Blicke auf den Fernseher fixiert. Eine von den vielen türkischen Serien, die ihre Mutter sich so gerne angesehen hatte lief gerade.

In der kurzen Zeit, in der Asena eingenickt war, träumte sie wieder von den seltsamen Bildern, die ihr blitzartig nacheinander erschienen. Tropfendes Blut, Schwarm blauer Schmetterlinge, feuchte Erde, Grabstein, Dunkelheit und ein plötzlich erscheinendes Gesicht, das vollkommen entstellt und verwest gewesen war. Dieses furchterregende bleiche Gesicht sorgte schließlich dafür, dass sie mit einem kurzen Aufschrei ihre Augen öffnete und ihre Hände vor ihr Gesicht hielt. Ihre Eltern schreckten beide auf und wandten sich sofort ihrer Tochter zu. Ihr Vater griff ihr auf die Schulter und fragte >>*Asena meine Tochter! Geht es dir gut?*<< Asena schwieg für einen Moment, wischte sich ihre Hände über ihr Gesicht und antwortete ihm >>*Naja, seit heute Morgen, habe ich komische Bilder in meinem Kopf, die mich zu verfolgen scheinen.*<< >>*Was für Bilder mein Schatz?*<< wollte ihre Mutter wissen. >>*In letzter Zeit verfolge ich diverse Mordfälle, die alle miteinander verbunden sind. Und es gibt Zeugenaussagen, die alle miteinander übereinstimmen*<< sie hielt kurz inne und erzählte weiter >>*Sie alle berichten von einem Geistermädchen, das all diese Morde begangen haben soll. Und gerade eben ist mir ihr Gesicht im Traum erschienen, obwohl ich sie noch nie zuvor gesehen hatte. Ich kenne sie nur von Erzählungen und Beschreibungen.*<< Ihre Mutter bekam ein Schrecken als sie das zu Hören bekam. Sie griff sich mit einer Hand auf die Brust und sagte hysterisch >>*Ach du lieber Gott! Hast du das gehört Ismail?...*<< er sah sie leicht verwirrt an und sie redete weiter >>*...Ein Geist ist hinter unserem Mädchen her! Ach du lieber Gott! Ach du lieber Gott!*<<

>>*Jetzt beruhige dich mal Nermin!*<< forderte Ismail seine Frau auf. Asena meldete sich wieder zu Wort >>*Ja, Mutter. Das ist nichts. Ich habe nur in den letzten Tagen weder kaum geschlafen noch gegessen. Und jetzt leidet mein Körper darunter. Es ist nichts weiter. Das wird schon wieder*<< wollte sie ihre Mutter beruhigen. Doch ihre Mutter konnte sich nicht beruhigen. Sie glaubte an Geister, Dämonen und sonstiges okkultes Zeug und war besorgt um ihre Tochter gewesen >>*Damit ist nicht zu Spaßen Asena! Das ist eine ernsthafte Angelegenheit und du solltest das nicht so auf die leichte Schulter nehmen! Mit Geistern und Dämonen ist nicht zu Spaßen!*<<

>>*Jetzt hör doch mit diesem Unsinn auf Nermin! Wie soll ein Geist Morde begehen? Das ist unrealistisch*<< warf Ismail ein, woraufhin Nermin zu ihm fast schon schimpfend sagte >>*Hör auf so etwas zu sagen Ismail! Sonst holen dich die bösen Geister!*<< Isamil hob seine Hände wieder auf seine Brusthöhe und sagte >>*Tövbe! Tövbe! Wovon redest du da Frau?*<<

>>*Ich weiß ganz genau wovon ich spreche Ismail*<< antwortete sie ihm, stand auf und richtete ihre Worte nun zu Asena >>*Warte hier mein Kind! Ich hole dir etwas, dass dich vor bösen Geistern schützen wird. Bin gleich wieder zurück!*<< Und schon war sie in ihr Schlafzimmer verschwunden. Ismail und Asena sahen ihr verwundert hinter her. >>*Diese Frau und ihre Geister. Gott weiß, was sie jetzt wieder hervor kramt*<< sagte Isamil zu Asena, woraufhin sie zu ihm sagte >>*Also Vater, ich glaube zwar auch nicht an so etwas...also an Geister glaube ich schon, aber nicht an Geister, die irgendwelche*

Morde begehen können, aber all diese Zeugenaussagen waren echt und sie passten alle zusammen. Und die toten Opfer erst. Wenn du die sehen würdest, dann wärst du auch schon skeptisch gewesen. Und die Bilder seit heute Morgen, wirken auch sehr realistisch. Ich weiß nicht was das alles zu bedeuten hat, aber wenn ich nicht bald etwas dagegen mache beziehungsweise diese Mordfälle löse, werden mich diese Bilder weiter verfolgen.<< Ihr Vater stand auf und ging, ohne etwas zu sagen, ins Vorzimmer. Asena sah ihm schweigend hinterher. Nach nur wenigen Sekunden war er wieder zurück ins Wohnzimmer gekommen und überreichte Asena eine türkische Zeitung namens „Yeni Nesil Gazetesi", die bei der türkischen Community sehr beliebt war, weil die Journalistinnen und Journalisten eine hervorragende Arbeit leisteten und über sehr informative Beiträge berichteten, und wies sie auf das Titelblatt auf der ersten Seite hin und sagte dabei *>>Meinst du vielleicht diese Mordfälle?<<* Asena nahm die Zeitung entgegen. Sie sah drauf und las die Überschrift „Viyana'da Dehset!", was so viel bedeutete wie „Horror in Wien!". Bei dem Beitrag handelte es sich um die zwei Mordfälle zu deren Opfer der Inder Rohit Jha und der türkischstämmige Taxifahrer Hasan Kandemir geworden waren. Die türkische Zeitung berichtete über zwei Mordfälle, die in der selben Nacht stattgefunden haben und hinter den Morden, womöglich der selbe Mörder stecken würde. Als Asena diesen Beitrag zu Lesen begann, kamen ihr die schrecklichen Bilder von den brutal ermordeten Männern vor die Augen. Sie schloss ihre Augen und presste ihre Lippen zusammen. Sie hörte zu Lesen auf und übergab die Zeitung wieder ihrem Vater. *>>Ich dachte mir schon, dass du diese Fälle untersuchen würdest<<* sagte ihr Vater mit leiser Stimme. *>>Zum Glück haben sie keine Bilder von den Leichen veröffentlicht<<* war Asena froh

darüber. In diesem Augenblick kam auch schon ihre Mutter mit schnellen Schritten in das Wohnzimmer und überreichte Asena ein kleines Notizzettel und sagte *>>Hier mein Kind! Nimm das!<<* Asena nahm das Zettel mit fragenden Blicken und las was drauf stand. Während sie las, sagte ihre Mutter *>>Das ist ein sehr wirkungsvolles Gebet. Habe ich dir aufgeschrieben, damit du es immer bei dir haben sollst. Es heißt Ayetel Kürsi und es wird dich vor bösen Geistern und Dämonen beschützen.<<* Asena sah ihre Mutter verwirrt an und sagte *>>Bist du dir da absolut sicher Mutter?<<*
>>Aber natürlich bin ich mir absolut sicher. Das habe ich aus dem Koran und es ist zu einhundert Prozent effektiv. Du musst es nur lesen und schon wirst du vor bösen Geistern und Dämonen beschützt werden. Es ist wie ein Schutzschild. Lies es drei Mal vor dem Schlafen gehen und deine Albträume werden verschwinden und die Dämonen werden dich in Ruhe lassen. Und wenn du diesem Dämon irgendwann persönlich begegnen solltest, dann ließ es mehrmals laut vor bis dieser Diener des Teufels verschwunden ist.<< Für Asena klang das alles viel zu sehr nach einem Märchen, aber sie wollte ihre Mutter nicht verletzten. Also nahm sie das Notizzettel dankend und lächelnd entgegen und steckte es in ihre Hosentasche.

Sie stand auf und machte sich bereit auf den Heimweg. Ihr Vater klopfte ihr tröstend leicht auf den Rücken und ihre Mutter bat Gott darum ihre Tochter zu schützen. Asena umarmte ihre Eltern ganz fest und drückte ihnen einen dicken Kuss auf ihre Wangen. Anschließend küsste sie wieder ihre Hände und ließ die beiden wieder unter sich. *>>Möge Allah dich beschützen meine Liebe! Pass auf dich auf und denk daran das Ayetel Kürsi zu lesen!<<* rief ihre Mutter besorgt ihr hinterher.

Asena setzte sich wieder in ihr Auto hinein, startete den Motor, dachte einen Moment über das Gebet nach, das sie von ihrer Mutter bekommen hatte, startete den Motor und fuhr zurück nach Hause. Diesmal wurde im Radio das Wetter berichtet. Am Abend war leichter Wind zu erwarten, aber dafür sollten es morgen sommerliche sechsundzwanzig Grad haben. Das sorgte bei Asena für gute Laune und sie fuhr mit friedlichen Gedanken nach Hause.

KAPITEL 10

MATTHIAS KOGLER

Im Gegensatz zu seinem Kollegen verbrachte Matthias Kogler seinen Tag alleine. Auch er hatte sich eine Auszeit gegönnt. Sich einen Tag frei zu nehmen wäre schon kein Problem gewesen. Er hoffte nur, dass keine weiteren Mordfälle gemeldet werden würden. Und bis jetzt wurde auch nichts gemeldet. Seinen freien Tag hatte Matthias, so wie immer auch, mit Sport angefangen. Jeden Morgen wachte er um Punkt sechs Uhr auf und fing mit seinem Morgentraining an. Beginnend mit Liegestützen, wechselte er zu Sit Up's und beendete sein Trainingsprogramm, nach nur dreißig Minuten, mit Bauchmuskelübungen. Danach nahm er eine kurze Dusche und holte sich von der naheliegenden Bäckerei ein sogenanntes Pikantes Mohnflesserl, das mit Schinken, Salami, Käse und knackigem Salat belegt war. Ein Stück davon reichte ihm aus um bis zur Mittagszeit satt zu bleiben. Er achtete nunmal auf seine schlanke Figur und wollte nicht, dass das Körperfett seine Muskeln überdeckten.

Nach diesem kurzen Frühstück, bestehend aus belegtem Brot und zwei Tassen Kaffee, saß er ein wenig in seinem Wohnzimmer und dachte über die jüngsten Fälle nach. Doch schnell wechselte er seine Gedanken zu seiner Kollegin und Partnerin Asena Hilal. Denn noch immer hatte er es nicht geschafft, zu ihr durchzudringen und sie für sich zu gewinnen. Jetzt hatte er es schon mehr als einmal versucht und sprach offen und ehrlich über seine Gefühle. Doch jedes Mal lehnte sie sein Angebot ab. Was also, könnte er noch probieren um doch noch am Ende Erfolg bei ihr zu haben? Er überlegte zwar sehr intensiv, fand jedoch keine Antwort darauf. Er bemühte sich jedes Mal ge-

lassen in ihrer Gegenwart zu sein, aber es fiel ihm sehr schwer
sich so zu verstellen. Er wollte einfach nicht, dass sie sah, wie
sehr ihre Ablehnungen ihn mitgenommen hatten. Er musste
einfach wie ein ganzer Mann vor ihr stehen und dabei auch so
wirken und nicht wie ein weinerliches Kleinkind aussehen.
Und jetzt war auch noch dieser Kerl auf-getaucht, der sie mehr
zu amüsieren schien als er. Matthias hatte den Eindruck, dass
Reinhard Stumpf, dieser verrückter Möchtegern Geisterjäger,
der sich mit seinem billigen Schrotthaufen von Spielzeugen,
vorkommt wie ein Superheld, einen besseren Draht zu Asena
hatte als er selbst. Was dachte sich dieser Typ eigentlich dabei?
Wer war er, dass er sich so ein sympathisches Verhältnis ihr
gegenüber erlaubte? Er sollte lieber in irgendwelchen heruntergekommenen und verlassenen Gebäuden nach Geistern jagen,
die noch bescheuerter waren als er selbst. Und seine freche und
spöttische Art gefiel ihm besonders nicht. Am liebsten würde
er ihn zum Teufel jagen. Doch Asena schien sehr begeistert
von ihm zu sein.
Bei diesen negativen Gedanken, die er gegenüber Reinhard
Stumpf pflegte, überkam Matthias der Drang, sich ein kühles
Wieselburger vom Kühlschrank zu holen und zu trinken. Es
war gerade mal zehn Uhr am Vormittag gewesen, aber das war
ihm egal. Ein Bier würde schon keine Probleme bereiten. Mit
einem Flaschenöffner entfernte er den Deckel von der Flasche
und kippte den kühlen und nassen Inhalt in seinen halbwegs
gut geformten Körper hinein. Es war ein sehr erfrischendes
Gefühl, dass das Bier dabei erzeugte während es durch sein
Hals hinunter floss. Er nahm die Flasche mit in sein Wohnzimmer, setzte sich auf seine Couch nieder und schaltete den
Fernseher ein. Dabei war er die ganze Zeit über nur mit einer
bequemen Sporthose bekleidet gewesen. Sein Oberteil hatte er,
nach dem Besuch bei der Bäckerei, ausgezogen und auf den

Fußboden geworfen. Ordnung war nie so seine Stärke gewesen. In der einen Hand hielt er die Bierflasche fest und in der anderen hatte er die Fernbedienung. Er schaltete einen Sender nach dem anderen und hoffte auf eine halbwegs gute Sendung zu treffen.

Nach etwa zwölf langweiligen und uninteressanten Sendungen, wurde er schließlich fündig. Er hielt bei einem Spielfilm, der den Titel „Vier Fäuste gegen Rio" trug und in den Hauptrollen Bud Spencer und Terence Hill spielten. Ein guter alter Klassiker, den man sich immer wieder ansehen konnte, ohne, dass einem davon langweilig wurde. Doch schon nach wenigen Minuten verlor er die Konzentration, weil seine Gedanken immer noch bei Asena Hilal gewesen waren. Er konnte einfach nicht aufhören an sie zu denken. Matthias machte einen weiteren kräftigen Schluck von seinem Bier und atmete einmal stark ein und aus. Er spielte mit den Gedanken sie anzurufen. Er würde nur zu gerne wissen, wie es ihr geht und was sie macht. Er würde nur zu gerne ihre liebliche Stimme in seinen Ohren erklingen hören. Er würde ihr nur zu gerne sagen, wie sehr er sie liebte und wie gerne er jetzt bei ihr sein würde. Er griff bereits nach seinem Handy und war kurz davor sie anzurufen. Doch er musste standhaft bleiben. Er durfte auf keinen Fall verletzlich oder traurig herüber kommen. Er legte sein Handy wieder weg, trank einen weiteren Schluck von seinem Bier und versuchte stark zu bleiben. Danach wurde er von negativen Gedanken geplagt. Jetzt konnte er nicht mehr aufhören daran zu denken, dass sie den Tag vielleicht mit diesem Reinhard Stumpf verbringen würde. Was wenn sie jetzt, genau in diesem Augenblick, zusammen sind? Was wenn sie jetzt beide irgendwo ein Kaffee trinken und gemeinsam lachen? Was wenn sie beide über ihn herziehen und ihn verspotten? Bei diesen Gedanken wurde Matthias richtig wütend. Er trank sein

Bier zu Ende und warf die leere Flasche einfach auf den
Boden. Er war nervös und ging in seinem Wohnzimmer auf
und ab. Was sollte er nur tun? Was könnte er jetzt machen?
Sollte er vielleicht diesen Geisterblödmann anrufen und ab-
klären wo er sich gerade im Moment befindet? Wäre das so in
Ordnung? Wäre es in Ordnung, wenn er ihn mal anrufen würde
und unauffällig die Lage checken würde?
Wieder griff er nach seinem Handy und wieder war er kurz davor einen Anruf zu tätigen. Diesmal hatte er vor Reinhard
Stumpf anzurufen. -Soll ich das wirklich tun?- Überlegte er
sich ganz genau. Und wieder legte er sein Handy weg und ging
wieder auf und ab. Dann blieb er für eine Weile stehen, griff
erneut nach seinem Handy und rief Reinhard Stumpf an. Es
klingelte und Reinhard Stumpf meldete sich am anderen Ende
der Leitung >>*Guten Morgen Herr Inspektor! Wie kann ich
Ihnen behilflich sein?*<< Seine Stimme wirkte auf Matthias
sehr verspottend, woraufhin er wütend auf diese freche Frage
antwortete >>*Sie können mir gar nicht behilflich sein. Ich
wollte nur mal fragen, wo sie gerade sind und was sie
machen?*<< Reinhard Stumpf war verwundert über diese Reaktion gewesen, aber er blieb dennoch locker und antwortete
>>*Nun ja lieber Herr Inspektor, Sie haben mich angerufen und
da dachte ich, dass Sie eventuell ein Anliegen haben könnten.
Nun denn, ich bin bei mir zu Hause und gehe meinen
persönlichen Pflichten nach. Wieso wollten Sie das denn
wissen?*<< Und wieder antwortete Matthias Kogler mit
wütender Stimme und sagte >>*Ich stelle hier die Fragen...Was
haben Sie vor heute?*<< Reinhard Stumpf blieb immer noch
gelassen und bewahrte seine Beherrschung >>*Nun, solange
keine Aufträge Ihrerseits beziehungsweise von ihrer Kollegin
und Chefin,...*<< Matthias Kogler gefiel es gar nicht, wie
Reinhard Stumpf das Wort „Chefin" betonte. Er sagte es zwar

187

in einem normalen Tonfall, aber Matthias kam es so vor, als
würde er das Wort betont haben und lief vor Wut rot an.
Reinhard Stumpf redete weiter >>*...der Frau Inspektorin Hilal
nicht kommen, dann werde ich den Tag weiterhin zu Hause
verbringen. Mit meinen Katern.*<<
>>*Sie sind also nicht mit der Frau Inspektorin unterwegs?*<<
wollte Matthias wutentbrannt wissen.
>>*Nein, das bin ich nicht. Wieso? Sollte ich das denn etwa
sein?*<< fragte Reinhard Stumpf ganz verwirrt.
>>*Nein, das sollten Sie nicht*<< ließ ihn Matthias mit zorniger
Stimme wissen und legte plötzlich auf. Er drückte sein Handy
ganz fest zusammen und warf es auf die Couch. Er war zwar
erleichtert darüber, weil er nun wusste, dass Asena nicht mit
diesem Geisterjäger zusammen war, aber er war von seiner
Stimme angewidert gewesen. Jetzt bereute er, dass er Reinhard
Stumpf angerufen hatte.
Er ging ins Badezimmer und wusch sich sein Gesicht mit
kaltem Wasser ab. Danach betrachtete er sich eine Weile im
Spiegel. Er atmete einmal tief ein und aus und ging sich umziehen. Er wollte den Kopf frei bekommen indem er sich
irgendwo eine Ablenkung suchte und bei dieser Gelegenheit
würde er auch gleich draußen zu Mittag essen. Er zog sich
seine Jeanshose und darüber ein graues und eng anliegendes T-
Shirt an. Danach sprühte er sich mit seinem Eau de Toilette ein
und war nun bereit um auszugehen. Er drehte den Fernseher ab,
setzte sich seine Ray Ban auf die Nase und verließ seine
Wohnung.

Matthias wusste noch nicht wo genau er hin sollte und fuhr
daher in seinem Auto planlos durch die Stadt. Wenn er so
herumfahren würde, würde ihm bestimmt noch etwas einfallen,
dachte er sich. Er hatte kurz den Einfall in die Innere Stadt zu

fahren, überlegte es sich dann doch noch anders. Dann dachte
er sich, dass er vielleicht in irgendein Einkaufszentrum fahren
sollte. Doch er konnte sich nicht entscheiden in welches.
Vielleicht wäre es doch besser, wenn er zum Shopping Center
hinaus fahren würde, aber soweit wollte er dann doch nicht
fahren. Also irrte er weiter planlos in der Stadt herum.
Dann entschied er sich schlussendlich auf die gute alte Mariahilfer Straße zu fahren und sich dort irgendwo ein Kaffee zu
gönnen. Der einzige Nachteil dort war es einen Parkplatz zu
finden. Denn seitdem dort eine Fußgängerzone errichtet wurde,
war es schwer geworden einen Parkplatz zu finden. Doch so
schlimm war es dann auch wieder nicht. Er stellte sein Fahrzeug einfach auf der äußeren Mariahilfer Straße, direkt vor
dem Westbahnhof ab und ging zu Fuß die Mariahilfer Straße
entlang bis er bei einem naheliegendem Kaffeehaus Halt
machte. Er bestellte sich eine Wiener Melange und genoss ihn
zu dem schönen warmen Tag. Den Keks, der mit dem Kaffe
beigelegt wurde, ließ er liegen. Er versuchte zuckerhaltige
Lebensmittel, so gut es ging, zu vermeiden. Seine Wut hatte
sich schon mittlerweile wieder gelegt. Er dachte auch schon
nicht mehr an Asena, sondern versuchte seinen freien Tag zu
genießen. Er saß draußen vor dem Kaffeehaus und beobachtete
all die Menschen, die an ihm vorbei gingen. Was für Gestalten,
dachte er sich dabei. Doch all die hübschen Frauen, gefielen
ihm sehr. So viele von ihnen waren unterwegs. Er genoss den
Anblick zwar, aber dachte sich auch zugleich, dass keiner von
ihnen Asena das Wasser reichen könnte. Zumindest nicht
optisch.
Matthias Kogler war einer von den Männern, die unbedingt die
eine Frau haben wollten, die ihnen gefiel und sonst keine
andere. Nicht einmal an einem schnellen Vergnügen war er
interessiert gewesen. Das hatte er von seinem Vater. Sein Vater

hatte auch nur Augen für seine geliebte Ehefrau. Noch bis zu seinem plötzlichen Tod durch Herzstillstand war er in seine Frau verliebt gewesen als sei es der erste Tag. Doch im Gegensatz zu seinem Vater, hatte er nicht viel übrig für seine Mutter. Zumindest nicht so sehr, sodass er sie, nach dem Tod seines Vater, nicht bei sich aufgenommen hatte. Stattdessen ließ er sie eine Weile alleine bis er sie am Ende in einem Pflegeheim unter gebracht hatte. Dort besuchte er sie einmal im Monat und brachte ihr einen hübschen Strauß Blumen mit. Matthias hatte noch einen älteren Bruder, der starb als sie noch beide Kinder waren. Er war gerade elf geworden. Eines Tages war er auf den Kinderspielplatz gegangen um mit seinen Freunden aus der Nachbarschaft zu spielen und war nicht mehr nach Hause zurückgekehrt. Matthias war zu dem Zeitpunkt neun Jahre alt gewesen und durfte seinen Bruder nicht mit auf den Spielplatz begleiten, weil dieser dagegen war. Er sagte zu seiner Mutter, dass er nicht auf seinen jüngeren Bruder auf-passen und stattdessen mit seinen Freunden in aller Ruhe spielen möchte. Und vielleicht war diese Entscheidung ja auch eine gute gewesen. Denn an jenem Tag wurde sein älterer Bruder auf diesem Spielplatz von einem fremden Mann um-gebracht. Seine Eltern waren am Boden zerstört gewesen als sie diese Nachricht erhalten hatten. Das war auch der aus-schlaggebende Grund, wieso Matthias unbedingt Polizist werden und bei der Mordkommission Karriere machen wollte. Er wollte einfach jeden verdammten Mörder schnappen und hinter Gitter bringen, damit sie nicht einfach so unschuldige Menschen, aber vor allem Kinder, umbringen konnten. Seine berufliche Karriere hatte er zwar erlangt, aber als Sohn hatte er versagt. Mit der Zeit wurde er immer aggressiver und verlor sehr schnell die Beherrschung. Und um seine Mutter damit nicht jedes Mal zu verletzen, war er der Meinung, dass es besser für sie wäre, wenn sie seine

Wutanfälle nicht miterleben musste. Daher gab er sie der Obhut der Bediensteten des Pflegeheimes. Dort würde man sich schon gut um sie kümmern.

Die Grabstätten seines Vaters und seines älteren Bruders lagen nebeneinander und auch ihnen stattete er einmal im Monat ein Besuch ab und legte jeweils ein Blumenstrauß auf ihre Gräber nieder.

Sonst redete er nie über seine Vergangenheit und über seine Familie. Nicht einmal Asena hatte er viel davon erzählt. Er war der Meinung, dass er vielleicht dann alles erzählen würde, wenn sie eines Tages ein Paar werden würden. Und er hoffte, dass dieser Tag schon bald eintreffen würde.

Seine Melange hatte er bereits ausgetrunken und bat die attraktive Kellnerin um die Rechnung. Er bezahlte sie mit einem freundlichen Lächeln und überlies ihr eine überaus großzügige Summe an Trinkgeld, die die Kellnerin dankend und mit strahlenden Augen annahm. Er verabschiedete sich und ging weiter in die Einkaufsmeile hinein.

Er schlenderte locker und lässig die Straße entlang und beobachtete auch beim Gehen all die hübschen Frauen, die sich ebenfalls für die selbe Einkaufsstraße entschieden hatten. Manchen von ihnen warf er ein Lächeln zu, doch die meisten Frauen schauten einfach weg. Das kümmerte ihn zwar nicht sehr, aber er fand es dennoch nicht nett, dass sie so oberflächlich und arrogant gewesen waren. Es war bereits kurz nach zwölf Uhr am Nachmittag und er verspürte schon so langsam einen kleinen Hunger. Jetzt überlegte er sich was und wo er etwas essen sollte. Worauf hatte er jetzt Lust? Er blieb für einen kurzen Moment stehen und sah sich in der Gegend um. Er konnte einige Läden sehen, die sich für einen schnellen Imbiss hervorragend machen würden, aber er konnte sich einfach nicht entscheiden. Sollte er sich lieber ein Schnitzelsemmel gönnen oder doch lieber asiatische Nudeln? Sollte es vielleicht doch ein knackiger Hot Dog werden oder doch lieber ein Kebap Sandwich? Vielleicht aber doch eine Pizza oder ein saftiger Burger? Es gab so viel Auswahl, aber er wusste einfach nicht was er sich gönnen sollte. Schließlich musste er auch auf seine durchschnittliche Figur achten. Auf keinen Fall durfte er zu sehr zunehmen. Doch ein schneller Snack am Nachmittag würde schon nicht so schlimm sein. Schließlich entschied er sich für eine Pizza. Also ging er zu der Pizzeria auf der gegenüberliegenden Straßenseite, setzte sich hinein und bestellte bei dem netten Kellner eine Pizza Quattro Formaggi und dazu ein großes Glas frisch gezapftes Trumer Pils. Die sollten ihm bis am Abend genügen. Am Abend würde er dann etwas leichtes zu sich nehmen und hätte damit für sein leibliches Wohl gesorgt.

Der Kellner brachte ihm zuerst das Bier und etwa fünfzehn Minuten danach die Quattro Formaggi. Sie roch himmlisch gut und der viele Käse drauf, sah noch himmlischer aus. Er machte ein Bissen und fiel vor gutem Geschmack fast von seinem Stuhl herunter. Der Käse, der sich beim Anheben des Stückes in die Länge zog, konnte man wahrscheinlich noch länger ziehen. Er musste den heißen und fettigen Käse mit seinen Fingern abreißen. Das war mit Abstand die beste Pizza, die er je gegessen hatte. Wieso nur kam er nicht schon viel früher zu dieser Pizzeria? Auf jeden Fall würde er sie in Zukunft umso öfter besuchen. Und eines Tages vielleicht sogar mit seiner festen Freundin Asena.

Das gute Bier und die großartige Pizza kamen ihm wie eine Belohnung vor. Irgendwie, dachte er sich, hatte er sich auch diese Belohnung verdient. So viel er in letzter Zeit gearbeitet hatte, hatte er vielleicht sogar noch mehr verdient, aber er gab sich bereits mit dieser Belohnung zufrieden. Er könnte ohne

Probleme bestimmt noch so eine deliziöse Pizza verspeisen, wenn er schon nicht von der ersten satt geworden wäre. Die komplette Pizza war bereits in seinem Magen gelandet und schwamm darin in dem kühlen Bier, das er in Begleitung zu ihr getrunken hat.

Nun hatte er auch die Sache mit dem Mittagessen erledigt und konnte sich wieder seinem freien Tag widmen. Er bezahlte seine Rechnung und hinterließ auch diesem Kellner eine beachtliche Summe an Trinkgeld. Das musste man Matthias Kogler lassen. Er mochte vielleicht nicht der beste Mensch sein, aber er hatte immerhin Respekt vor dem Personal in der Gastronomiebranche. Er wusste ganz genau, dass sie vieles über sich ergehen lassen und, dass sie auch viel arbeiten mussten, aber dafür nicht angemessen entlohnt wurden. Sie hatten das Trinkgeld nötig und Matthias machte ihnen diese Freude. Deshalb vielleicht fühlte er sich für Miriam Reichinger umso mehr verpflichtet, weswegen er ihr persönlich geholfen hatte, indem er sie mit dem Frauenverein Footprint bekannt gemacht hatte.

Er verließ die Pizzeria und ging weiter spazieren bei diesem herrlich schönen Wetter. Während er vor sich hin spazierte, dachte er erneut an Asena. Er dachte daran, wie schön es sein würde mit ihr gemeinsam, Hand in Hand, hier entlang zu spazieren. Er wünschte sich einfach viel zu sehr eine feste Beziehung mit seiner Kollegin, sodass er fast schon an nichts anderes mehr denken konnte. Dabei hatte er so viele Ideen, die sie zusammen unternehmen könnten. Sie könnten gemeinsame Ausflüge machen, gemeinsam auf weite Reisen gehen. Sie könnten Museen besuchen und in einem schicken Restaurant zu Abend essen. Sie könnten gemeinsam für den ein und den selben Haushalt einkaufen. Sie könnten gemeinsam ins Kino gehen und auch zum Schönbrunn. Und sie könnten sich gemeinsam, wie zwei kleine Kinder, im Prater stundenlang austoben. Und sie könnten noch so vieles gemeinsam machen. Alles was dafür nötig gewesen war, war die Zustimmung von Asena auf eine gemeinsame feste Beziehung mit ihm. Sie musste einfach nur sein Angebot annehmen und damit all dies ermöglichen. Doch bis dahin würde all das nur eine Wunschvorstellung bleiben. Ein nie zu enden wollender Traum.

Als er all die Paare auf der Straße sah, wie sie Hand in Hand spazierten, dachte er sich, dass das genauso er und Asena hätten sein können.

Und wieder griff holte er sein Handy hervor und wieder wollte er sie anrufen. Er hatte ihre Nummer bereits herausgesucht und musste nur noch drauf drücken und schon würde der Anruf an Asena heraus gehen. Doch auch diesmal traute er sich nicht. Er steckte sein Handy wieder weg und setzte sein Spaziergang fort. Nach weiteren zehn Minuten, beschloss er wieder zurück zu seinem Fahrzeug zu gehen, bevor er sich noch weiter davon entfernte. Auf dem Weg zurück hoffte er, dass zumindest Asena ihn mal anrufen und nachfragen würde, wie es ihm so geht und was er so macht. Doch sein Handy blieb still.

Niemand, nicht einmal seine Kollegin und Partnerin wollte etwas von ihm wissen. Bei diesem Gedanken schüttelte er sein Kopf und presste dabei die Lippen zusammen. Er war doch gar nicht so eine unangenehme Person gewesen. Er hatte sich stets bemüht und hatte sich ihr gegenüber immer von seiner besten Seite gezeigt. Wieso also wollte sie nicht auf sein Angebot eine gemeinsame Beziehung zu führen eingehen. Wenn sie ihm doch bloß den wahren Grund dafür verraten würde. Wenn sie doch bloß ehrlich sagen würde, was genau sie an ihm stört. Dass sie Arbeitskollegen und Partner waren, konnte nicht der einzige Grund dafür sein. Es gab viele Paare, die zudem auch Arbeitskollegen gewesen waren. Das war bloß nur eine Ausrede von ihr. Eine Ausrede um den wahren Grund vor ihm zu verheimlichen. Doch was genau war dieser wahre Grund? Hatte sie ihn vielleicht insgeheim nicht leiden können? Hatte sie ihn in Wahrheit vielleicht verabscheut, aus welchem Grund auch immer? Und wenn doch, wieso sollte sie das tun? Er hatte ihr nichts angetan. Wieso also wollte sie ihm nicht die Chance geben sich zu beweisen?

Vollkommen in tiefen Gedanken versunken war er auch schon an seinem Fahrzeug angekommen. Er bekam gar nicht mit wie schnell das gegangen ist. Es kam ihr vor als hätte er seine Augen an irgendeinem Ort zu gemacht und als er sie sofort wieder öffnete, befand er sich an einem völlig anderen Ort. Er war erstaunt darüber, wie schnell die Zeit an einem vorbeiziehen konnte, wenn man in tiefen Gedanken versunken war. Er setzte sich in sein Fahrzeug hinein, startete den Motor und fuhr aus seinem Parkplatz aus. Er war gerade einmal wenige Meter gefahren und wollte weiter unten bei der Ampel um die Ecke rechts abbiegen, da lief ein Jugendlicher bei Rot über die Straße. Matthias konnte noch im letzten Moment kräftig auf seine Bremse treten und das Fahrzeug rechtzeitig zum Stehen bringen. Er war mehr wütend als geschockt gewesen und öffnete so seine Autotür und stieg mit der Hälfte seines Körpers aus dem Fahrzeug aus. Der Jugendliche lief einfach weiter ohne stehen zu bleiben und ignorierte all die Schimpfwörter, die Matthias ihm hinterher rief. Matthias war so wütend gewesen, dass sich alle anderen Passanten in der näheren Umgebung zu ihm drehten und ihn fasziniert ansahen. Viele von ihnen hatten nicht einmal all die Kraftausdrücke, die er von sich gab, gehört. Bei dem sonnigen Wetter, konnte man seine Speichel und Spucke, die währenddessen aus seinem Mund hervortraten und teils auf das Autodach und teils auf die Motorhaube klatschten, deutlich sehen. Der Jugendliche war schon über alle Berge gewesen. Matthias hörte zu schimpfen auf und sah sich all die Menschen an, die ihn immer noch anstarrten. Einigen von ihnen warf er giftige Blicke zu. Er setzte sich in sein Auto hinein, knallte die Tür fest zu, sodass zwei Tauben sich erschreckten und davon flogen und fuhr davon.

Endlich wieder zu Hause angekommen, setzte er seine Ray Ban wieder ab und begab sich umgehend in die Küche um sich gleich einen leichten Snack für den Abend zuzubereiten. Er machte sein Kühlschrank auf und warf einen Blick hinein. Er arbeitete sich von Lade zur Lade durch und wollte genau wissen, was er sich auf die Schnelle zubereiten könnte. Etwas weiter hinten in der mittleren Lade fand er zwei Scheiben Lachsfilet. Das war genau das Richtige für den Abend, dachte er sich, griff nach den Lachsfilet's, die noch in ihrer Verpackung steckten und holte sie heraus. Er drehte den Herd auf die mittlere Stufe hoch, setzte eine Pfanne drauf, goss etwas Rapsöl hinein, öffnete die Verpackung um die Filet's herauszuholen und legte sie beide ganz sanft in ölige Pfanne hinein. Er streute jeweils eine Brise Salz und eine Brise Pfeffer drauf und briet die Lachsfilet's durch. Mit einem Pfannenwender, wendete er die Filet's ganz vorsichtig um damit sie auch schön durch gebraten werden konnten. Bereits nach zwei Minuten waren die Lachsfilet's auch schon durch gewesen, sodass er den Herd abdrehte und die Filetscheiben auf einem Teller platzierte. Dann legte er die Pfanne und den Pfannenwender in die Spüle, holte eine ganze Zitrone aus dem Kühlschrank, die er in zwei Hälften teilte und einer dieser Hälften wieder in zwei Hälften teilte, sodass er ein viertel Stück davon mit seiner Hand auf die Lachsfilet's ausdrückte. Die restlichen Zitronenteile, legte er wieder zurück in den Kühlschrank, holte eine Flasche Wieselburger heraus und genoss endlich seine Abendmahlzeit.

Nach nur wenigen Bissen hatte er die zwei Lachsfilet's auch schon aufgegessen. Sein Geschirr legte er ebenfalls in die Spüle zu der Pfanne und dem Pfannenwender hinein um sie vor dem Schlafen gehen oder vielleicht auch am nächsten Tag abzuwaschen und begab sich anschließend, mit seinem Bier in der Hand, in das Wohnzimmer, wo er es sich gemütlich machte.

Und wieder dachte er, während er auf der Couch saß, darüber nach, wie schön es jetzt wäre, wenn er gemeinsam mit Asena vor dem Fernseher sitzen und es sich gemütlich machen würde. Noch besser wäre es gewesen, wenn sie bereits vor ihm zu Hause wäre und ihn empfangen könnte. Einfach mal die Wohnung betreten, in dem Wissen, dass jemand auf einen wartet und sich auf dessen baldige Ankunft freut. Das wünschte er sich viel zu gerne. Doch die Realität sah nun mal anders aus. Es gab niemanden, die zu Hause auf ihn wartete. Es gab niemanden, die ihn umarmen und ihm ein Willkommenskuss aufdrückte. Es gab nur ihn und seine Einsamkeit.

Er schaltete wieder einen Sender nach dem anderen um und hoffte erneut auf etwas halbwegs sinnvolles zu treffen. Normalerweise bot das Abendprogramm unterhaltsame Sendungen oder Filme an, aber irgendwie konnte er bis jetzt nichts unterhaltsames finden. Er hatte bereits alle Sender durch und ging sie ein zweites Mal durch. Er hoffte, dass er jetzt etwas gutes finden würde, dass sich anzusehen lohnt. Ähnlich wie wenn man ein Parkplatz sucht und bei der ersten Rundfahrt keine leere Lücke findet und ein zweites Mal die selbe Runde dreht, in der Hoffnung, dass bereits ein Fahrzeug hinausgefahren und dadurch eine Parklücke entstanden ist. So ähnlich war es mit dem Suchen nach einem unterhaltsamen Sender am Fernsehapparat.

Als er fast schon die Hoffnung aufgeben und das Fernsehgerät komplett abdrehen wollte, wurde er schlussendlich doch noch fündig.

Er blieb bei einem Sender stehen, in dem eine Sportsendung namens „Ninja Warrior" vor wenigen Minuten angefangen hatte. Er stellte seine Fernbedienung auf der Seite ab, lehnte sich zurück, trank ein Schluck von seinem Bier und genoss die Sendung.

Nach jedem Antritt einer Kandidatin oder eines Kandidaten dachte er sich, dass er das viel besser machen könnte, als die jeweiligen Teilnehmerinnen und Teilnehmer. Bei jedem Fehlgriff, die sie machten und ins Wasser hinein stürzten, lachte er sie aus und schüttelte dabei mit dem Kopf. Hin und wieder spottete und buhte er sie sogar aus, so als ob sie ihn durch das Fernsehgerät hören könnten.

So sah er sich die Sendung bis zu Schluss an und war schon leicht betrunken gewesen. Er wurde langsam müde und überlegte, ob er schon ins Bett gehen sollte oder doch lieber erst später. Wenn jetzt Asena noch im Bett liegen würde, würde er sich keine Sekunde darüber Gedanken machen und sofort ins Bett steigen um sich neben sie zu legen. Nicht selten hatte er davon geträumt, wie sie zusammen im Bett liegen und sich heiß und innig lieben. Jedes Mal dachte er sich, wenn allein die Vorstellung davon so schön sein konnte, wie schön musste es dann erst im echten Leben sein? Er würde es nur viel zu gerne herausfinden. Doch das lag nicht alleine an ihm. Das lag eigentlich nur an Asena. Sie allein war das Hindernis für diese Gemeinsamkeit. Sie allein war Schuld daran, dass er jede Nacht ohne sie ins Bett gehen musste.

Bei diesen Gedanken fuhr seine Wut wieder langsam hinauf, sodass er aufhörte noch länger darüber nachzudenken.

Er ging ins Badezimmer und hüpfte schnell unter die Dusche

um seine leichte Trunkenheit abzuwaschen und begab sich hinterher in sein Bett.

Sowie er drinnen lag, schlief er auch schon fest und tief ein.

KAPITEL 11

REINHARD STUMPF

Reinhard Stumpf's Tag sah wiederum ganz anders aus, als die von Asena Hilal und Matthias Kogler.
Wie jeden Morgen stand auch er sehr früh auf und kümmerte sich als aller erstes um seine beiden Kater Romulus und Quentin. Sie schliefen die meiste Zeit tagsüber und waren dafür Nachts bzw. sehr früh am Morgen aktiv. Zwischen zwei Uhr und vier Uhr am Morgen waren sie am wildesten. In dieser Zeit hatten sie sehr viel Energie und liefen in der Wohnung Kreuz und Quer herum. Sie spielten miteinander Fangen oder waren mit sich selbst beschäftigt. Romulus war immer der, der Reinhard Stumpf zwischen zwei und drei Uhr am Morgen aufweckte indem er sowohl miaute als auch ihn mit seinen Pfoten anstupste. Solange bis er wach wurde. Und Reinhard Stumpf wurde jedes Mal sofort wach. Das erste was er tat, war erst einmal sich am WC zu erleichtern. Danach machte er das Katzenklo sauber und schüttete frisches Katzenstreu hinein. Hinterher tauschte er ihr Trinkwasser aus und gab frisches Wasser in die Schüssel hinein. Während er all das machte, verfolgten ihn seine zwei Kater Romulus und Quentin auf Schritt und Tritt. Romulus wollte immer hoch genommen und gekuschelt werden. Reinhard nahm ihn dann immer in seine Arme und kuschelte mit ihm. Das gefiel Romulus immer sehr, sodass er wie ein Hochleistungsmotor klang, während er dabei schnurrte. Nach guten fünf Minuten Kuscheleinheit stellte Reinhard ihn wieder am Boden ab und kümmerte sich um ihr Futter. Abgesehen vom Trockenfutter, das immer bereit stand, bekamen sie auch etwas Nassfutter zum essen. Doch das Nassfutter mochten sie nicht besonders, weswegen Reinhard ihnen

stattdessen immer frische Hühnerbruststücke zum Essen hin-
stellte. Meistens kaufte er ihnen bereits vor gegarrte Hühnerstücke, die er ihnen in ihre Futternäpfe hinein gab, woraufhin
sie sich sofort auf sie drauf stürzten und gierig die Hühnerbruststücke hinunterschlangen. Doch wenn diese mal aus-
verkauft gewesen waren, kaufte Reinhard rohe Hühnerbrüste,
die er dann zu Hause auf seinem Herd für seine beiden Kater
briet und sie ihnen vorsetzte. Genau das machte er auch dieses
Mal. Er holte eine Packung Hühnerbrustfilet's aus seinem
Kühlschrank hervor und legte sie in die bereits vorgeheizte und
eingeölte Pfanne hinein. Jeweils vier Stück für ein Kater
gingen sich aus. Alle beide, sowohl Romulus als auch Quentin
konnten es kaum erwarten bis sie die leckeren und saftigen
Hühnerstücke zu essen bekamen. Sie liefen beide direkt unter
seinen Füßen auf und ab und schlängelten sich zwischen seine
Beine und schnurrten dabei ganz wild. Sie wussten ganz genau
was auf sie zukommen würde. Hin und wieder sprangen sie auf
die Theke und drängelten sich bis zum Herd vor. Doch soweit
kamen sie gar nicht, da Reinhard ständig einen nachdem
anderen wieder auf dem Fußboden abstellte. Irgendwann verstanden sie das auch und legten sich entweder auf dem Fußboden oder auf dem Tisch geduldig nieder und warteten darauf
bis das Essen bereit stand. Dabei schwenkten beide fast im
selben Takt mit ihren Schwänzen hin und her.
Nachdem er alle acht Stücke fertig gebraten hatte, schnitt er sie
auf einem breiten Teller in kleine Stücke und teilte sie anschließen in die Fressnäpfe der beiden Kater auf. Jeder von
ihnen bekam die selbe Menge an Hühnerbruststückchen
serviert. Sowie die Hühnerbruststückchen in den Fressnäpfen
gelandet waren, wurden sie auch schon von Romulus und
Quentin sofort hinunter verschlungen. Sie aßen jedes Mal so
wild und schnell, als hätten sie seit längerem nichts zu Essen

bekommen. Reinhard war immer fasziniert darüber und konnte sich ein Schmunzeln nicht verkneifen. Er liebte seine beiden Kater und fand, dass es die richtige Entscheidung gewesen war, sie, gleich nach dem Tod seiner geliebten Ehefrau, zu adoptieren und ihnen ein neues zu Hause zu geben. Für nichts auf der Welt würde er sie wieder hergeben. Er kümmerte sich Tag und Nacht um sie und sorgte stets für deren Wohlergehen. Und das wussten die beiden Kater auch und zeigten es ihm mit ihrer Liebe zu ihm. Reinhard wünschte nur, dass seine Frau die beiden auch mal erleben könnte. Sie würde sie ganz bestimmt, genau wie er, sofort in ihr Herz einschließen. Sie war zwei liebe und sehr junge Kater. Beide waren erst ein Jahr alt, wohingegen Romulus um fünf Monate älter war als Quentin. Romulus kam ursprünglich aus Bulgarien und Quentin stammte aus der Ukraine. Sie wurden beide von einem Tierschutzverein gerettet und kamen auf dem direkten Wege nach Wien, wo sie gepflegt, medizinisch versorgt und zur Adoption freigegeben wurden. Als Reinhard, an dem Tag an dem er sie adoptieren wollte, sie zum ersten Mal besuchte, verliebte er sich sofort in die beiden Kater und wollte sie sofort mitnehmen. Eigentlich hatte er geplant einen mitzunehmen, doch als er beide sah, konnte er einfach nicht widerstehen und wollte beide adoptieren. Am Liebsten hätte er allen Katzen dort ein neues und liebevolles Zuhause gegeben, aber das konnte er sich leider unmöglich leisten. Zumindest zwei von ihnen konnte er das bescheren und hoffte, dass die anderen Katzen auch alle ein liebevolles Zuhause finden würden.

Durch die Anwesenheit und der Pflege seiner Katzen, fühlte er sich außerdem längst nicht mehr einsam. Er verlor zwar seine Frau, hatte jedoch zwei Kinder, auch wenn das Katzen gewesen sind, gewonnen. Richtige Kinder zu adoptieren kam für ihn nie in Frage, da sie eine noch größere Verantwortung nötig

hätten, als die beiden Kater, die ihn schon mehr als genug über-
forderten. Sich um menschliche Kinder zu kümmern traute er
sich nicht. Er hatte keine Erfahrungen damit und wüsste nicht,
wie er in ernsten Situation mit den Problemen, die dabei ent-
stehen würden, umzugehen hätte. Über eine neue Ehe dachte er
auch nicht. Vielleicht würde sich in Zukunft ja etwas ergeben,
aber wenn nicht, war das auch in Ordnung. Im Moment war er
glücklich und zufrieden.

Die Wanduhr zeigte auf genau halb vier am Morgen und die
beiden Kater hatten sich satt gegessen und entspannten sich
nun im Wohnzimmer. Romulus lag auf der Couch während
Quentin sich auf dem Küchenstuhl gemütlich gemacht hatte.
Reinhard wusste ganz genau, dass sie nun, nachdem sie sich
satt gegessen hatten, ein kleines Nickerchen machen würden
um ein bis zwei Stunden später erneut herumtoben zu können.
Er ging wieder zurück in sein Bett, legte sich auch solange hin
und versuchte einzuschlafen.

Die Zeit flog nur so dahin. Es war bereits sechs Uhr am
Morgen und die beiden Kater weckten ihr Papa wieder auf, der
dieselbe Prozedur, wie bereits schon früher, erneut durch-
machte. Doch diesmal ließ er das Futter aus, da sie noch genug
zu essen in ihren Futternäpfen hatten.

Er kochte sich eine Kanne Kaffee und bereitete sich etwas zum
Frühstücken vor. Er machte sich ein veganes Käsesandwich
und grillte sich in der Pfanne Würstchen aus Seitan. In Wien
hatte er keine Probleme sich vegan zu ernähren. Es gab genug
Auswahlmöglichkeiten zu Essen für all die Veganerinnen und
Veganer. Es gab zwar eigene Supermärkte, die vegan Produkte
verkauften, aber auch in gewöhnlichen Supermärkten fand man
mittlerweile schon vegane Lebensmittel. Verhungern tat
Reinhard somit nicht. Ganz im Gegenteil. Er hatte stets genug
zu Essen zu Hause. Viele Produkte aus Seitan, Soja und Tofu

hatte er in seinen Schränken gelagert, aber auch viel Obst und Gemüse und auch veganes Brot und vegan Käse sowie auch vegane Wurstscheiben und veganes Joghurt. Es fehlte an nichts. Er hatte von Allem etwas.

Sowohl sein Kaffee als auch sein Frühstück waren nun fertig gewesen. Er setzte sich an sein Küchentisch und frühstückte in aller Ruhe. Fast in aller Ruhe, denn seine beiden neugierigen Kater sprangen sofort auf den Esstisch und rochen an seinem Frühstück. Sie wollten wissen, ob es auch etwas für sie zu Essen gab. Reinhard wusste zwar, dass sie beide schon satt waren, aber immer neugierig auf sein Essen gewesen sind. Er ließ sie immer ein wenig daran schnuppern, sodass sie wussten, worum es sich handelte und ihn wieder in Ruhe essen ließen. Sie waren definitiv keine Veganer.

Reinhard musste immer Schmunzeln, wenn er sie an seinem Essen riechen ließ und sie dabei enttäuscht ihre Gesichter verzogen und sofort vom Tisch absprangen. Das fand er lieb und witzig.

Für heute hatte er sich nichts vorgenommen. Er dachte sich, dass vielleicht ein Anruf im Laufe des Tages von Asena Hilal kommen könnte um einen weitern Fall aufzuklären, aber ganz darauf verließ er sich nicht. Er wusste noch ganz genau, wie Asena Hilal letzte Nacht in der Wohnung von dem Chinesen namens Lien reagiert hatte. So schnell würde sie sich wohl nicht wieder melden.

Doch er konnte ihre Reaktion und ihren Ausbruch verstehen. Er gab ihr recht dabei. Vermutlich würde er an ihrer Stelle genau so reagieren.

Er wollte nicht mehr länger darüber nachdenken und konzentrierte sich wieder auf sein Frühstück.

Nachdem er fertig wurde, stellte er sein Geschirr in den Geschirrspüler hinein und spielte ein wenig mit seinen Katern.

Sie spielten gerne mit einem kleinen Stock, den Reinhard immer hin und her warf. Sie liefen dann beide hinterher und schoben den Stock mit ihren Pfoten vor sich hin. Manchmal nahm Romulus den Stock zwischen seine Kiefer und brachte ihn zurück zu Reinhard. Das könnte daran liegen, dass Romulus von einer Hundemama aufgezogen worden war als er noch in Bulgarien lebte. Deswegen gab man ihm auch den Namen Romulus. Er hatte viele Eigenschaften, die eines Hundes ähnelten. Die Laute, die er von sich manchmal gab, klangen nicht immer wie die von einer gewöhnlichen Katze, sondern vielmehr wie das Bellen eines Hundes. Reinhard war immer sehr fasziniert darüber gewesen. Zudem ist Romulus sehr redegewandt. Er hat immer sehr viel zu erzählen und versucht ständig mit verschiedenen Tonlagen und Lauten vieles zu erzählen. Doch zu Reinhard's Bedauern, versteht er nie was er so alles sagt. Lediglich Kleinigkeiten kann er schon verstehen. Zum Beispiel, sobald Romulus am Katzenklo gewesen und fertig geworden ist, dann rief er solange bis Reinhard das Katzenklo sauber gemacht hatte. Vorher hörte er nicht auf zu rufen. Oder, jedes Mal, wenn er ein Zimmer betreten wollte, dessen Tür zu war, saß er immer davor und gab summende Laute von sich, sodass Reinhard verstehen konnte, dass er die Tür für ihn aufmachen solle. Und auch wenn er hunger hatte, klangen seine Rufe unterschiedlich. Doch das meiste, das er so vor sich hin erzählte, konnte Reinhard, so gern er das auch wollte, nicht verstehen. Er fand das sehr Schade, doch da gab es nun mal nicht viel zu machen. Quentin war im Gegensatz zu Romulus eher ruhig. Er liebte es sich in irgendwelche Trage-taschen oder leere Schachteln zu verkriechen und sich sonst gerne zu verstecken. Reinhard hörte ihn nur dann rufen, wenn er auch wirklich etwas wollte, wie zum Beispiel auf seinem Schoß zu schlafen oder wenn es ihm unangenehm wurde, gegen seinen Willen, in den Arm genommen zu werden. Doch sonst hörte man selten Quentin's liebevolle Stimme. Er war ein eher zurückhaltender Kater, der lieber alles von einer gewissen Distanz schweigsam beobachtete. Doch wenn er mal in Spiellaune gewesen war, dann konnte er zu einem richtig wilden Kater werden. Er kratze und biss in die Hand von Reinhard und mochte es auf dieser Weise damit zu spielen. Wenn Reinhard mal viel zu beschäftigt gewesen war um mit ihm zu spielen, dann musste Romulus herhalten und das gefiel ihm gar nicht. Quentin wollte immer herumtoben während Romulus sich viel lieber entspannen wollte. Sie waren zwei sehr unterschiedliche Kater gewesen, die dennoch miteinander gut auskamen und Reinhard liebte sie beide abgöttisch. Und sie liebten es alle beide viel Zeit auf Reinhard's kleinem Balkon zu verbringen. Insbesondere wenn mal die Sonne schön darauf schien. Dann lagen sie sich drunter und wälzten sich herum um dann anschließend ein entspanntes und gemütliches Sonnenbad zu nehmen. Sie wussten definitiv was gut für sie war.

Jetzt im Moment lag Quentin gemütlich auf dem Sofa während Romulus in der Wohnung von Zimmer zu Zimmer herumspazierte. Reinhard begab sich in sein Arbeitszimmer um seine Homepage zu aktualisieren. Alles was er in den letzten Tagen gemeinsam mit der Chefinspektorin Asena Hilal durchgemacht hatte, wollte er auf seiner Homepage veröffentlichen. Somit würde er seinem Beitrag über dem im neunzehnten Jahrhundert verstorbenem jungen Mädchen namens Sophia ein weiteres Puzzlestück hinzufügen. Natürlich würde er dabei keine vertraulichen Daten der Öffentlichkeit zur Schau stellen. Er würde nur über eine weitere schaurige Geistergeschichte schreiben, die vom Rückkehr des Geistermädchens handelt.

Das würde schon bei seinen Leserinnen und Lesern für Gänsehaut sorgen.

Nachdem er seine Homepage aktualisiert hatte, sah er auf seine Wanduhr und stellte fest, dass bereits zwei Stunden einfach so dahin geflogen sind. Es war inzwischen acht Uhr am Vormittag gewesen und Reinhard beschloss sich eine weitere Tasse Kaffe zu holen. Im Gegensatz zu Asena Hilal trank er sein Kaffee mit wenig Milch und zwei kleine Löffel Zucker. Bei der Milch handelte es sich selbstverständlich um ein Sojaprodukt. Reinhard gehörte zu den sogenannten Zigarren Aficionados. Also zu Zigarrenliebhabern. Er war kein Raucher gewesen, aber dafür gönnte er sich ab und zu eine Zigarre, die er auf seinem kleinen Balkon genüsslich paffte. Und er war ein Sammler gewesen. Er sammelte stets die Banderolen von den Zigarren, die er je gepafft hatte und bewahrte sie in einem schwarzen Briefmarkenalbum auf. Statt den Briefmarken, schmückten die Zigarrenbanderolen, also die Bauchbinden, den Inhalt des dicken Albums. Von jeder Banderole gab es jeweils ein Stück darin. Auch wenn er mal die selbe Zigarre mehr al nur einmal gepafft hatte, bewahrte er stets die Banderole von der ersten Zigarre auf und die restlichen schmiss er einfach in den Müll. So konnte er Rückblickend sehen, welche Zigarren er mindestens einmal in seinem Leben gepafft hatte. Und das waren schon sehr viele gewesen. Viele verschiedene Zigarren aus verschiedenen Ländern, wie Nicaragua, Honduras, die Dominikanische Republik und natürlich auch Kuba. Er bevorzugte starke Zigarren, hatte aber auch bereits oft genug mittelstarke und etwas schwächere Zigarren gepafft. Reinhard hatte in seinen fünfzehn Jahren als Zigarren Aficionado bereits alle möglichen Formen und Variationen von Zigarren probiert. Aber es gab immer noch hunderte von Zigarren, die er noch nie probiert hatte. Und er wusste nie, ob sein Leben auch je dafür reichen würde, sie alle zu probieren. Doch es sah eher aussichtslos aus. Er wusste ganz genau, dass er es niemals schaffen würde, sie alle mindestens einmal zu paffen. Aber er gab sein Bestes und probierte, bei Gelegenheit, immer eine neue Sorte und konnte somit seine Banderolensammlung um mindestens eine Banderole erweitern.

Reinhard war zwar offen für alle möglichen Zigarren gewesen, aber sein absoluter Favorit blieb dennoch die unschlagbare Cohiba Behike 56. Das Flaggschiff unter den Zigarren. Die mit Abstand die stärkste Zigarre auf der Welt, deren Blätter alle aus Kuba stammten. Eine reinrassige feine Kubanerin also. Die Zigarre hatte eine Rauchdauer von über einer Stunde und war für richtige Genießer gedacht. Sie eignete sich auch hervorragend für besondere Tage wie zum Beispiel Geburtstage, Hochzeitsfeiern, die Geburt des eigenen Kindes, Silvesterfeiern und viele weitere Festtage. Doch das kümmerte Reinhard nicht. Er paffte sie immer dann, wann er Lust drauf hatte. Sowie letzte Woche. Da hatte er sich wieder einer dieser edlen Zigarren gegönnt. Doch jetzt hatte er vor eine andere Zigarre zu paffen.

Er ging zu seinem kleinen aber sehr edlen Humidorschrank aus Edelholz, öffnete die langsam die Schranktür und griff nach einer weiteren robusten Zigarre. Die war zwar bei Weitem nicht so robust wie die Cohiba Behike 56 gewesen, aber sie konnte schon sehr gut mit ihr mithalten. Er hatte sich diesmal für eine Montecristo Linea 1935 Leyenda entschieden. Auch eine sehr feine kubanische Zigarre. Er nahm sein Kaffee und die Zigarre und ging auf sein kleines Balkon hinaus. Schon um diese Zeit schien die Sonne direkt auf ihn drauf und erwärmte sein Körper auf der Stelle. Es war ein perfekter Morgen gewesen. So machte es umso mehr Spaß eine Zigarre zu paffen. Reinhard holte sein Locher aus seinem Morgenmantel hervor und bohrte genau in die Mitte des Zigarrenkopfes ein feines Loch für die Luftzufuhr. Denn Reinhard bevorzugte die

Zigarren aufzubohren anstatt sie mit dem Zigarrencutter ab-
zuschneiden. Dadurch ging nämlich viel von der Zigarre
verloren. Abgesehen davon war das Aroma beim Bohren viel
intensiver und man schmeckte viel mehr heraus.

Er legte die Zigarre zwischen seine Lippen und presste sie
leicht zusammen, sodass der Zigarrenkopf nicht allzu feucht
werden konnte. Dann holte er wieder aus seinem Morgenmantel eine sogenannte Triple Jet Flame hervor. Dabei
handelte es sich um ein leistungsstarkes und winddichtes
Feuerzeug für Zigarren, die drei Düsen hatte aus der die
Flammen heraus stachen und dadurch einem echten Düsenjet
ähnelten. Daher der Name Triple Jet Flame.

Damit grillte er den Fuß seiner Zigarre ganz vorsichtig bis sie
rundherum gleichmäßig brannte. Mit einer Triple Jet Flame
ging das zwar sehr schnell, aber man musste umso mehr auf-
passen. Denn sonst würde die Zigarre schief anbrennen und das
konnte einem schon den Spaß verderben. Doch Reinhard
Stumpf war geübt darin und seine Zigarren brannten jedes Mal
gleichmäßig, so wie es sein sollte. Er setzte sich auf sein Stuhl
hin und genoss unter der warmen Sonne seine Zigarre zu
seinem Kaffee. Auch diese Zigarre hatte eine Rauchdauer von
über einer Stunde und war für richtige Genießer gedacht. Und
Reinhard war einer dieser Genießer. Zug um Zug paffte er sie
genüsslich auf seinem Balkon und schaltete alles, bis auf seine
beiden Kater, um sich herum aus. So vergingen die Minuten
dahin und Reinhard's Zigarre wurde immer kürzer und kürzer.
Während er seine Zigarre regelrecht genoss, überlegte er nach
einer Lösung, wie sie zusammen mit Asena Hilal und ihrem
Kollegen Matthias Kogler, Sophia's Geist zuvor kommen
könnten um sie von weitern schrecklichen Morden abhalten zu
können. Er überlegte und überlegte, aber ihm wollte nichts einfallen. Immerhin war er der Geisterjäger und die Polizei zählte

auf seine alles entscheidende Hilfe. Die Erwartungen an ihn und seine Fachkenntnisse waren sehr gefragt. Auf keinen Fall wollte er sie, vor allem Asena Hilal, nicht enttäuschen. Zudem wollte er ein weiteres Buch schreiben und wenn er mit diesem Fall Glück haben würde, würde sich sein Buch umso besser verkaufen, vielleicht sogar zum Bestseller werden und ihn dadurch sehr bekannt machen. Dann würde auch seine Homepage viel mehr Besucher haben und er wäre bei allen Fanatikern von Geistergeschichten der absolute Favorit. Das würde seine Karriere über Nacht in die Höhe schießen und er könnte sich seinen Lebensunterhalt nur noch davon beziehen und könnte aufhören als IT Techniker, zumindest hauptberuflich, zu arbeiten. Denn seine Leidenschaft lag darin Geistern und Dämonen hinterherzujagen. Er liebte dieses Abenteuer und die damit verbundenen Gefahren und Risiken. Er liebte das Adrenalin und die Gänsehaut, die ihm dadurch beschert wurden. Er fühlte sich dabei einfach viel jünger und energischer. Als seine verstorbene Frau noch am Leben war, unterstützte sie ihn dabei und glaubte fest an seine Arbeit. Sie war sich sicher, dass er eines Tages damit den absoluten Durchbruch erlangen würde, in dem er einen richtigen Geist fangen würde. Und diesen Erfolg wollte sie mit ihm teilen, doch das Schicksal hatte leider andere Pläne. Er musste vorzeitig von ihr Abschied nehmen. Und am Tag ihres Todes, versprach er ihr, dass er nur für sie den Durchbruch erlangen werde. Das war ein weiterer Grund, wieso er unbedingt Sophia's Geist einfangen wollte. Sie war das große Los gewesen. Der Jackpot, der große Gewinn, das Ticket zu einem Leben als erfolgreicher Geisterjäger. Er musste sich einfach etwas ausgiebiges einfallen lassen um sie zu schnappen. So überlegte er also weiter und grübelte ganz tief in seinem Verstand nach, wie er das am Besten angehen könnte. Doch ihm wollte einfach nichts einfallen. Genau wie damals, als er versucht hatte, mit dem Geist seiner verstorbenen Ehefrau Kontakt aufzunehmen. Egal was er dafür unternommen hatte, schaffte er es nicht zu ihrem Geist hindurchzudringen. Jedoch war er sich sicher, wenn er es schaffen würde Sophia einzufangen, dann würde er es auch schaffen, Kontakt zum Geist seiner Frau aufzunehmen. Es war alles nur eine Frage der Zeit und der Technik, die er dafür verwendete. Jetzt galt erst einmal einen Plan zu entwickeln, wie er Sophia fangen könnte. Während er immer noch vor sich hin grübelte, paffte er neben-bei seine Zigarre, die bereits bis zur Hälfte geraucht worden war. Sein Kaffee war auch schon zu Ende und er stand auf um sich eine zweite Tasse mit Kaffee zu holen. Inzwischen waren Romulus und Quentin bereits wieder eingeschlafen. Daher bewegte sich Reinhard etwas langsamer als sonst um sie nicht aufzuwecken. Sie sollten sich ausschlafen. Ansonsten schliefen den ganzen Tag lang.

Mit frischer Tasse Kaffee ging er wieder zurück auf sein Balkon, setzte sich hin, nahm einen weiteren Zug von seiner kubanischen und trank vorsichtig, weil er so heiß war, einen Schluck vom Kaffee.

Kaum hatte er seine Tasse auf den kleinen Tisch vor sich abgestellt, fiel ihm auch schon eine Idee ein, wie er Sophia einfangen könnte. Dabei musste er bis über beide Ohren Lächeln, als ihm klar wurde, dass da eigentlich gar nichts schief gehen könnte. Es war bombensicher gewesen. Das war die beste Idee, die er überhaupt bis jetzt hatte. Die musste funktionieren. Er konnte sein Durchbruch schon vor seinen Augen sehen. Seine Augen strahlten dabei wie zwei leuchtende Sterne in einer sehr dunklen Nacht. Sie leuchteten auf wie zwei Scheinwerfer eines sehr schnellen Sportwagens. Das war die Idee gewesen. Er musste sofort Asena Hilal anrufen und ihr davon berichten.

Doch noch bevor er anrufen konnte, klingelte bereits sein Handy. Er stand auf und sah auf das Display. Reinhard war voller Hoffnung, dass es vielleicht Asena Hilal sein würde, doch seine Hoffnungen wurden sehr schnell am Boden zerschmettert als er den Namen von Matthias Kogler aufleuchten sah. Unmotiviert nahm er den Anruf entgegen und meldete sich zu Wort >>*Guten Morgen Herr Inspektor! Wie kann ich Ihnen behilflich sein?*<< Matthias klang wütend >>*Sie können mir gar nicht behilflich sein. Ich wollte nur mal fragen, wo sie gerade sind und was sie machen?*<< Reinhard Stumpf war verwundert über diese Reaktion gewesen, aber er blieb dennoch locker und antwortete >>*Nun ja lieber Herr Inspektor, Sie haben mich angerufen und da dachte ich, dass Sie eventuell ein Anliegen haben könnten. Nun denn, ich bin bei mir zu Hause und gehe meinen persönlichen Pflichten nach. Wieso wollten Sie das denn wissen?*<< Und wieder antwortete Matthias Kogler mit wütender Stimme und sagte >>*Ich stelle hier die Fragen...Was haben Sie vor heute?*<< Reinhard Stumpf blieb immer noch gelassen und bewahrte seine Beherrschung >>*Nun, solange keine Aufträge Ihrerseits beziehungsweise von ihrer Kollegin und Chefin,...*<< Matthias Kogler gefiel es gar nicht, wie Reinhard Stumpf das Wort „Chefin" betonte. Er sagte es zwar in einem normalen Tonfall, aber Matthias kam es so vor, als würde er das Wort betont haben und lief vor Wut rot an. Reinhard Stumpf redete weiter >>*...der Frau Inspektorin Hilal nicht kommen, dann werde ich den Tag weiterhin zu Hause verbringen. Mit meinen Katern.*<<

>>*Sie sind also nicht mit der Frau Inspektorin unterwegs?*<< wollte Matthias wutentbrannt wissen.

>>*Nein, das bin ich nicht. Wieso? Sollte ich das denn etwa sein?*<< fragte Reinhard Stumpf ganz verwirrt.

>>*Nein, das sollten Sie nicht*<< ließ ihn Matthias mit zorniger

Stimme wissen und legte plötzlich auf. Reinhard Stumpf verzog sein Gesicht und schüttelte dabei mit seinem Kopf als würde er damit ausdrücken, wie verrückt sich Matthias Kogler soeben benommen hatte. Er dachte nicht mehr länger darüber nach und fand, dass es die richtige Entscheidung gewesen war, ihm vorerst nichts von seiner absolut genialen Idee zu erzählen. Reinhard wollte unbedingt, dass Asena Hilal zuerst davon erfahren sollte und wollte im selben Moment sie anrufen. Doch noch bevor er ihre Rufnummer anwählen konnte, kam von der Küche ein lautes Geräusch, das klang als wäre gerade ein Glas auf den Boden gefallen und dabei zerbrochen. Also legte er sein Handy weg und ging schnell in die Küche um nachzusehen, was das gewesen sein konnte. Als er in die Küche angekommen war, stellte er fest, dass Romulus das Wasserglas, das auf dem Esstisch stand, auf den Boden geworfen hatte. Der Kater blickte ihn mit verschreckten Augen an und war dabei komische Laute von sich zu geben, so als würde er sich für das Missgeschick entschuldigen wollen. Denn das passierte ab und zu, dass einer der Kater das Wasserglas auf den Boden warf, nachdem sie mit voller Wucht vom Boden aus auf den Esstisch hinauf sprangen. Reinhard nahm das, wie immer auch gelassen und lächelte, während er zu Romulus sagte >>*Na, hast du also wieder ein Wasserglas umgeworfen?*<< woraufhin Romulus wieder etwas sagte, das Reinhard nicht verstand. Schnell machte er sich ran, die Glasscherben aufzusammeln und die noch kleineren Stücke mit seinem Handstaubsauger aufzusaugen. Sobald er den Sauger einschaltete, bekamen Romulus und Quentin jedes Mal Angst vor dem lauten Geräusch, die er dabei machte und flüchteten schnell in ein anderes Zimmer. Und auch beim jetzigen Lärm erschrak Quentin und wachte bei dem Lärm sofort auf, woraufhin er flüchtete und sich unter dem Bett von Reinhard verkroch.

Romulus lief ebenfalls davon und versteckte sich unter dem Stuhl im Vorzimmer und beobachtete ganz vorsichtig, die komischen Bewegungen, die der Staubsauger machte.

Es dauerte nicht lange bis Reinhard alle Scherben aufgesogen und das verschüttete Wasser vom Boden aufgewischt hatte. Er leerte den Inhalt des Handstaubsaugers in den Mülleimer, der unter seinem Spülbecken platziert war und stellte ihn wieder zurück an seine Ladestation wo er sich wieder sofort auflud. Danach befüllte er ein neues Glas mit Wasser und stellte es wieder auf den Esstisch drauf. Denn Romulus und Quentin verbrachten oft Zeit auf dem Esstisch und tranken daher auch das Wasser, wenn sie sich wiedereinmal vorgenommen hatten, auf dem Esstisch zu liegen und sich zu entspannen. Denn wenn dort kein Wasser für sie bereit stand, versuchten sie immer das Wasser von Reinhard zu trinken, das er zu seinem Essen trank. So ließen sie ihn und sein Wasser in Ruhe und er konnte es austrinken ohne sich Sorgen darüber machen zu müssen, dass sein Leitungswasser voller Katzenspeichel gewesen war.

Seine Zigarre war schon über der Hälfte gewesen und er hatte die Banderolen bereits abgenommen und entsorgt. In sein Sammelalbum kamen sie nicht hinein, da er bereits schon mal dieselbe Zigarre paffte und von damals schon die Banderolen darin aufbewahrt hatte. Er machte einen weitern Zug davon und kippte den letzten Schluck Kaffee seine Kehle hinunter. Er überlegte, was er eigentlich machen wollte, aber er kam nicht sofort drauf. Erst nach knapp einer Minute intensiven Nachdenkens, wusste er wieder, was er eigentlich machen wollte, bevor sein Kater Romulus das Wasserglas vom Esstisch hinunter warf. Er war dabei Asena Hilal anzurufen um ihr von seiner genialen Idee zu berichten, Sophia's Geist zu fangen. Er nahm sein Handy wieder in die Hand und war schon fast dabei ihre Rufnummer anzuwählen, doch im letzten Moment entschied er sich dagegen. Er war der Meinung, dass das noch Zeit hätte und, dass er sie damit lieber nicht belästigen sollte. Reinhard dachte sich, dass sie wahrscheinlich immer noch vom gestrigen Vorfall wütend gewesen war und lieber noch einen weiteren Tag damit warten wollte. Also legte er sein Handy weg und machte einen weiteren Zug von seiner Zigarre und blies den blau-weißen Dunst aus.

Kurz vor dem Ende, legte er das letzte Stück der Zigarre, das übrig blieb, in den Aschenbecher und ließ es ausbrennen. Denn ein richtiger Zigarren Aficionado zerdrückte niemals eine Zigarre um sie auszudämpfen. Er machte es auf die elegante Art und Weise, so wie es sich auch gehörte und ließ sie im Aschenbecher langsam ausbrennen, während sich ein dünner Schweif dabei bildete, der fast schon hypnotisierend empor stieg und dabei aussah, als würde er zu dem Rhythmus des leichten Windes tanzen.

Reinhard Stumpf verließ das Balkon und ging wieder zurück in das Wohnzimmer hinein.

Die beiden Kater hatten wiedereinmal angefangen miteinander zu ringen. Es war kein ernsthaftes ringen, sondern vielmehr aus Spaß. Das taten die beiden Stubentiger hin und wieder. Reinhard ging aber dennoch dazwischen und trennte sie voneinander, damit sie sich nicht unabsichtlich doch noch irgendwie verletzen konnten. Einmal war das nämlich schon mal passiert. Während der kleine Tiger mit dem kleinen Panther herumtobte und sie wieder am Ringen waren, hatte Romulus, aus Versehen, das linke Auge von Quentin erwischt, sodass es anschwoll. Zum Glück war es keine ernst zu nehmende Verletzung. Nach einem kurzen Besuch bei der Tierärztin, bekam Quentin eine Salbe verschrieben, die sein Auge in nur wenigen Tagen wieder komplett heilte. Seitdem passte Reinhard besonders gut auf, wenn sie sich aus Spaß wiedereinmal versuchten gegenseitig auf den Boden zu drücken und ging dazwischen, sobald er eine mögliche Verletzungsgefahr erkennen konnte. Doch auch diesmal schaffte er es die beiden Buben, ohne Verletzungen, auseinander zu bringen. Und schon fing Romulus an sich mit seiner Zunge zu putzen, während Quentin es bevorzugte sich am Kratzbaum gemütlich zu machen.

Reinhard wollte sich sein Mittagsessen vorbereiten. Er ging in die Küche und überlegte ganz kurz, worauf er denn am Liebsten Lust hätte. Es dauerte nicht lange und er kam zu einem Entschluss. Diesmal würde er sich Spaghetti mit Sauce Bolognese zubereiten. Und das Ganze zu einhundert Prozent vegan. Während er kochte, hörte Reinhard gerne Musik dazu. Meistens waren es klassische Meisterwerke wie zum Beispiel von Vivaldi, Mozart, Chopin, Tchaikovsky und weitere. Diesmal hatte er sich für die vier Jahreszeiten von Vivaldi entschieden und drehte dazu die Musik auf seinem Tablet auf. Kaum hatte er angefangen die einzelnen Zutaten hervorzuholen, kamen auch schon die beiden Kater in die Küche gerannt. Obwohl sie satt waren, waren sie dennoch neugierig darauf, was für leckere Sachen Reinhard da wohl haben könnte und, ob sie eventuell etwas davon abbekommen könnten. Romulus schnurrte und gab leicht heulende Laute von sich, während er sich zwischen Reinhard's Beinen herum schlängelte und sich an ihnen rieb. Quentin hingegen war auf den Esstisch hinaufgesprungen und beobachtete mit großer Faszination, die Bewegungen von Reinhard. Er machte ihnen klar, dass sie nichts davon abbekommen würden und gab ihnen stattdessen jeweils ein Stück Katzenstick, die er von seinem kleinen Vorratskammer geholt hatte. Romulus verschlang seines sofort gierig hinunter, während Quentin sich dabei etwas Zeit ließ und genüsslich drauf herumkaute. Romulus starrte auch schon auf den Stick von Quentin, in der Hoffnung, dass er auch diesen essen könnte. Sie waren beide schlanke Katzen, obwohl Romulus mehr essen konnte als Quentin, aber dennoch nie wirklich genug hatte. Er konnte immer essen, wenn er es wirklich wollte. Quentin konnte schon nach ein paar Bissen satt werden. Romulus hingegen würde bis zum Platzen essen können.

So konnte Reinhard, nachdem beide seiner Katzen beschäftigt waren, in aller Ruhe weiter kochen.

Es war bereits Abend geworden. Reinhard hatte seine Spaghetti Bolognese nach veganer Art genüsslich verzehrt und machte es sich nun wieder auf seinem Balkon gemütlich, während er die Abendsonne genoss. Diesmal rauchte er eine Pfeife und lächelte während er erneut an seine hervorragende Idee vom Vormittag dachte. Romulus und Quentin lagen ebenfalls am Balkon und genossen die letzten Sonnenstrahlen, die auf ihren sanften Fell drauf fielen. Hin und wieder wälzten sie sich drunter.

Reinhard war sehr optimistisch bezüglich seiner Idee. Er war sich schon fast zu einhundert Prozent sicher, dass sie auch tatsächlich funktionieren könnte. Er konnte es kaum erwarten, am nächsten Tag, Asena Hilal davon zu berichten und ihre Reaktion darauf zu registrieren. Und noch gespannter war er auf die Reaktion von Matthias Kogler. Denn nicht der Inspektor, sondern er, ein trotteliger Geisterjäger, um es in den Worten des Inspektors auszudrücken, war auf diese geniale Idee gekommen. Darauf freute er sich ganz besonders, während er, mit einem weiten Lächeln im Gesicht, seine Pfeife rauchte.

KAPITEL 12

EIN ALTER BEKANNTER

Nur das Schluchzen und das Knirschen des Laubs unter ihren Füßen waren zu hören, während Marlene Hartmann vor ihrem Entführer, Thomas Richter, der zugleich ein alter Bekannter von ihr war, mit langsamen Schritten im Wald, der etwas außerhalb der Stadt lag, voran ging. Ihr Herz war stark am Klopfen, während ihre rot angelaufenen Augen mit Tränen gefüllt waren. Sie wusste nicht was er mit ihr vor hatte. Sie wusste nicht, wie weit sie noch gehen würden. Sie wusste nicht, ob sie diesen schrecklichen Abend lebend überstehen würde. Sie wusste nicht, ob sie je wieder ihren Ehemann, den sie vor wenigen Monaten verehelicht hatte, sehen würde. Sie wusste nur eines. Ein ehemaliger Kollege von ihr hatte sie, gleich nach ihrem Dienstschluss, mit einer Schusswaffe in den Wald, der weit weg von ihrem Zuhause lag, entführt. Er fuhr sie mit seinem Auto zu diesem Wald um ihr schreckliches anzutun. Doch er hielt es für richtig, ihr während der gesamten Fahrt, nichts davon zu erwähnen. Die geladene und entsicherte Waffe auf sie gerichtet, ging er ihr hinterher. Er drängte sie immer tiefer in den Wald hinein und je weiter sie gingen umso dunkler wurde er, weil die Bäume noch dichter bewachsen waren als die, die sie bereits einige Meter hinter sich gelassen haben.

>>*Hier kannst du stehen bleiben*<< sagte er mit einer rauen Stimme zu ihr. Marlene blieb stehen und fing vor Angst zu zittern an.

>>*Na los! Drehe dich um!*<< befahl er ihr. Langsam drehte sich Marlene zu ihrem Entführer um und in dem selben Moment, fielen schon die ersten Tränen über ihr Gesicht und

drangen teilweise durch ihre zittrigen Lippen in ihren Mund hinein.

>>*Hier ist es gut*<< flüsterte Thomas ihr zu. >>*Bitte Thomas! Wieso hast du mich hierher gebracht? Wieso richtest du eine Waffe auf mich? Was hast du denn mit mir vor?*<< wollte Marlene wissen und ihre Tränen rutschen dabei viel schneller über ihre Wangen hinunter und tropften von ihrem Kinn auf den Waldboden hinab.

>>*All die Zeit...*<< fing Thomas mit leiser Stimme an und die Schusswaffe immer noch auf sie gerichtet >>*...All die Zeit lang wollte ich mit dir zusammen sein. All die Zeit lang, war ich in dich verliebt Marlene. Doch du lehntest mich ab und gabst mir keine Chance.*<< Marlene schluchzte noch mehr und bemühte sich mit verängstigter Stimme einen ganzen Satz aus-zusprechen >>*Ich bitte dich Thomas! Das ist schon so lange her. Ich bin jetzt glücklich verheiratet. Bitte lass mich wieder nach Hause gehen!*<< flehte sie ihn an.

Thomas wurde wütend und schrie sie an, während seine Hand, in der er die Schusswaffe hielt, unkontrolliert auf und ab bewegte >>*Dieser glücklicher Mann hätte ich jetzt sein können Marlene. Wir könnten jetzt glücklich verheiratet sein. Doch du du hast mich stehen gelassen. Hast mich aussehen lassen wie ein Blödmann als ich zum Valentinstag mit deinen Lieblings-blumen und der Schachtel mit deinen Lieblingspralinen darin vor dir stand. Du hast sie nicht nur angenommen, sondern mich auch, auf eine arrogante Art und Weise, ja schon fast spöttisch, ausgelacht und mir deutlich zu verstehen gegeben, dass ich unter deiner Würde bin. Dass ich dir nicht gut genug bin. Dass du besser bist als ich.*<< Er brüllte so laut, dass Marlene vor Schreck zusammenzuckte und ihre Augen ganz fest schloss. Langsam ging er auf sie zu, woraufhin sie mit kleinen Schritten nach hinten ging. Erneut mit ruhiger Stimme

sagte Thomas >>*Bleib stehen Marlene!*<< Marlene blieb auf der Stelle stehen und sah, abwechselnd, mal zu Thomas und mal auf die Schusswaffe, dessen Lauf nur ein paar Zentimeter entfernt vor ihrer Nase auf sie zeigte. Thomas redete weiter mit ruhiger Stimme >>*Du hast mir damals das Herz gebrochen Marlene. Du hast mich verletzt.*<< Marlene weinte noch mehr und entschuldigte sich mehrmals mit leiser Stimme und hielt dabei ihre Arme schützend vor ihrem Körper. Doch Thomas zeigte keinerlei Erbarmen und sprach mit dem selben Tonfall weiter >>*Dachtest du tatsächlich, dass ich mir das einfach so gefallen lassen würde? Dachtest du tatsächlich, dass ich plötzlich das Interesse an dir verlieren würde? Hast du über-haupt eine Ahnung, wie es ist, wenn man sich in eine Person verliebt hat, aber keine positive Reaktion entgegen bekommt? Weißt du eigentlich, wie schlimm es für jemanden ist, der eine Person liebt, aber nicht mit ihr zusammen sein kann und ganz genau weiß, dass genau diese Person, mit jemand anderem zusammen ist? Weißt du wie weh das tut?*<<
Marlene schwieg und hörte ihm weiter voller Angst zu. Thomas näherte sich ihr noch mehr und flüsterte in ihr Ohr >>*Dachtest du, dass ich es einfach so hinnehmen würde, dass du dich für jemand anderes entschieden und ihn sogar geheiratet hast?*<< Er leckte langsam ihre Wange ab, sodass sie vollkommen angewidert ihr Gesicht wegdrehte. Thomas ging wieder ein paar Schritte zurück und sagte >>*Nicht nur dein geliebter Ehemann soll etwas von dir haben. Auch ich werde mich nun mit dir vergnügen. Ich hatte es mir zwar anders vorgestellt und hätte es dir viel romantischer gestalten können, aber du hast mir ja diese Chance verwehrt. Also werde ich es dir zuerst hier im Wald besorgen und dann werde ich dich umbringen. Denn wenn ich nicht mit dir zusammen sein kann, soll das niemand können.*<< Er leckte sich dabei

über seine Lippen während Marlene vor Angst und Panik, als sie gehört hatte, dass er sie vergewaltigen und anschließend ermorden will, wackelige Beine bekam und dabei weinend ihn anflehte >>*Ich...ich b...b...bitte dich Thomas! Das...das kannst du doch nicht ernsthaft vorhaben. Bitte...bitte lass mich wieder nach Hause gehen! Ich flehe dich an! Bitte lass mich gehen! Ich verspreche dir, dass ich keinem auch nur ein Wort davon erzählen werde. Es tut mir Leid, dass ich dich damals nicht angemessen behandelt habe, aber ich hatte einfach nicht die selben Gefühle für dich, wie du für mich...*<< Als Thomas diesen Satz zu hören bekam, wurde er wieder wütend und unterbrach sie auf der Stelle >>*Halt dein verfluchtes Maul!*<< Seine Stimme wechselte sich schlagartig von einem Moment zum anderen und wurde wieder ruhiger >>*Jetzt werden wir uns beide schön vergnügen und ich werde es dir besser besorgen als dein Mann. Das garantiere ich dir!*<< Er grinste sie dabei ganz frech an und leckte sich erneut langsam über seine Lippen. In dem Moment fing Marlene zu schreien an. Sie schrie um Hilfe so laut sie konnte. Sofort stürzte sich Thomas auf sie und schlug sie mit einer Ohrfeige zu Boden. Schreiend fiel Marlene auf die abgefallenen Blätter und Äste, sodass einige von ihnen unter ihr abbrachen und dabei leise knisterten. In ihrem Mundwinkel lief etwas Blut hinunter, sodass sie reflexartig ihre Hand drauf hielt und dabei Thomas mit verschreckten und Tränen gefüllten Augen anstarrte. Er stand breitbeinig direkt über ihr, die Schusswaffe weiter auf sie gerichtet und sagte mit wütender Stimme >>*Hör auf zu Schreien! Hier hört dich ohnehin niemand.*<< Marlene weinte und schluchzte nur noch mehr. Sie zitterte am ganzen Leib. Thomas fing schon an, sein Gürtel zu lösen um anschließend seine Hose ausziehen zu können.

Ihr Ehemann Georg, hatte in der Zwischenzeit bereits mehrmals versucht, sie telefonisch zu erreichen, aber jedes Mal war die Sprachbox zu hören. Das war er von ihr nicht gewohnt gewesen. Normalerweise würde sie sich melden und Bescheid geben, dass sie sich verspäten würde, weil sie Überstunden machen oder, weil sie einkaufen muss oder, weil sie mit ihren Arbeitskolleginnen auf ein Kaffee gehen würde. Doch sie hätte bereits vor zwei Stunden nach Hause kommen sollen, aber das tat sie nicht. Georg rief auf ihrem Arbeitsplatz an um nachzufragen, ob sie vielleicht noch dort wäre und sich nicht melden konnte, weil zu viel los gewesen ist, aber ihre Vorgesetzte meldete ihm, dass sie bereits Dienstschluss hatte und sich auch schon verabschiedet hatte. Daher wurde Georg sehr misstrauisch und fing an sich ernsthafte Sorgen zu machen. Wo könnte sie bloß sein? Wieso hatte sie sich nicht gemeldet? Woher hätte er denn auch wissen sollen, dass ein ehemaliger Bekannter von ihr, der unbedingt mit ihr zusammen sein wollte, sie mit Waffengewalt in einen Wald, weit weg von ihrem Zuhause, in der es keine Netzverbindung gab, entführt hat um sie dort zu vergewaltigen und zu ermorden? Welcher Ehemann würde schon auf diesen Gedanken kommen? Also beschloss Georg eine Vermisstenanzeige bei der Polizei aufzugeben und machte sich sofort auf den Weg zur nächsten Polizeiinspektion.

Der Himmel war bereits dunkler geworden und die Sonne war dabei unterzugehen, während Thomas sein Gürtel aus seinem Hosenbund herauszog. Marlene saß hilflos vor ihm und konnte nichts anderes machen als ihm dabei zuzusehen, was er als nächstes vorhaben könnte. Mit einem ekelerregendem Grinsen starrte er zu Marlene hinab und tat sich dabei schwer, mit einer Hand, seine Hose aufzubekommen.

Während er damit beschäftigt war, seine untere Hälfte des Körpers vor ihr zu entblößen, konnte Marlene sehen, wie irgendetwas, ganz langsam, hinter Thomas hervor stieg. Sie beobachtete es genauer ohne Thomas davon etwas zu erzählen. Als sie nun ganz deutlich erkennen konnte, was das gewesen war, verschlug es ihr vor Schreck den Atem. Das konnte es doch nicht sein? Was zur Hölle sollte das? War ihre Angst schon so sehr fortgeschritten, dass sie anfing zu halluzinieren? Verlor sie jetzt etwas ihren Verstand?

Nein, das war echt. Das was sich direkt hinter Thomas befand war real. So viel Phantasie hätte sie gar nicht um sich eine solche Kreatur ausdenken zu können. Was auch immer das für ein abscheuliches Wesen war, es sah ziemlich böse auf Thomas hinab, sowie er auf Marlene hinab sah. Thomas merkte nun das seltsame Verhalten von Marlene und fragte sie was los sei. Doch Marlene schwieg. Das freche Grinsen von Thomas wurde durch ernsthafte Blicke ersetzt. Er fragte sie erneut, was mit ihr los war und auch diesmal blieb Marlene schweigend sitzen. Thomas wurde, ohne zu ahnen, wer oder was hinter ihm stand, richtig wütend und war dabei sich auf Marlene zuzubewegen. Doch in dem Augenblick nahm er ein Gestank wahr, sodass er sich die Nase zuhielt und fragte, woher dieser übler Gestank plötzlich hergekommen war. Er blickte sich um und als er sich umdrehte, sah er die abscheuliche und ekelerregende Gestalt eines blonden Mädchens, die voller Blut und Dreck war, direkt vor sich schweben und starrte in ihre scheußlichen und verrotteten Augen hinein. Thomas blieb fast das Herz stehen, als er diese Kreatur sah. Dann richtete er seine Waffe, mit zitternder Hand, auf das abscheulich stinkende Wesen und fragte >>*Wer oder was zum Teufel bist du?*<< Er bekam keine Antwort. Also fragte er erneut >>*Ich fragte, wer oder...*<< sein Satz wurde unterbrochen als das bleichweiße Mädchen mit ihren kalten, dürren und knochigen Händen sein Kopf hielt und einmal um die eigene Achse verdrehte. Das Knacksen seines gebrochenen Genicks war deutlich lauter als die abgefallenen Äste, die unter Marlene abgebrochen waren.

Nachdem der leblose Körper von Thomas, dessen Kopf nun nach hinten anstatt nach vorne blickte, zu Boden fiel, starrte das unheimliche Monstermädchen zu der noch immer mit Angst und Schrecken versetzten Marlene. Plötzlich fing Marlene aus tiefster Kehle zu Schreien an, sodass einige Vögel, die sich auf den Bäumen befanden, mit wildem Geflatter davon flogen, stand ganz schnell auf und lief so schnell sie konnte noch weiter und tiefer in den dunklen Wald hinein. Sophia's Geist, der sich in seinem furchterregenden dämonischen Gestalt befand, sah ihr hinterher und hatte keinerlei Interesse daran sie zu verfolgen. Stattdessen machte sie sich an die Leiche von Thomas heran und begann ihn mit ihren messerscharfen Krallen auszuweiden und Teile seiner inneren Organe zu verspeisen.

Marlene, die sich immer noch unter Schock befand, lief immer weiter von der Stelle, an der sich, in so kurzer Zeit, so viel schreckliches ereignet hatte, davon. Ihr Herz raste sogar noch schneller als sie lief und sie atmete und keuchte ganz laut, während sie dabei weinte. Verzweifelt versuchte sie einen Weg aus diesem schrecklichen Wald zu finden, doch es schien so, als hätte sie sich verirrt und war darin gefangen. Ab und an wischte sie sich die Tränen vom Gesicht ab und konnte nicht aufhören daran zu denken, zu wessen Zeugin sie gerade eben geworden war. Der Mann, ihr Entführer, der auf den Namen Thomas hörte und den sie vor vielen Jahren durch eine ehemalige Freundin kennengelernt hatte, der vor hatte sie zu vergewaltigen und dann zu ermorden, war von einer dämonischen Gestalt das Genick gebrochen worden. Wo kam dieses Un-

geheuer so plötzlich her? Und wo war sie jetzt? Machte sie
etwa nun Jagd auf sie? Hattet sie jetzt vor ihr das Genick zu
brechen und sie zu töten?

Viele Fragen gingen ihr durch den bereits völlig verwirrten
Kopf, während sie immer noch verzweifelt nach einem Weg
suchte, der sie aus diesem Wald endlich befreien sollte.

Plötzlich fiel ihr ein, dass sie ihr Handy die ganze Zeit über bei
sich hatte. Sie blieb stehen, sah sich einmal in alle Richtungen
um, um zu sehen, ob die Kreatur hinter ihr her gewesen war,
holte ihr Handy aus ihrer Hosentasche heraus und wollte Hilfe
rufen. Ihre Tränen wurden stärker und sie schrie dabei vor Wut
als ihr klar wurde, dass sie überhaupt kein Empfang hier hatte.
Sie brach in noch mehr Verzweiflung aus und drehte sich einmal um ihre eigene Achse um hoffnungslos ein Ausweg zu
finden. Doch egal wohin sie hinblickte, konnte sie nichts als
Bäume sehen. Kein Ausweg war zu erkennen. Kein Licht war
am Ende des Tunnels zu sehen. Sie war hilflos dem Wald ausgeliefert, der immer und immer dunkler wurde.

Georg war bereits bei der Polizeiinspektion angetroffen und
hatte auch schon seine Vermisstenanzeige aufgegeben. Die
Polizei leitete umgehend die nötigen Maßnahmen ein und
schickte eine Streife zu ihrem Arbeitsplatz, an der sie das letzte
Mal gesehen worden war, hin. Marlene war in einem Supermarkt als Kassiererin beschäftigt und hatte um halb acht Uhr
Dienstschluss. Mittlerweile war der Supermarkt bereits zu als
die Polizeistreife dort angekommen war. Die beiden Beamten
versuchten eine mögliche Spur zu finden, doch konnten nichts
finden. Sie machten die Filialleiterin ausfindig, die den Beamten genau das sagte, was sie dem Ehemann von Marlene
gesagt hatte. Auch das brachte sie nicht weiter, woraufhin sie
nicht wussten, wie sie nun voran gehen sollten. Die Polizei-

inspektion erweiterte die Suchtruppe und setzte alle verfügbaren Einheiten ein um nach der vermissten Marlene zu suchen. Es wurden sogar zwei Hubschrauber beauftragt und eine Vermisstenanzeige wurde auf der Plattform der Polizei in Wien, aber auch für ganz Österreich, in den Sozialen Medien geschaltet, sodass Personen, die sie gesehen haben könnten oder sogar wussten wo sie sich befand, melden konnten. Georg hoffte, dass seine Ehefrau, dadurch viel schneller ausfindig gemacht werden würde. Doch es vergingen Stunden und die Suche nach Marlene blieb erfolglos. Auch über die Sozialen Medien meldete sich niemand. Und von Marlene selbst, kam auch keine Meldung. Georg war vollkommen nervös und aufgeregt. Er konnte nicht mehr ruhig sitzen und ging ständig auf und ab. Die Polizei versuchte ihr Handy zu orten, aber sie konnten noch keine Verbindung herstellen. Das letzte Signal, das auf ihrem Computer angezeigt wurde, war der Standort des Waldes, in der sie entführt worden war. Doch das lag schon Stunden zurück. Dennoch wurde ein Spezialsuchtrupp zu dem Wald geschickt damit sie ihre Suche dort weiterführen können. Georg bekam wieder ein wenig mehr Hoffnung.

Es war schon fast Mitternacht gewesen und Marlene war immer noch im Wald gefangen. Egal welchen Weg sie auch einschlug, schien es so, als würde sie wieder am selben Fleck landen. Sie fand einfach nicht hinaus aus diesem irrsinnigen Wald, der ihr schon wie ein großes Labyrinth vorkam. Zumindest war das Monster, das Thomas ein paar Stunden zuvor umgebracht hatte, nicht hinter ihr her gewesen. Jedenfalls hatte sie sich seitdem nicht mehr blicken lassen. Marlene hatte zwar auch keine Bedenken daran, dass sich das auch ändern würde, aber dennoch war sie sich dabei nicht sicher gewesen.

Sie war schon vollkommen erschöpft und müde, aber sie wollte noch nicht aufgeben. Sie wollte noch weiter ein Ausweg aus diesem grauenhaften Wald heraus finden bis sie vor Erschöpfung umfallen würde. Inzwischen war sie völlig verschwitzt und verdreckt gewesen. Auch ihre Bluse hatte schon einige Risse von den Bäumen und Ästen abbekommen, an denen sie sich hindurch zwängen musste.

Es wurde auch schon kälter im Wald, sodass sie sich mit ihren Händen ihre Arme rieb um dadurch für Wärme zu sorgen. Sie konnte kaum noch ihre Augen offen halten und ihr Magen begann zu knurren. Ihre Lippen waren dehydriert und an der Platzwunde klebte vertrocknetes Blut.

So langsam begann sie sich mit dem Gedanken anzufreunden, dass sie die Nacht im Wald verbringen müsste. Das gefiel ihr natürlich ganz und gar nicht, aber alles andere schien sehr hoffnungslos zu sein. Immer wieder kontrollierte sie ihr Handy um nachzusehen, ob sie vielleicht schon ein Empfang hatte, aber die Enttäuschung wurde bei jedem Mal größer.

Wenigstens konnte sie das Blitzlicht, das sich auf der Rückseite ihres Handy's befand, das sich auch hervorragend als Taschenlampe eignete, verwenden und sich so ihren Weg im finsteren Wald bahnen. Zu ihrem Bedauern sollte es sie jedoch nicht länger in der Dunkelheit führen, da ihr Akku so langsam schwach wurde. Sobald das eintreffen würde, wäre sie vollkommen hilflos dem Wald ausgeliefert gewesen. Daher beeilte sie sich und suchte so schnell und so gut sie konnte nach einem Weg, der sie endlich hinaus in die Zivilisation führen würde.

Der Spezialsuchtrupp war bereits im Wald angekommen und hatte sofort mit der Suche gestartet. Mit Taschenlampen und Walkie-Talkies ausgerüstet, verteilten sie sich im Wald und hofften darauf, nicht auf eine weibliche Leiche zu treffen.

Sie suchten in einem Umkreis von einhundert Metern den gesamten Wald ab. Von allen Richtungen hatten sie den Wald eingekreist. Auch ein Hubschrauber unterstützte sie vom Himmel aus mit großen und starken Scheinwerfern.

Es dauert gerade mal zwanzig Minuten und schon fanden sie eine Leiche. Es war zwar nicht die Leiche einer Frau gewesen, die vor wenigen Stunden als vermisst gemeldet worden war, aber dafür die eines vollkommen entstellten Mannes. Bei dem Anblick wurde einigen von ihnen sehr übel, da sie so etwas zuvor noch nie erlebt hatten. Sofort wurde die Polizeiinspektion verständigt und die Leiche gemeldet. Georg war zuerst sehr besorgt darüber, konnte jedoch wieder aufatmen, als er hörte, dass es sich um einen Mann bei der vorgefundenen Leiche handelte.

Es wurde beschlossen, dass die Leiterin der Mordkommission, Asena Hilal, auf der Stelle verständigt werden soll.

Im Gegensatz zu der letzten Nacht, hatte Asena diesmal keine Albträume. Nach dem Besuch bei ihrer Eltern konnte sie seelenruhig schlafen und die nötige Energie für den nächsten Arbeitstag auftanken. Doch diese Energie, zumindest ein Teil davon, sollte sie noch in dieser Nacht verbrauchen. Dafür würde der eingehende Anruf auf ihrem Handy schon sorgen. Es wollte einfach nicht zu läuten aufhören. Völlig verschlafen nahm Asena das Handy von ihrer Kommode zur Hand und meldete sich gähnend zu Wort >>*Hilal hier, was gibt's?*<< Als sie die Antwort des Beamten am anderen Ende zu hören bekam, verschwand jedoch ihre Müdigkeit und die besagte Energie schoss bereits durch ihren Körper >>*Verzeihen Sie die Störung Frau Inspektorin, aber es handelt sich um ein Notfall. Eine völlig entstellte männliche Leiche wurde soeben in einem nahegelegen Wald vorgefunden. Sie müssen sofort kommen* *und sich das ansehen!<<*

>>Bin schon unterwegs!<< antwortete Asena und legte auf. Sie rief umgehend bei ihrem Kollegen und Partner Matthias Kogler und danach bei Reinhard Stumpf an und meldete ihnen ihren aktuellsten Fall. Gleich danach machte sie sich sofort auf den Weg zu der Fundstelle und sie wusste genau, wobei es sich bei diesem Fall handelte.

KAPITEL 13

GEIST, DÄMON ODER ENGEL

Asena Hilal war schon fast im Wald angekommen, in dem die Polizeisuchtruppe auf den entstellten Leichnam eines Mannes gestoßen war. Die ganze Zeit über während der Fahrt, malte sich Asena in ihrem Kopf aus, wen wohl der Täter diesmal sexuell belästigt haben könnte, sodass er durch die Hand eines rachsüchtigen Geistermädchens sterben musste. Und vor allem überlegte sie sich, auf welche brutale Art und Weise sie ihn tötete. Sie hatte zu schnell aufgelegt, sodass sie keine weiteren Informationen erhalten konnte. Sie war viel zu aufgeregt gewesen. Außerdem würde sie sich das schon vor Ort genauer ansehen.

Es waren nur noch wenige Minuten, die sie vom Tatort trennten. In Kürze würde sie auch schon eintreffen. Sie trat ordentlich auf das Gaspedal ihres weißen Audi A1 und zu ihrem Glück gab es um diese Zeit, in dieser Gegend, kein Verkehr.

Schon nach wenigen Minuten traf sie im Waldgebiet ein und stellte ihr Fahrzeug an einer günstigen Stelle vor dem Wald ab. Sofort wurde sie schon von ihren Kolleginnen und Kollegen von der Streife empfangen und über den grausamen Fund aufgeklärt. Nun wusste sie, wie er umgebracht wurde. Ihm wurde der Kopf verdreht und zudem wurde er ausgeweidet. So ungern sie das auch tat, musste sie sich den Leichnam selbst ansehen um sich ein besseres Bild zu verschaffen. Kaum wurde sie zu der Leiche geführt, traf auch schon ihr Partner Matthias Kogler ein und bewegte sich in einem schnellen Tempo ebenfalls zu der Leiche.

Als er ankam grüßte er seine Partnerin Asena und sagte

>>*Verdammt! Das sieht ja mal richtig übel aus?*<< Asena
nickte mit ihrem Kopf und sagte >>*Ja, so ist es leider.*<<
>>*Sicher, dass es unser Geistermädchen gewesen war?*<<
wollte Matthias von ihr wissen. Nach kurzer Überlegung antwortete sie >>*Sicher bin ich mir nicht, aber ich gehe ganz
stark davon aus, dass das auch ihr Werk gewesen war.*<<
Matthias schwieg und betrachtete die entstellte Leiche mit
einem großen Ausdruck von Ekel im Gesicht. Die Leiche, die
noch vor wenigen Stunden eine Frau vergewaltigen und ermorden wollte, war nun selber auf eine grausame Art und
Weise ermordet worden. Sein Kopf war komplett um die
eigene Achse verdreht worden. Sein Bauch war von oben bis
unten aufgerissen gewesen, sodass die noch vorhandenen
Organe heraus getreten waren. Die Organe, die fehlten, hatte
Sophia verspeist. Genauso befanden sich seine Augen nicht
mehr in seinen Augenhöhlen. Auch am Waldboden waren sie
nicht aufzufinden, woraus Asena sich dachte, dass auch sie von
ihr verspeist worden waren. Sonst lag eine große Blutlache, die
bereits großteils von der feuchten Erde aufgesogen worden
war.
Während sie die Leiche so anstarrten traf auch schon Reinhard
Stumpf samt seinem Equipment ein. Er hatte kein eigenes
Auto, weswegen er mit dem Taxi gekommen war. Auch er
begrüßte die beiden Inspektoren und betrachtete die grausige
Leiche. Er war der einzige, der dabei seine Miene nicht verzog,
sondern eher gelassen wirkte. Schließlich gehörten solche
Begegnungen zu seinem Beruf als Geisterjäger. Er machte sich
immer auf derartige Horrorszenarien bereit und stellte sich
schon im Vorfeld drauf ein. >>*Und? Was ist Ihre Diagnose
Herr Doktor?*<< fragte ihn Matthias spöttisch. Reinhard
Stumpf ließ sich nicht von ihm provozieren und sagte mit
freundlicher und ruhiger Stimme >>*Es ist eindeutig das Werk*

231

von Sophia. Ein weiterer Racheakt. Eindeutig!<< Matthias
verdrehte seine Augen und sagte nichts darauf. *>>Was sagen
Ihre Geräte Herr Stumpf?<<* wollte Asena von ihm wissen.
Ohne länger darüber nachzudenken, richtete er sein Equipment
ein und fing schon zu messen an. So wie er die Geräte ein-
geschalten und das Messgerät in die Höhe gehalten hatte,
meldeten alle Sensoren, die Anwesenheit einer paranormalen
Erscheinung. *>>Ich denke, deutlicher geht es wohl nicht<<*
beantwortete er lächelnd ihre Frage. Asena senkte ihren Kopf
und starrte eine Weile nachdenklich auf den entstellten Körper,
der direkt vor ihr lag. In diesem Augenblick kam ein Beamter
zu dem Trio und sagte *>>Frau Inspektorin! Ich habe hier
jemanden für Sie?<<* Alle drei sahen zur selben Zeit zu dem
Beamten hinter ihnen und konnten eine Frau neben ihm sehen,
die wie ein Wrack aussah. Sie stand irgendwie auf ihren
zittrigen Beinen, sodass Asena das Gefühl hatte, dass sie jeden
Moment zerbrechen würden. Sie war völlig verdreckt und dehydriert. Auch ihre Kleidung sah aus, als hätte sie sich gerade
so aus einem Kriegsgebiet retten können. Der Beamte sprach
weiter *>>Die Dame hier heißt Marlene Hartmann. Sie wurde
von ihrem Ehemann, der bereits hierher unterwegs ist, als vermisst gemeldet. Der Tote da hinten...<<* er zeigte auf den
Leichnam und sie alle sahen reflexartig hin *>>...hieß Thomas
Richter und hatte sie hier in den Wald entführt um sie, laut
ihrer eigenen Aussage, zu vergewaltigen und anschließend zu
ermorden.<<* Alle drei, Asena, Matthias und Reinhard wirkten
nicht sehr überrascht über das was sie zu hören bekamen. Der
Beamte hielt eine transparente Plastiktüte hoch, in der eine
Schusswaffe sich drinnen befand und sagte *>>Und das war
seine Schusswaffe mit der er sie umbringen wollte.<<*
>>Danke Ihnen! Ab hier übernehmen wir<< machte Asena
dem Polizeibeamten klar, sodass er sich, mit der Schusswaffe

von Thomas Richter, wieder zurück zog. Asena ging mit langsamen Schritten zu Marlene und sagte >>*Frau Hartmann? Tut mir Leid, dass Sie all das hier durchmachen mussten. Wie geht es Ihnen jetzt?*<< Marlene sah mit vor Tränen und Erschöpfung rot angelaufenen Augen an und antwortete mit zittriger Stimme >>*Ich...ging...heute...durch die Hölle.*<< Sie brach sofort danach in Tränen aus. Asena sah ihren Kollegen Matthias und Reinhard an, die ihre Blicke erwiderten. Marlene umarmte, völlig unerwartet, Asena und weinte sich an ihrer Schulter aus >>*Ich bin so froh darüber, dass Sie alle endlich hier sind. Dass Sie mich endlich gefunden haben. Wenn Sie wüssten, wie schrecklich das alles gewesen ist. Wenn Sie wüssten, was ich so alles erleben musste, durchmachen musste. Das war die Hölle.*<< Asena legte ihre Arme um sie und versuchte sie zu trösten und zu beruhigen >>*Ich kann mir so in etwa vorstellen, was Sie alles durchmachen mussten Frau Hartmann. Doch jetzt sind wir ja bei Ihnen. Jetzt wird alles gut.*<< Sie klopfte dabei leicht auf ihren Rücken. Matthias wurde langsam ungeduldig und stellte ihr die Frage, auf die alle gespannt waren, aber im Moment nicht stellen wollten, da sie dachten, es sei unpassend >>*Frau Hartmann! Wissen Sie wer Ihren Entführer, Thomas Richter, so zugerichtet hat?*<< Reinhard Stumpf musste mit großen Augen ganz fest schlucken, während Asena ihm einen bösen Blick zuwarf. Matthias blockte ihre Blicke mit Schulterzucken ab. Marlene Hartmann richtete sich langsam auf und beantwortete seine Frage mit großem Entsetzen in der Stimme >>*Es war unglaublich. Ich traute meinen Augen nicht. Dachte, ich würde halluzinieren, aber es war echt. Sie war echt...*<< Das Trio wusste schon worauf sie hinaus wollte, hörte jedoch dennoch aufmerksam zu >>*...Ein Dämon in der Gestalt eines Mädchens. Sie sah fürchterlich aus und stank richtig ekelhaft nach Verwesung. Sie war das. Sie hat ihn so zu-*

233

gerichtet. Ich sah nur, wie sie hinter ihm aufgetaucht war und sein Genick brach, in dem sie sein Kopf einfach so verdrehte. Dass sie ihn dann noch so übel zugerichtet hat, sah ich nicht mehr, da ich vor Angst um mein Leben gerannt bin wie eine Wahnsinnige.<<

>>Ist gut Frau Hartmann. Wir danken Ihnen für Ihre Aussage!<< sagte Asena Hilal. Marlene Hartmann blickte sie mit Verwirrung in ihren Augen an und fragte ganz überrascht *>>Und, das glauben Sie mir einfach so? Denken Sie nicht, dass ich das erfunden haben könnte oder völlig durchgeknallt bin?<<* Asena warf einen erneuten Blick auf ihre zwei Kollegen zu und antwortete schließlich auf die Frage von Marlene Hartmann *>>Ja Frau Hartmann, wir glauben Ihnen...<<* Marlene sah sie noch verwunderter an als zuvor *>>...Sie sind nicht die erste Frau, die dieses Mädchen gesehen hat. Es gab bereits ähnliche Fälle vor diesem hier<<* beendete Asena ihren Satz. Sie schwiegen alle vier für einen kurzen Moment. Die Stille wurde von Marlene mit einer Frage unterbrochen *>>Was passiert jetzt mit mir?<<*

>>Nichts. Sie werden jetzt von Ihrem Ehemann abgeholt und sicher nach Hause gebracht<< versicherte ihr Asena. Kaum hatte sie ihren Ehemann erwähnt, traf er auch schon ein. Er wirkte vollkommen aufgeregt und verängstigt. Marlene und Georg umarmten sich auf der Stelle ganz fest und küssten sich mehrmals. Dann sah Georg die entstellte Leiche von Thomas Richter am Waldboden liegen, worauf hin er sofort wütend wurde *>>Ist das er? Ist das der Mistkerl, der meine Frau entführt hat? Das ist gut so, was mit ihm passiert ist...<<* Er wurde von Asena und Matthias unterbrochen, woraufhin Asena zwei Polizeibeamte zu sich rief und die beiden entfernen ließ. Jetzt waren sie wieder unter sich und überlegten welchen Schritt sie als nächstes machen sollten.

In diesem Moment erinnerte sich Reinhard Stumpf an die Idee, die er hatte und wollte den beiden Inspektoren davon berichten. Und er konnte es kaum erwarten, sie ihnen zu verraten. *>>Ich habe da vielleicht eine bombensichere Idee, die Ihnen beiden gefallen könnte<<* ließ er sie wissen und lächelte sie beide voller Zuversicht an, sodass sie sich beide wahrscheinlich dachten, ob er jetzt vollkommen den Verstand verloren hat. *>>Was für eine Idee haben Sie Herr Stumpf?<<* wurde Asena neugierig. *>>Ich werde es Ihnen verraten, aber nicht hier.<<* Matthias sah ihn dabei genervt an, schwieg jedoch. *>>Wir sollten lieber zurück in ihr Büro und den Plan dort besprechen<<* ließ er die beiden Inspektoren wissen. Nun wurde Matthias auch ungeduldig und fragte *>>Und wieso können Sie uns Ihren brillanten Plan oder die Idee, was auch immer Sie sich da ausgedacht haben, hier erzählen?<<* Asena konnte deutlich aus seiner Stimme hören, wie sehr Matthias ihn hasste. Auch Reinhard selbst war dies klar, aber er ignorierte es und antwortete auf seine Frage *>>Nun ja, sie erfordert einen gut durchdachten Plan. Wir müssen uns das vorher gründlich, und zwar bis auf das kleinste Detail, sehr gut überlegen. Uns dürfen keine Fehler unterlaufen, da es sonst eventuell sehr ernsthafte Konsequenzen nach sich ziehen könnte.<<* Matthias verdrehte kopfschüttelnd seine Augen. Asena war davon überzeugt und sagte *>>Also gut...<<<* Matthias sah sie mit fragenden Blicken an, doch sie ignorierte sie und brachte ihren Satz zu Ende *>>...Wir machen das so, wie Sie es sagen. Wir brechen sofort auf und besprechen das Ganze in aller Ruhe in meinem Büro.<<* Matthias schüttelte wieder mit seinem Kopf, aber stimmte dennoch zu. Denn etwas anderes blieb ihm nicht übrig.

Asena nahm Reinhard mit während Matthias alleine in seinem
Fahrzeug zurück zur Polizeistation fuhr. Er war schon ganz gespannt darauf, was sich sein „Lieblingsgeisterjäger", wohl so
feines überlegt hatte.
Insgeheim hoffte er sehr, dass er sich mit seiner Idee vor Asena
blamieren würde und musste an dem Gedanken daran laut
lachen.

Es war bereits zwei Uhr in der Nacht und sie befanden sich alle
im Büro von Asena Hilal. Asena und Matthias warteten ganz
gespannt darauf, was für eine Idee nun Reinhard Stumpf hatte.
Asena saß auf ihrem Stuhl und Matthias saß auf ihrem Schreibtisch und beide hatten ihre volle Aufmerksamkeit Reinhard
Stumpf gewidmet, der direkt vor ihnen stand, als würde er vor
seiner Klasse ein Referat halten wollen.
>>*Nun gut...*<< begann Reinhard Stumpf endlich seinen Vor-
trag >>*...Gestern kam mir eine Idee, wie wir am Besten diesen
Geist, äähhm, Dämon oder von mir aus Schutzengel, ich über-
lasse völlig Ihnen, als was Sie Sophia betrachten, zu uns
locken und vielleicht sogar ein für allemal aufhalten
könnten.*<< Er lächelte dabei bis über beide Ohren, weil er von
seiner Idee richtig begeistert gewesen war, doch die zwei
Inspektoren konnten ihm nicht ganz folgen, woraufhin Asena
ihn fragte >>*Und wie haben Sie sich das vorgestellt?*<<
Für einen Moment verging ihm das Lächeln und er antwortete
nervös >>*Ach ja, stimmt. Das Wichtigste hatte ich vergessen
zu erwähnen. Tut mir Leid, ich bin nur gerade so fasziniert von
der Idee*<< er lächelte wieder. Matthias schüttelte sein Kopf,
während er zuerst auf den Boden und dann wieder ihn anstarrte. Reinhard Stumpf klärte sie beide nun endgültig auf
>>*Wir werden eine sexuelle Belästigung vortäuschen*<< und
wieder lächelte er bis über beide Ohren. Matthias warf einen

fragenden Blick zu Asena, die mit ihren Schultern zuckte und eine Frage stellte >>*Und Sie sind sich da absolut sicher, dass das auch funktioniert?*<<

>>*Nu ja, sicher bin ich mir natürlich nicht, da ich so etwas noch nie zuvor probiert habe, aber es ist auf jeden Fall einen Versuch wert. Ich meine, für mich klingt es ziemlich logisch. Denn wenn wir eine sexuelle Belästigung vortäuschen, dann fällt sie hoffentlich drauf rein und lässt sich uns blicken*<< antwortete er. Matthias war von der Idee zunächst gar nicht begeistert und fragte, wie Reinhard sich das genau vorgestellt hatte, der wiederum drauf wie folgt antwortete >>*Also, ich dachte da ganz spontan an Sie beide*<< und zeigte mit seinen beiden Zeigefingern auf die überaus verwirrten Inspektoren, die ihn ansahen, als wäre er ein Außerirdischer. Beide machten dabei ganz große Augen und ihre Kinnladen berührten schon fast den Boden. Sofort meinte Asena dazu >>*Also Herr Stumpf! Mit allem Respekt, aber das ist eine sehr blöde Idee. Das geht so gar nicht.*<< Noch bevor Reinhard Stumpf darauf antworten konnte, fiel ihm Matthias zuvor und versuchte Asena von Reinhard's Idee zu überzeugen, auch wenn er sie noch so dumm fand, aber er wollte sich nicht die Gelegenheit entgehen lassen, auf dieser Weise Asena endlich etwas näher zu kommen. Reinhard's Plan war ihm vollkommen egal gewesen. Alles was für ihn dabei zählte, war es, Körperkontakt mit Asena haben zu können. Doch weder Asena noch Reinhard ahnten etwas von seinem schmutzigen Plan. Somit sagte er zu Asena, die ganz und gar nicht damit einverstanden war, folgendes >>*Also Asena! Jetzt überleg doch mal! Ja, ich weiß. Auch ich betrachte die Sache etwas skeptisch, aber ich denke, dass das eventuell doch funktionieren könnte. Wir sollten, wie es Herr Stumpf auf sagte, es mal probieren. Was kann da schon schief gehen. Oder fällt dir etwas besseres ein, wie wir*

das Geistermädchen Sophia austricksen könnten?<< Seine Stimme klang voller Zuversicht, sodass Asena langsam anfing, sich mit dieser Idee anzufreunden. Jedoch hatte sie immer noch Bedenken daran und ein mulmiges Gefühl im Magen. Doch sie willigte vielmehr deswegen ein, weil sie an das Gebet dachte, das ihre Mutter ihr mitgegeben hatte. Laut ihrer Aussage, sollte das Gebet, Ayetel Kürsi, sie vor bösen Geistern und Dämonen beschützen. Sie dachte sich, wenn sie das Gebet, das ihre Mutter ihr auf ein Notizzettel drauf geschrieben hatte, mehrmals wiederholen würde, dass dadurch Sophia ihnen nichts anhaben könnte. Daher beschloss sie nun endgültig bei dieser Falle mitzumachen und vertraute vielmehr dem Gebet ihrer Mutter, als auf den Plan von Reinhard Stumpf.

Um den Plan auch richtig realistisch wie möglich zu gestalten, hatte sich das Trio in einem verlassenen Lagerhaus versammelt. Im Gegensatz zu dem verlassenen Lagerhaus, in dem die zwei Paketlieferanten Emilio und Simon den Tod durch Sophia gefunden hatten, war dieser hier noch fast wie neu. Es war ein ehemaliger Platz gewesen in dem Elektrogeräte aller Art aufbewahrt wurden, bevor sie vom Lagerpersonal eingescannt, kommissioniert, auf die Paletten gestapelt und anschließend in die LKW's aufgeladen wurden um ihre Reise bis zu ihren Käuferinnen und Käufern antreten zu können. Reinhard Stumpf hatte bereits sein Equipment vorbereitet und war nun für den Empfang von Sophia bereit. Diesmal hatte er etwas mehr Equipment von zu Hause geholt, damit sein Plan auch Lückenlos funktionieren konnte. Schließlich spielte man mit Geistern und Dämonen nicht. Und noch weniger spielte man mit Menschenleben. Er trug also die gesamte Verantwortung dieses Plan's und wusste in welche schwierige Lage er sich gebracht hatte. Aber sie hatten nun keine andere Wahl.

Geisterbeschwörungen, spielen mit Ouija Board's und ähnliches hielt er für Unfug. Wahrscheinlich waren das auch einige der Gründe, wieso er bis heute keinen einzigen Geist fangen, ja nicht einmal auf einen treffen konnte. Doch irgendetwas tief in ihm sagte, dass das schon funktionieren würde. Er war zwar sehr nervös, aber auch nach wie vor optimistisch bei dieser gefährlichen Aktion.

Matthias interessierte der Plan schon lange nicht mehr. Er freute sich auf den Körperkontakt mit Asena und konnte es kaum erwarten. Asena hingegen war die ganze Zeit über gepackt von Angst und Nervosität. Einerseits machte sie sich große Sorgen darüber, dass der Plan nach hinten los gehen könnte und andererseits wusste sie auch nicht weiter, wie sie Sophia sonst erwischen könnten. Es war eine fifty-fifty Chance. Und jeder von ihnen wusste das. Jetzt hieß es nur noch, alles oder nichts. Sie atmete tief ein und aus und versuchte sich mit positiven Gedanken zu beruhigen.

>>*Ist nun jeder bereit?*<< Matthias meldete sich sofort >>*Ich bin bereit, Herr Geisterjäger!*<< und grinste wiederwertig. Asena hatte noch nicht geantwortet, woraufhin Reinhard sie erneut fragte >>*Frau Hilal! Sind Sie auch bereit?*<< Asena atmete noch einmal kräftig ein und aus und ihre Stirn glänzte, weil sie dabei so sehr schwitzte. Doch auch sie sagte >>*Ja, ja. Ich bin bereit Herr Stumpf. Lassen Sie uns anfangen und diese Sache so schnell wie möglich beenden!*<< Matthias grinste bis über beide Ohren als er diese Worte aus ihrem Mund hörte. Reinhard Stumpf machte sich nun auch bereit und stellte sich zu seinem Equipment hinüber. Ein letztes Mal, bevor sie anfingen, rief er noch zu ihnen >>*UND WEIß AUCH WIRKLICH JEDER, WAS ER ZU TUN HAT?*<< Augenverdrehend rief ihm Matthias zu >>*JA, JA! DAS WISSEN WIR! NUN FANGEN WIR ENDLICH AN!*<<

Woraufhin Asena lächelnd nickte und somit das Zeichen gab, dass auch sie bereit wäre. Reinhard gab ebenfalls ein Zeichen mit seinem Kopf und hielt dabei den Daumen hoch. Nun lag es der schauspielerischen Leistung von Matthias Kogler. Konnte er seine Rolle als Vergewaltiger überzeugend genug spielen, sodass sie tatsächlich dadurch Sophia herbei holen könnten? Nun ja, das würde sich in den nächsten Minuten schon zeigen. Sowie Reinhard seinen Daumen wieder herunter genommen hatte, legten die beiden Inspektoren mit ihren verteilten Rollen los. Asena spielte eine Frau, die sich verlaufen hatte und Matthias um Hilfe bat. Sie ging zu ihm und fragte ihn, wo sie sich gerade befinden würden. Matthias stellte jemanden dar, der sich keine Gelegenheit entgehen ließ, sich an verlaufene Frauen heran zu machen. Kaum hatte sie ihn gefragt und schon überfiel er sie auch. Er packte sie ganz fest an ihren Armen und zog sie näher zu sich. Während Asena, wie geplant, sich verteidigte, versuchte Matthias, voller Ernst, sie auf ihre Lippen zu küssen. Sowohl Asena als auch Reinhard dachten beide, dass er, wie geplant, in seiner Rolle eingetaucht gewesen war und auch so etwa vorspielte. Doch in Wahrheit, spielte er nichts vor. Alles was er tat, war echt, weswegen es sowohl Asena als auch Reinhard sehr realistisch herüber kam. Beide dachten, ganz unabhängig voneinander, dass Matthias seine Rolle wirklich sehr gut beherrschen würde und ein ebenso guter Schauspieler wäre. Aber keiner von ihnen, war in der Lage, seine wahren und schmutzigen Gedanken durchschauen zu können.

Bis auf Eine.

Sophia konnte ihn sehr wohl durchschauen und sie wusste ganz genau, dass das nicht gespielt, sondern sein Ernst gewesen war. Denn mittlerweile hatte er Asena zu Boden geworfen und sich mit seinem schweren Körper auf ihren gelegt und versuchte sie überall zu begrapschen, wo er nur konnte. Asena wurde es schon allmählich unwohl dabei und sie bat ihn, sich ein wenig zurück zu nehmen. Doch er wollte sich ganz und gar nicht zurücknehmen. Ganz im Gegenteil. Er wollte die Situation noch mehr ausnützen und war gerade dabei, seine Hand, in Asena's Hose hineinzustecken. Asena gefiel das nun absolut nicht und sie befahl ihm damit aufzuhören. Reinhard dachte, von seinem Platz aus, die gesamte Zeit über, dass sie sich beide sehr gut in ihre Rollen hineinversetzt hatten und war erstaunt über ihre schauspielerischen Darbietung gewesen. Während Asena sich verzweifelt versuchte zu befreien und auch Reinhard um Hilfe bat, konnte dieser plötzlich ganz Starke Signale auf seinen Geräten empfangen. Er wusste, was das zu bedeuten hatte und schrie zurück, dass sie ja nicht aufhören sollen. Seine Messungen und Signale spielten alle verrückt. Einige seiner Geräte bekamen Kurzschlüsse und fingen sogar teilweise zu brennen an. Es war ein unglaubliches Spektakel für ihn gewesen. So etwas hatte er noch nie zuvor erlebt. Sofort versuchte er die Geräte, die Feuer gefangen hatte, mit seiner Jacke, die er ausgezogen hatte, zu ersticken. Nachdem er das letzte Funken Feuer erstickt und seine restlichen Geräte dadurch in Sicherheit gebracht hatte, passierte es. Es bildete sich ein sehr starker Wind in der Lagerhalle, sodass einige seiner Geräte umfielen und kaputt gingen. Mit dem Fegen des Windes gemeinsam, machte sich ein unerträglich übler Gestank in der gesamten Lagerhalle breit. Und es dauerte nicht lange, da war Sophia in ihrem beige-weißen Kleid mit blauen Schmetterlingsmustern drauf aufgetaucht und schwebte direkt über ihnen. Ihr goldblondes Haar glänzte so sehr, dass es die dunkle Lagerhalle stark aufhellte.

Der Plan war aufgegangen. Er hat funktioniert. Reinhard konnte seinen Augen nicht glauben. Sie war es wirklich. Genau so wie in seinen Recherchen und den Zeugenaussagen. Er war überwältigt von ihr gewesen. Er war sehr fasziniert über dieses unvergessliche Spektakel gewesen.

Nicht so begeistert fanden es die beiden Inspektoren Asena und Matthias. Matthias ließ auf der Stelle von Asena ab und traute seinen Augen nicht. Asena richtete sich sofort auf und konnte ebenso kaum glauben, was sie da vor sich schweben sah.

Nun wurden sie alle Zeugen davon, wie das Geistermädchen, ihre dämonische Gestalt annahm. Das noch eben wunderschöne Mädchen wurde von einer Sekunde zur anderen zu einem abscheulichem, wiederwertigem, verfaultem, in Blut und Dreck vor sich hin verwesendem Ungeheuer. Und von dem kleinen, blonden Mädchen war nichts mehr zu erkennen.

Reinhard Stumpf war über diese sagenhafte Verwandlung noch überwältigter als ihre Erscheinung selbst.

Sowie Sophia ihre dämonische Gestalt zur Gänze angenommen hatte, richtete sie ihre Blicke sofort auf Matthias, der sie mit erschrockenen Augen ansah. Sie streckte ihren rechten Arm aus und ließ ihn auf der Stelle, schwebend, zu sich hinauf gleiten. Matthias wusste nicht, was nun vor sich ging und bat sowohl Asena als auch Reinhard etwas dagegen zu unternehmen. Reinhard war plötzlich verwirrt gewesen und versuchte mit seinen Geräten sie aufzuhalten, doch keines davon hatte auch nur die kleinste Auswirkung auf Sophia. Asena zog ihre Waffe hervor, richtete sie zu Sophia und schrie, dass sie Matthias auf der Stelle wieder hinunter lassen soll. Doch Sophia hörte nicht auf sie. Reflexartig und überfordert mit dieser Situation, feuerte Asena ein Kugel auf Sophia ab, die direkt durch sie durch ging und sich in die Wand hinter ihr hinein bohrte. In diesem Moment rief Reinhard zu ihr, dass eine Schusswaffe einem Geist nichts ausmachen würde und sie sie lieber weg stecken sollte bevor Sophia richtig wütend wurde.

Asena wurde das nun auch klar und sie versuchte mit Sophia zu reden. Was effektiveres wollte ihr in dem Moment nicht einfallen. Doch Sophia hörte nicht auf sie und hatte Matthias bereits auf Augenhöhe vor sich in der Luft schweben. Matthias konnte nun in ihre abscheulichen, gelblichen Augen hinein sehen, die ihn voller Wut und Hass anstarrten. Jetzt bekam er erst richtig Angst und schrie seine Kollegin und Reinhard an sofort etwas zu unternehmen. Asena fiel nun das Gebet wieder ein, das ihre Mutter ihr aufgeschrieben hatte. Sie holte es sofort aus ihrer Hosentasche und fing sofort laut zu Lesen an und wiederholte es immer wieder.

AYETEL KÜRSI

Allâhü lâ ilâhe illâ hüvel hayyül kayyûm, lâ te'huzühu sinetün velâ nevm, lehu mâ fissemâvâti ve ma fil'ard, men zellezi yeşfeu indehu illâ bi'iznih, ya'lemü mâ beyne eydiyhim vemâ halfehüm, velâ yü-hîtûne bi'şey'in min ilmihî illâ bima şâe vesia kürsiyyühüssemâvâti vel'ard, velâ yeûdühû hıfzuhümâ ve hüvel aliyyül azim.

Irgendwie schien es nicht zu funktionieren. Asena hatte das Gefühl, dass Sophia dadurch wütender wurde. Also dachte sie, dass es vielleicht doch etwas nützte und las es weiter laut vor. Immer und immer wieder las sie es von Anfang bis Ende vor. Reinhard war der Meinung, dass es Sophia gar nicht gefiel und bat Asena darum damit aufzuhören. Doch Asena dachte nicht daran. Sie las immer und immer wieder weiter vor.

Matthias schrie, sowohl aus Angst, als auch wegen Schmerzen, die Sophia ihm zufügte, in der Luft.

Jetzt strecke Sophia ihre beiden dürren und knochigen Arme in die Luft und setzte sie mit voller Kraft wieder ab. Sowie sie ihre Arme wieder herunter sank, explodierte der gesamte Körper von Matthias in tausende kleine Stücke und sowohl sein Blut als auch Reste seiner Fleischstücke dekorierten die naheliegenden Wände, die Decke und auch den Boden. Reinhard Stumpf und Asena waren beide sprachlos gewesen und konnten ihren Augen nicht trauen. Asena brach in Tränen aus, während Reinhard vor Angst zitterte und auf die Knie fiel. Nun fing Asena laut zu schreien an und trauerte ihrem Kollegen und Partner nach. Sie rappelte sich wieder auf und beschimpfte Sophia, die immer noch über sie und Reinhard, der weiche Knie bekam, schwebte. Asena war voller Tränen und Schweiß als sie mit zitternder Stimme immer noch versuchte das Gebet laut vorzulesen. Sophia wurde plötzlich wieder wütend und unruhig. Sie begann herum zufliegen, so als würde sie fliehen wollen. Aus irgendeinem Grund, konnte sie sich nicht einfach so wieder in Luft auflösen und verschwinden. Vielleicht funktionierte ja das Gebet doch, dachte sich Reinhard und feuerte nun Asena diesmal an. Er stand auf, stellte sich zu ihr hin und begann ebenfalls das Gebet mit ihr laut vorzulesen. Sie lasen immer lauter. Sophia wurde dabei immer unruhiger. Sie begann bereits zu Schreien und zu Heulen an. Ihre grässlich schrille Stimme war nicht auszuhalten. Sie flog schneller hin und her und wirbelte dabei ein Sturm auf. Das Gebet funktionierte und brachte sie durcheinander. Es dauerte nicht mehr lange und schon fokussierte sich Sophia auf Asena und Reinhard. Sie wollte sie angreifen, indem sie im Sturzflug auf die beiden zugeflogen kam. Dabei schrie und heulte sie umso mehr. Kurz bevor sie die beiden auch erwischen konnte, explodierte auch sie. Doch ihre Explosion ging nicht in Fleischstücken auf, wie bei Matthias. Sie verwandelte sich vielmehr in viele kleine blaue

Schmetterlinge, genau wie die, die ihr Kleid einst so lieblich schmückten. Es müssen hunderte von ihnen gewesen sein. Es war ein ganzer Schwarm, die fast schon die gesamte Lagerhalle überdeckten. Sie alle flogen etwa zu der Stelle, aus der Sophia erschienen war und fingen an sich, wie ein Wirbelsturm zu drehen. Langsam lösten sich all die blauen Schmetterlinge in luft auf bis kein einziger von ihnen übrig blieb. Es schien so als hätte das Gebet funktioniert und Sophia vernichtet. Vollkommen erschöpft sahen sich Asena und Reinhard an und konnten jeweils das stark klopfende Herz des anderen hören. In dem Moment wurde Asena erst jetzt klar, was die Bilder zu bedeuten hatten, die erst seit Kurzem vor ihren Augen aufblitzten. Sie erinnerte sich an ihren Albtraum und erkannte, dass diese Bilder davon stammten. Irgendwie hatte sie es vergessen oder unbewusst verdrängt. Jedenfalls spielte sich gerade eben fast alles genauso ab, wie in ihrem Albtraum. Matthias verging sich an ihr, während er auf ihr drauf gelegen hatte. Als Sophia auftauchte, ging ein stürmischer Wind. Genau wie in ihrem Albtraum. Und Matthias war in ihrem Albtraum bereit gestorben und jetzt auch im echten Leben. Sie erinnerte sich auch an Sophia's Angriff auf sie und ihre kurz darauf folgende Explosion. Und auch an den Schwarm blauer Schmetterlinge konnte sie sich wieder erinnern und auch daran, dass sie eine Formation ähnlich wie ein Wirbelsturm bildeten. Und natürlich auch Sophia selbst. Sie sah genau so aus wie in ihrem Albtraum. Asena wurde langsam klar, dass das vielleicht doch kein einfacher Albtraum gewesen war, sondern, dass sie vielleicht eine Vorsehung hatte oder, dass vielleicht sogar Sophia selbst dafür gesorgt und ihr die Zukunft gezeigt hatte. Wollte Sophia sie vielleicht über die Tat von Matthias, über sein Vergehen an sie, warnen? Wusste Sophia bereits früher, was Matthias eigentlich im Schilde führte? Hatte sie ihn deswegen umgebracht, weil sie wusste, dass er nichts vorspielte, sondern es Ernst meinte? Denn schließlich konnte Asena fühlen, dass er vollkommen außer sich gewesen war und sie dadurch gar nicht das Gefühl hatte, dass er nur etwas vorspielte. Die genaue Wahrheit darüber würde sie wohl nie erfahren.

Schockiert über den Verlust ihres Kollegen und Partners war sie dennoch gewesen.

Jetzt stand sie da und starrte mit Tränen in den Augen auf die Überreste ihres ehemaligen Kollegen und Partners.

Reinhard Stumpf legte tröstend seine Hand auf ihre Schulter und versuchte ihr beizustehen. Er konnte zwar Matthias Kogler nicht besonders gut leiden, aber den Tod würde er ihm niemals wünschen.

Schon gar nicht einen solch schrecklichen Tod.

DAS LEBEN DANACH

Seit dem schrecklichen Tod ihres ehemaligen Kollegen und Partners Matthias Kogler und der Vernichtung von Sophia's Geist, war inzwischen bereits ein Jahr vergangen. Es war ein warmer und sonniger Tag gewesen. Noch wärmer als im vergangenen Jahr. Wie jeden Monat, besuchte Asena Hilal, immer Freitags das Grab, in dem sich die Überreste von Matthias Kogler darin befanden, die man fand, als man sie aus der Lagerhalle, mit viel Mühe, entfernte.

Seitdem hatten sich keine Vorfälle ereignet, in denen von weiblichen Augenzeugen berichtet worden war, dass ein Geistermädchen ihre Angreifer auf eine schreckliche und brutale Art und Weise getötet hatte. Und selbst wenn es weitere Meldungen geben sollte, wären diese ihr egal gewesen. Denn Asena Hilal hatte, kurz danach, ihre Polizeimarke und Dienstwaffe niedergelegt und hatte ihren Job bei der Polizei gekündigt. Nach all diesen schrecklichen Ereignissen und dem noch schrecklicherem Verlust von Matthias Kogler, wollte sie nicht mehr länger als leitende Ermittlerin und Chefinspektorin tätig sein.

Nach einem wohlverdienten Urlaub, hatte sie die Idee, gemeinsam mit der Hilfe vom Verein Footprint, eine Selbsthilfegruppe für die betroffenen Damen, die alle eine Begegnung mit Sophia gemacht hatten, aber auch mit diejenigen, die zu Opfern von sexuellen Attacken wurden, zu gründen und diese auch zu leiten. Einmal in der Woche, fand ein solches Treffen statt, bei der alle betroffenen Damen immer verlässlich teilnahmen und versuchten gemeinsam ihre schrecklichen Erfahrungen, die sie durchmachen mussten, zu verarbeiten. So halfen und unterstützten sie sich gegenseitig. Asena Hilal, mochte ihren neuen Job und vermisste ihren alten nicht das kleinste Bisschen.

Sie war nur froh darüber, dass sie anderen Frauen helfen und ihnen Kraft und Mut geben konnte.

Mit Reinhard Stumpf waren sie bereits sehr gut und eng befreundet gewesen, weswegen sie sich, so oft sie konnten auf ein Kaffee trafen und dabei lange und wohltuende Gespräche miteinander führten. Sie hatten zwar keine feste Beziehung oder ähnliches miteinander, aber sie waren, seit dem Vorfall im vergangenem Jahr, sehr eng miteinander verschweißt gewesen. So eng, dass sogar Asena Hilal, seit einigen Monaten, vegan lebte und sich um seine beiden Katzen Romulus und Quentin kümmerte, wenn er sich mal auf einer Geschäftsreise befand. Denn nach seiner Begegnung mit Sophia, hatte Reinhard Stumpf, kurz darauf, sein neues Buch über sie und den gemeinsamen Fällen, die Asena, Matthias und er, verfolgt hatten, veröffentlicht. Sein Buch wurde zum absoluten Bestseller, sodass es nicht allzu lange dauerte, bis die Welt von ihm zu Hören bekam und viele ihn für Geister- und Dämonenjagd engagierten. Dank seiner Einnahmen und dem Marketing, konnte er seine Homepage viel professioneller gestalten und sich richtig teure und ebenso professionelle Equipments verschaffen. Er hatte es endlich geschafft sein Ziel zu erreichen und sich sein Traum zu erfüllen. Er war so gefragt gewesen, dass er kaum seinen Termin nachkommen konnte. Seine Frau war stolz auf ihn gewesen. Das wusste er bereits, weil er es auch geschafft hatte, Kontakt zu ihrem Geist herzustellen. Seitdem begleitete sie ihn auf seinen Reisen und half ihm dabei Kontakt mit anderen Geistern und manchmal auch mit Dämonen zu nehmen. Asena hatte sie bereits auch schon kennengelernt. Einmal fragte sie sie, ob sie Kontakt zu Matthias Kogler herstellen solle, doch Asena lehnte es ab und wollte seinen Geist in Frieden ruhen lassen. Sie wusste zwar, dass er, aufgrund seiner schlechten Seite, es wohl doch nicht so friedlich im Jenseits haben würde, aber sie wollte vielmehr an seine gute Seite glauben und ihn so in ihren Erinnerungen wahren.

Sowohl Asena als auch Reinhard hatten stets das Gebet, Ayetel Kürsi, bei sich getragen. Sie wollten beide auf eine Nummer sicher gehen, falls eines Tages ein weiterer Dämon oder ein böser Geist ihre Wege kreuzen sollte. Vor allem für Reinhard war das Gebet ein großer Vorteil gewesen. Es hatte ihn bereits einige Male vor den Kreaturen aus der Hölle beschützt.

So führten sie ihre Leben seitdem voran und versuchten mit ihren Erfahrungen anderen Menschen zu helfen.

EPILOG

So wie es für das herrlich heiße und schöne Wetter üblich war, lockte es viele Menschen nach draußen. Die Menschen gingen schwimmen, fuhren mit ihren Fahrrädern, gingen Joggen oder machten viele weitere sportliche Tätigkeiten. Einige bevorzugten es lieber spazieren zu gehen oder aßen lieber ein Eis in einem der zahlreichen Eissalons. Es gab viel, was man an solch einem herrlichen Wetter unternehmen konnte. Wie zum Beispiel es auch bei vielen beliebt gewesen war, in der gesamten Stadt, aber vor allem, im wiener Stadtpark auf Pokémon Jagd zu gehen. Hunderte Menschen waren süchtig nach dem Spiel Pokémon GO gewesen und spielten es recht intensiv. Ihnen durfte es einfach großen Spaß bereiten, kleinen, bunten und virtuellen, Taschenmonstern, so wie sie zu Deutsch genannt wurden, auf ihren Smartphones nach zu jagen und sie mit den entsprechenden Pokébällen zu fangen. Der neunzehn Jährigen Wienerin Claudia Kirschbaum machte es ganz besonders viel Spaß. So fern ihre Freunde Zeit hatten, begleiteten sie sie und jagten gemeinsam die virtuellen Monster. Doch die meiste Zeit war Claudia alleine auf der Jagd gewesen und spielte fast zu jeder Zeit dieses beliebte Spiel auf ihrem Smartphone. Während sie auf der Jagd nach virtuellen Monstern war, war ein gewisser Martin Specht auf der Jagd nach ihr. Schon seit ihrer Ankunft im Stadtpark wurde er auf sie aufmerksam und ließ sie seitdem nicht aus seinen bösen Augen. Er folgte ihr, ganz unauffällig, auf Schritt und Tritt und beobachtete sie dabei ganz genau. Denn er wollte eine Gelegenheit erwischen um sie abzufangen und sich an ihr zu vergehen. Denn Martin Specht war ein kranker Mann gewesen, der bereits wegen sexuellen Angriffen auf Frauen, einige Male festgenommen wurde. Sein Strafregister war voll von derartigen Überfällen.

Und es schien so, als würde sich ein weiterer dazu gesellen. Zumindest war er auf dem Besten Weg sich einen weiteren Eintrag zu kassieren. Mit lüsternen Blicken und wässrigem Mund, beobachtete er, die ahnungslose Claudia Kirschbaum, die vollkommen in das Spiel vertieft gewesen war. Kein einziges Mal hatte sie ihren Kopf aufgerichtet und gerade aus gesehen. Ihre Blicke waren, wie gefesselt, auf ihr Smartphone gerichtet und sie suchte eifrig nach den fehlenden Pokémon. Zu ihrem Bedauern befanden sich noch nicht so viele Besucher und Besucherinnen im Stadtpark. Denn es war unter der Woche gewesen und die Uhr zeigte auf zehn Uhr am Vor-mittag. Da sie keinen festen Arbeitsplatz hatte, verschlug sie ihre Zeit meistens mit dem Jagen von Pokémon. Für Martin Specht war weder der Tag noch die Uhrzeit ein Problem. Er würde sein Vorhaben, bei der sich am Besten zu bietendem Moment, durchziehen. Noch war dieser Moment nicht gekommen, aber er hielt bereits fleißig Ausschau danach. Claudia spielte weiter-hin intensiv ihr Spiel und bewegte sich von einem Fleck zum nächsten. Sie blieb für einen Moment stehen und ging wieder weiter. Danach ging sie wieder ein kleines Stück und blieb er-neut stehen. Das machte sie so ziemlich die ganze Zeit, während sie ständig mit ihrem rechten Zeigefinger auf ihr Dis-play tippte oder drüber wischte. Martin Specht war ihr bereits schon ziemlich nahe gekommen. Es fehlten lediglich nur noch wenige Meter bis er sie in eines der vielen und dichten Büsche zerren würde. Wenn Claudia sich doch nur mal ab und zu um-sehen würde, würde sie ihn und die Gefahr, die langsam aber sicher auf sie zukam, sehen. Wenn Claudia doch mal ab und zu hinauf sehen würde, würde ihr der kleine blaue Schmetterling auffallen, der sie die ganze Zeit über verfolgte und ihr hinter her flatterte.

ENDE

251

Romulus & Quentin

WEITERE BÜCHER

- KARA KURT VE KIZIL SACLI KIZ – Märchen

- TOTE NACHT GESCHICHTEN – Gruselgeschichten

- DER ERLÖSER – Psychothriller

Herstellung und Verlag:
BoD – Books on Demand, Norderstedt
ISBN: 978-3-7519-3380-3